D0733691

COLLECTION FOLIO

Jean-Christophe Rufin

Asmara
et les causes
perdues

Gallimard

Médecin, engagé dans l'action humanitaire, Jean-Christophe Rufin a occupé plusieurs postes de responsabilités à l'étranger. Il est actuellement ambassadeur de France au Sénégal.

Il a d'abord publié des essais consacrés aux questions internationales. Son premier roman, *L'Abyssin*, paraît en 1997. Son œuvre romanesque, avec des œuvres comme *Asmara et les causes perdues*, *Globalia*, *La Salamandre*, ne cesse d'explorer la question de la rencontre des civilisations et du rapport entre monde développé et pays du Sud.

Ses romans, traduits dans le monde entier, ont reçu de nombreux prix, dont le prix Goncourt 2001 pour *Rouge Brésil*.

Il a été élu à l'Académie française en juin 2008.

Pour Azeb

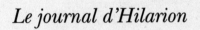

Le journal d'Hilarion

Asmara, Éthiopie, province d'Érythrée
Le 28 mai 1985

« L'ennui, ici, est plus meurtrier que la guerre. » J'ai interrompu mon journal sur cette phrase pendant douze ans. Et ce soir je le rouvre à la hâte pour tenter de retrouver un calme qui m'a brusquement abandonné. À un autre âge, j'aurais crié en dansant dans la rue ; avec ce qu'il me reste de forces, je juge plus prudent de calligraphier avec amour cette simple phrase :

Aujourd'hui,
moi,
Hilarion Grigorian,
Arménien d'Afrique,
qui tiens fidèlement compagnie à ce siècle depuis qu'il a deux ans,
marchand d'armes à la retraite, si tant est que l'on puisse jamais renoncer à ce métier quand il est une vocation et presque un sacerdoce,

13

seul au monde,
reclus dans cette ville encerclée…
… je suis heureux.

Impossible de tenir en place, je chante et je ris tout seul. En déambulant, j'ai déjà cassé une lampe dans la salle de billard et un cendrier de Sèvres à l'instant. Cela m'est bien égal. J'espère seulement que cette tempête qui me ramollit la mâchoire et fait trembler mes mauvaises jambes ne va pas me tuer tout à fait…

La nouvelle qui m'a redonné la vie est arrivée cet après-midi ; j'étais encore assoupi par la sieste. Trois témoins différents sont accourus pour me raconter l'événement et grâce à ces différentes versions je reconstitue la vérité au complet, merveilleuse de simplicité.

Hier soir, vers dix-neuf heures (la nuit tombe ici à dix-huit heures en toutes saisons et il faisait déjà bien sombre), un homme blanc d'une trentaine d'années est arrivé par le dernier vol militaire éthiopien. Il a traversé la ville au fond d'un vieux taxi (une Fiat Topolino avec roue de secours chromée posée sur le coffre). Il grelottait, bien que la température soit plutôt élevée ces jours-ci. Daniel, le chauffeur bègue du taxi, a déposé son client à l'hôtel Hamasen. Cette arrivée, semble-t-il, était prévue. L'homme a réglé la course en dollars américains. Comme l'hôtel est vide en ce moment, à l'exception de deux officiers permissionnaires et d'un blessé convalescent, on lui a attribué la chambre huit, la plus chère. Elle donne sur la place et jouit d'un petit balcon encombré de plantes grasses.

L'étranger n'a pas dîné. Il a ouvert sa fenêtre puis est sorti un instant au frais de la place. Certainement, il se croyait seul. Il a regardé la pleine lune en bâillant et en se grattant la nuque mais les petits mendiants qui arpentaient le trottoir, sous son balcon, l'ont vu. Il est rentré et la lumière s'est éteinte presque aussitôt. Il a dû dormir tout habillé.

J'allais oublier l'essentiel. Rien de tout cela n'aurait de quoi me mettre dans cet état s'il n'y manquait ce détail : cet homme est français. J'ajoute, et j'en pleure presque, qu'il a déclaré venir ici pour la famine et vouloir rester longtemps.

Je viens de faire quelques pas dans ma bibliothèque. Puis je suis sorti, moi aussi, sur ma terrasse : l'air est frais, le vent vient du nord et la mer Rouge l'a chargé de sel. Au loin, derrière les toits aux tuiles romaines de la ville, on distingue l'ondulation grise des collines. Quand la lumière est aussi crue, les lointains se voilent et ce pourrait être un paysage de Toscane. Cette image m'apaiserait peut-être, si j'avais encore la naïveté d'en être la dupe. Mais je sais bien, moi, que ces reliefs sont arides et ravinés et qu'à l'encerclement par les solitudes du haut plateau abyssin s'ajoute désormais la barrière étanche que la guerre a refermée sur nous. La guerre ! Un bien grand mot pour une réalité aussi décevante. Quand elle a commencé, quinze ans plus tôt, j'ai cru que la sécession de notre province d'Érythrée allait nous apporter un peu de spectacle, des manœuvres militaires, des assauts héroïques, bref qu'elle pourvoirait à la vie comme à la mort. Le danger, s'il finissait par nous tuer, nous délivrerait au moins de l'ennui. Dans les deux camps, chez les Éthiopiens gouvernementaux comme chez les rebelles érythréens, un marxisme ténébreux et passablement mal digéré promettait de décupler les ardeurs nationalistes et décourageait tout compromis.

Je l'avoue, j'ai espéré. Il m'a fallu vite déchanter. La guerre au contraire a coupé les derniers fils qui nous reliaient au monde. Les routes qui partent d'Asmara ne mènent désormais plus nulle part. Dans quelque direction que l'on aille, à cinquante kilomètres de la ville tous les chemins sont barrés. Les seuls à venir encore ici — par avion, car c'est désormais le seul moyen d'atteindre la ville — sont de pauvres paysans d'Éthiopie recrutés à la trique et déguisés d'oripeaux militaires dépareillés. En fait d'action d'éclat, ces malheureux partent docilement vers quelque garnison de campagne afin de s'y faire égorger. Quant aux rebelles, ils n'ont jamais montré leur nez dans la ville.

Et aujourd'hui, soudain, un Français. Avec lui, le goût d'écrire dans cette langue me revient tout d'un coup, le choix des mots, le souci de cette orthographe difficile, de cette grammaire rigoureuse. Et demain, peut-être, le plaisir de parler… Demain…

En tout cas, ma décision est arrêtée. Je laisse au nouveau venu la soirée et la nuit. Mais au matin, quand il aura pris suffisamment de repos, je lui enverrai Kidane.

Cette résolution m'apaise. J'entends Mathéos qui monte avec mon dîner. Pourvu qu'il n'ait pas oublié le carafon de frascati. Je le boirai jusqu'à la dernière goutte et je compte bien sur ce vin blanc d'avant-guerre pour me faire dormir.

Mercredi 29

Kidane sort d'ici. Il est resté avec le Français jusqu'à l'heure du déjeuner. De l'excellent travail. Par où commencer ? Les faits d'abord, comme disent les Anglais. C'est un homme jeune : il n'a pas trente ans et en paraît encore moins. J'ai eu son état civil par l'hôtel : Grégoire M., vingt-sept ans, né à Provins. Kidane dit qu'il est de taille moyenne, d'allure sportive. Mais ce n'est pas quelqu'un qui s'abrutit sur un vélo ou avec des haltères. Un visage allongé, des cheveux courts, en bataille sur le haut du crâne, des yeux clairs. C'est apparemment le chef de ce qui se prépare ici. Il arrive des Indes. On l'envoie en éclaireur chercher un lieu pour installer une mission de secours aux affamés. Il a l'air étonné de voir tout le monde bien portant. Kidane lui a expliqué que la guerre, les carences, les maladies ne concernent jamais la ville ; tous ceux qui se battent la respectent et nous ne manquons jamais de rien. Asmara compte suffisamment de jardins, de vergers, d'enclos remplis de moutons, de volailles et même de vaches pour nourrir largement le peu d'habitants qui restent… Alentour peut-être…

J'ai craint un instant que cet imbécile ne l'eût découragé. Mais Kidane m'a affirmé qu'il avait tout de suite compris que sans famine l'autre plierait rapidement bagage. Il s'est mis à raconter des anecdotes sur la dure vie des campagnes et les horreurs de la guerre. Finalement le jeune homme a annoncé que, *quoi qu'il en soit* (je souligne), sept ou huit autres arriveraient bientôt d'Europe pour travailler avec lui. Quand Kidane m'a dit cela, j'ai ouvert la croisée pour respirer un peu d'air frais. Malheureusement, ces futurs arrivants n'habiteront sans doute pas Asmara. Ceux-là seront pour la campagne, où se trouvent, paraît-il, les affamés. Enfin, nous verrons. Sur le nombre…

Après les faits, j'en viens maintenant à la mise en scène. Tout s'est déroulé comme prévu. Kidane a été parfait. Il s'est présenté à huit heures du matin. Le Français n'était pas descendu, il l'a fait appeler et l'a attendu au pied de l'escalier. À peine l'autre avait-il posé le pied sur la dernière marche que Kidane faisait son fameux salut : le chapeau dans une main, il décrit une large arabesque en l'air ; puis il jette un pied en arrière et ramène le feutre sur sa poitrine, en s'écriant : « Morbleu, monsieur, je vous salue ! » C'est plus fort que lui. Noir comme il est, l'effet est garanti : l'autre s'est presque étalé par terre. Ensuite, il l'a regardé, stupéfait, lui débiter son boniment. Kidane est un garçon étrange. À première vue, il a une tête de faux témoin. Des yeux affolés qui regardent par en dessous, une bouche aux coins tombants, une barbiche suspecte. Il a le masque du félon, du sycophante de comédie, tout cela avec des traits fins et la peau cuivrée d'un Abyssin. Le premier mouvement de ses nouveaux interlocuteurs est en général un recul. Ceux qui se trompent sur les hommes en restent là. Mais les autres, et c'est une épreuve de vérité, se ressaisissent. Ils sentent que Kidane n'est pas seulement ce qu'il paraît. La lourde, l'écrasante charge de sa physionomie l'oblige à tendre toute sa volonté dans le sens opposé, et à être désespérément dévoué et fidèle pour racheter à tout instant la tragique impression de veulerie et de traîtrise que répand son visage.

Grégoire, incontestablement, ne s'y est pas trompé. Ce Grégoire-là me plaît déjà.

Ils sont allés à la salle à manger prendre un café. Ensuite le jeune homme a accepté d'accompagner Kidane au consulat de France. Autre bon point : Grégoire, paraît-il, a fait poliment remarquer qu'il ne savait rien sur notre ville, où il n'était que depuis quelques heures. La seule chose qu'on lui eût pourtant affirmée était qu'il n'y avait pas ici de consulat de France. Néanmoins, il acceptait volontiers d'aller le visiter. Kidane se récria (avec un « palsambleu ! »), jura que le consulat existait bel et bien, tout en concédant que l'histoire dudit consulat était un peu complexe. Si, pour l'heure, il était en effet fermé, il ne cessait point d'exister. Sa fermeture confirmait au contraire son existence, car l'existence ne suppose pas que l'on soit toujours ouvert, n'est-ce pas ? Sinon, que feraient, mordiou, ceux qui avaient pour fonction et donc salaire — avec la charge d'élever cinq enfants — de garder précisément ledit consulat fermé mais qui rouvrira certainement un jour, si Dieu le veut. Et, tirant Grégoire par le bras, Kidane lui a fait traverser la ville.

Le jeune homme s'est montré curieux de tout pendant cette promenade d'un quart d'heure. J'ai accueilli ce détail avec satisfaction. Voilà quelqu'un qui, pour sûr, va poser mille questions. Il a demandé ce que commémore le monument qui est en face de l'hôtel ; il s'est arrêté devant les façades ocre et rouge des grands palais du centre-ville. Il a voulu connaître le nom de l'avenue principale défigurée par un grand panneau où sont peints les visages barbus des trois grâces du communisme : Marx, Lénine, Engels.

Kidane a eu une réponse magnifique :

— C'est l'avenue de la Révolution, a-t-il dit, l'ancien boulevard de la Nation. Jadis on l'appelait le Corso Mussolini et encore plus tôt le Corso Vittorio-Emmanuel.

— Et avant ?

— Avant, sacrebleu, c'étaient des prés !

Beaucoup d'Érythréens déambulaient dans les rues. À cette heure-là, tous les jeunes traînent sur les trottoirs de l'avenue de la Révolution. Quand on le sait, on voit bien qu'ils ne vont nulle part : ils marchent deux cents mètres dans un sens puis reviennent. Ils ont vu dix millions de fois les boutiques et de toute façon elles ne reçoivent plus de marchandises nouvelles depuis longtemps. Cette promenade de la jeunesse est un mouvement automatique, décérébré. Mais à première vue on dirait une joyeuse agitation et Grégoire avait l'air tout heureux. Ensuite, ils sont passés devant le Café de l'Univers et là, à la terrasse, ils ont vu les Italiens, tous ces vieux crabes de quatre-vingt-dix ans, dans leur costume noir, le gilet boutonné de haut en bas malgré la chaleur, attablés pendant des heures devant un cappuccino. Ces visages fripés, verdâtres, immobiles au milieu de cette jeunesse noire en mouvement, ont fait poser beaucoup de questions à Grégoire. Kidane a eu la sagesse de ne pas répondre. Il m'a laissé ce soin pour plus tard.

Ils sont montés au consulat ; Kidane a ouvert les stores en grand, ce qui n'était pas très habile car on voyait mieux la poussière et les vieux meubles empilés. Grégoire a tout visité. Dans la pièce qui servait autrefois d'Alliance française, il a regardé les rayons de livres avec leurs couvertures lilas et les numéros écrits sur des étiquettes gommées. Kidane a eu l'intuition de lui montrer, ouvert sur la table, l'ouvrage grâce auquel il a appris le français et qu'il a lu, depuis, des milliers de fois, au point d'en savoir des pages par cœur : *Les trois mousquetaires*.

Ensuite, ils ont discuté pour savoir à qui étaient ces locaux. Kidane a dit que l'ambassade en est propriétaire mais qu'il a mission en son nom d'en disposer pour le bien public. Jusqu'ici l'occasion ne s'est jamais présentée. Mais puisque Grégoire était français et qu'il agissait dans l'intérêt de l'humanité, c'est-à-dire du public, tudieu, il lui permettait volontiers d'occuper les lieux. Grégoire lui a proposé une petite gratification. Kidane a accepté, bien sûr, mais m'en a scrupuleusement rendu compte. Le jeune homme s'installera au bureau dès demain. Il aménagera une chambre pour son usage privé et gardera Kidane comme secrétaire. Grégoire a paru enchanté de ces commodités. Il n'a pas caché à l'Érythréen, avec tout le tact possible, qu'il n'avait jamais travaillé en Afrique et qu'avant d'arriver il s'était imaginé le pire. Il s'attendait plus ou moins à être assis par terre et à manger du mil dans une calebasse, relié par tam-tam à la bourgade la plus proche. Kidane a souri poliment mais il était vexé. Je le connais : il n'était sûrement pas choqué qu'on pût avoir une telle opinion de l'Afrique, il la partage. Mais considérer Asmara comme faisant partie de ce continent, voilà ce qu'il a dû prendre pour une insulte.

L'essentiel est qu'il a trouvé un stratagème pour m'amener l'oiseau. Demain, je le verrai.

Jeudi 30

Enfin ! Je l'ai vu. Tout s'est passé à merveille. C'est un grand bonheur, presque un rêve. À vrai dire, je ne m'attendais pas à cela avant ma mort.

Il était à peu près trois heures de l'après-midi. Pourquoi mentir ? Je sais très précisément quelle heure il était puisque j'attendais assis au fond de la boutique, l'œil tantôt sur la pendule, tantôt sur la vitrine. Il était trois heures moins neuf. Je l'ai vu traverser la place. Il marchait en plein soleil, à la différence des gens d'ici, qui rasent toujours l'ombre des murs. Sa silhouette s'est encadrée dans la porte. Il a mis les mains autour des yeux, pour éliminer les reflets et voir à l'intérieur. J'ai craint un instant que l'aspect de la boutique ne le rebute. C'est plutôt, à vrai dire, un entrepôt. J'y ai fait déposer sur de méchantes étagères de métal tout ce que j'ai pu sauver du magasin que nous avions sur l'avenue principale, quand le gouvernement communiste l'a réquisitionné. Mais ce décrochez-moi-ça ne l'a pas découragé ; il est entré et la porte a fait tinter son petit grelot chinois. Je ne suis pas venu tout de suite. Caché derrière la tenture qui sépare la réserve du magasin lui-même, je l'ai observé quelques instants. Il est tout à fait comme Kidane me l'a décrit. Avec cela, vif, curieux : le nez en l'air, il s'est mis à tout regarder, à saisir de petits objets, à toucher des rouleaux d'étoffe. J'espère qu'il ne va pas me demander un costume ; le tailleur italien est mort l'an dernier, cuit et recuit au soleil, à la terrasse du Café de l'Univers.

Il toussote, j'apparais. Quel air dois-je avoir ? Il me regarde comme si j'étais un spectre. Je viens de me relever, avant de continuer à écrire ces lignes, de me voir dans une glace. C'est vrai que je fais peur. Je ne suis pas sec comme les vieux Italiens du café. J'ai gardé de petites rondeurs sur le visage, quelques cheveux, de gros sourcils. Mais les rides qui creusent ma peau ne sont que plus profondes à côté de ces reliefs. Et mes yeux, qui étaient bleus, chargés de dépôts laiteux, sont presque invisibles tout au fond de ces deux trous d'orbite, noirs d'ombre. Je ne l'avais jamais tant remarqué mais je suis effrayant.

Donc il a reculé et cela ne m'a pas facilité la tâche pour dire le premier mot. Rien de compliqué pourtant :

— Bonjour, monsieur, que désirez-vous ? ai-je prononcé en rougissant un peu.

Il faut dire que le français a toujours été chez nous une langue d'un usage particulier. Nous parlions arménien entre nous, amharique ou tigrignia à l'extérieur, italien avec les colons et nous apprenions des rudiments d'anglais à l'école. Le français était une exigence de mon grand-père. Il l'avait appris à Djibouti et cette langue restait liée pour lui, du moins l'ai-je toujours supposé, à une aventure galante qu'il avait eue là-bas dans sa jeunesse. Il prétendait que c'était la langue du commerce, mais nous savions bien, nous, de quel commerce il s'agissait. Nous l'apprenions avec docilité et comme nous n'en avions pas d'autre usage, nous réservions aussi le français aux choses de l'amour. C'était pour nous, mes frères, mes cousins et moi, la langue de la passion, du désir, des mystères de la chair. Pour nous l'enseigner, mon grand-père avait eu recours aux frères maristes qui s'étaient installés dans la colonie. Ces braves religieux n'ont jamais compris pourquoi nous mettions tant d'application à apprendre une langue qu'ils nous enseignaient à l'aide de *L'Imitation de Jésus-Christ* et du *Bouclier de Marie*. Mais voilà : elle nous permettait de lire en cachette les romans que mon grand-père laissait à portée de main dans sa bibliothèque. Il savait que sa femme ne les comprenait pas et tolérait, sans le dire, que nous y fassions notre éducation (« fissions » n'est-il pas meilleur ?). Le français a d'abord été pour moi celui de Crébillon, de Stendhal, de Marivaux pour l'écrit. À l'oral, il resta longtemps une langue chuchotée, semée de rires étouffés, la langue des audaces, des espoirs, des émois. Ensuite, je l'ai pratiquée, dirais-je, ouvertement. Mais, avec cette longue interruption, ce sont les tout premiers usages qui me reviennent et en entendant résonner ces mots français autour de moi je me suis mis à jeter des coups d'œil inquiets sur les côtés. Comme si mes pauvres parents eussent encore pu m'en faire reproche (« eussent pu » me paraît pédant mais quel bonheur, vraiment).

Grégoire n'a pas paru s'apercevoir de tout cela et il m'a répondu avec beaucoup de naturel :

— Mon secrétaire m'a dit que vous vendiez des chapeaux comme le sien. Des feutres à bord, vous voyez…

Si je voyais ! Kidane en était à son cinquième borsalino taille 56, toujours marron. Il y tenait d'autant plus qu'il ne m'en restait plus aucun de cette sorte.

Tout de même ! « Mon secrétaire »… Il a su vite se placer, l'animal.

— Ce sont d'authentiques borsalinos, ai-je dit doctement. Regardez (j'en ai pris un sur le comptoir, posé sur une forme en bois). À l'intérieur, sur le cuir, vous voyez, c'est écrit : Borsalino, Alessandria. Et de l'autre côté : Hilarion Grigorian, Asmara. Ils me les envoient spécialement.

Pris d'un scrupule (et s'il me passait une commande…) j'ai ajouté :

— Enfin, ils me les envoyaient. Autrefois. Naturellement.

Et j'ai enchaîné :

— Quelle taille faites-vous ?

Il n'en savait rien. À vue de nez, j'ai pensé 58. J'ai descendu deux cartons en manquant de

tomber par terre. Je les ai posés sur le comptoir
de bakélite et les ai déballés. Il y avait encore pas
mal de choix.

— C'est pour le soir ? Vous préférez un
modèle de tous les jours ?

À vrai dire, je n'ai jamais vendu de chapeaux
moi-même ; nous avions des employés pour cela
au magasin et de toute façon ce n'était pas
notre activité… hum… principale. Quant à Grégoire, il n'en avait sans doute jamais porté. Il a
donc tout essayé, sans ordre, en se regardant
dans la glace et en faisant finalement ce singulier commentaire :

— Je me demande si j'ai vraiment une tête à
chapeau.

J'en étais resté à l'époque où l'on ne posait
pas ce genre de question. On mettait ou on ne
mettait pas de chapeau selon ce qu'ordonnaient
la mode et les convenances. Et s'il fallait mettre
un chapeau, tout le monde en mettait un,
même ceux qui n'avaient pas la tête à cela. Ce
monsieur Grégoire, lui, avec son pantalon de
coutil que l'on appelle maintenant un jean et
son blouson de cuir, envisageait le chapeau
comme une fantaisie personnelle, le genre de
chose que l'on porte, non plus pour faire
comme tout le monde, mais au contraire pour
se distinguer.

C'est une des premières différences que j'ai
notée, avec un grand plaisir, et qui m'a
confirmé dans l'idée que j'allais, enfin, être mis
en présence de la vie, c'est-à-dire de ce qu'il y a

de plus neuf, de plus vivant, dans cette Europe que j'ai quittée, sans y avoir jamais vécu. Bref, il se vérifiait ce que j'avais d'emblée pressenti : Grégoire m'apporterait le temps présent, avec tous ses défauts sans doute mais aussi avec son inachèvement et sa mystérieuse charge d'avenir. En échange, j'essaierais de me rendre sinon intéressant du moins utile en lui livrant un peu de ce temps passé que, pour le détester, je ne représente pas moins. Cet échange a commencé tout de suite. Grégoire s'est déterminé rapidement pour un petit feutre gris taupe, à bande anthracite. Il l'a payé et, avant de le prendre sur le comptoir où je l'avais posé, enveloppé dans un vieux journal, nous avons longuement bavardé. Il m'a dit qu'il venait directement de Thaïlande, avec une escale à Bombay. Il avait passé six mois à la frontière du Cambodge. Mais le plus surprenant est qu'il ne soit pas repassé par Paris. Il m'a seulement laissé entendre qu'il n'y était pas le bienvenu en ce moment. Il paraît contraint de se rendre directement de mission en mission. Quelle vie étrange ! J'avoue que rien n'est plus éloigné de moi que cette trépidation et pourtant elle m'attire. Je veux en savoir plus.

D'ici quelques jours, il devra quitter la ville pour aller visiter le site où il doit ouvrir sa mission. Tandis qu'il me posait d'autres questions sur la ville, j'ai pris l'air occupé comme les vieillards savent le faire et je me suis jeté courageusement à l'eau :

— Si vous voulez bavarder, pourquoi ne venez-vous pas dîner un de ces soirs à la maison ?

Il a paru surpris mais n'a pu cacher sa satisfaction. Rendez-vous est pris pour demain soir.

Il est parti de si bonne humeur qu'il en a oublié son chapeau. J'ai dû crier sur le pas de la porte pour qu'il revienne et l'emporte sous le bras.

Dix-huit heures

Kidane m'a déposé les journaux qu'il a obtenus de Grégoire. Ce sont des quotidiens thaïlandais rédigés en anglais, quelques magazines américains et un numéro du *Figaro*. Partout, des articles terribles : « L'Éthiopie plonge dans l'horreur. » Des photos de squelettes vivants. Comme il est étrange que nous sachions si peu de chose, nous qui sommes sur place ! J'avais entendu dire que les récoltes étaient mauvaises. La guerre fait toujours parler d'elle. On a vu passer quelques réfugiés. Mais de là à imaginer de telles masses… Je ne peux pas douter : les photos sont là. Elles ont sans doute été prises plus au sud, entre Addis-Abeba et ici, dans les montagnes.

Tout de même, je ne peux m'ôter l'idée que cette affaire est bizarre.

Ce soir ! C'est ce soir que Grégoire vient dîner ici. Selon les mœurs européennes, il arrivera sans doute vers huit heures. Donc nuit noire. Je fais garnir le vestibule de flambeaux. Quand on entre par le parc, en suivant Mathéos dans l'obscurité, l'effet est saisissant. Sitôt passé la porte d'entrée en teck, Grégoire verra la lumière orangée des chandelles danser sur les plafonds à caissons, à cinq mètres au-dessus des dalles de marbre, et faire vibrer la masse noire des grands meubles sur le blanc des murs lambrissés. Ensuite, il traversera la bibliothèque, m'y découvrira, environné par les reflets cinabre et or des reliures, et nous dînerons sur la terrasse avec une moitié de lune. Non, erreur. Je viens de me souvenir qu'il arrive d'un pays chaud. Ici l'altitude contrarie la latitude, leurs forces se combattent : le soleil qui brûle la peau comme en haute montagne ne chauffe guère ; les soirées sont fraîches. Si Grégoire est frigorifié, il rentrera trop tôt. Tant pis, nous dînerons dans la salle à manger, un peu protocolaire à mon goût — car il s'agit d'intriguer, non d'écraser (j'ai l'air d'user d'armes puissantes mais le combat est trop inégal par ailleurs pour que je m'en prive). J'attends…

Rien, bien sûr, ne s'est passé tout à fait comme prévu hier soir. Voilà ce que je demande : être étonné.

Grégoire est arrivé à neuf heures. Ordinairement, je dîne à six ; je mourais de faim. Il avait mis son feutre, sans doute pour me faire plaisir. Et en vérité il faut reconnaître qu'il a raison : il n'a pas une tête à chapeau.

Les hautes pièces sombres, les murs chargés de moulures, les tableaux anciens, tout cela a produit son petit effet, mais moins que je ne l'avais tout à la fois craint et espéré. Grégoire prend tout avec simplicité. Sa surprise elle-même est sans masque. Si un objet l'intrigue, il le regarde bien en face, se penche, le saisit s'il le peut. C'est bien drôle de voir cette jeune silhouette avec sa chemise de couleur et ses chaussures de toile au milieu de ce décor vénérable. Si la vie ne s'était pas arrêtée, si mes fils n'étaient pas morts, le frottement des générations aurait dû tout polir et la distance ne paraîtrait pas si considérable ici entre hier et aujourd'hui.

— C'est un palais ! m'a-t-il dit avec un grand sourire, lorsqu'il eut visité presque tout le rez-de-chaussée.

— Une grande maison, oui. Construite par mon grand-père. Il voulait des fêtes, il aimait l'art, la musique, les antiquités…

— Vous organisez des fêtes ici ?

Grégoire, les yeux grands ouverts dans la demi-pénombre, regardait les lustres en cristal de roche qui pendent encore sous le plafond et je pense qu'il les imaginait chargés de bougies crépitantes et dorées. J'ai dû le décevoir un peu.

— Hélas, la dernière fête remonte à… très longtemps.

À quand au juste ? Ma femme était encore en vie. Je la vois dans son fauteuil rouge, figée par l'embonpoint, les rhumatismes et déjà cette fatale maladie. Elle était couverte de tous les bijoux que je lui avais offerts et, malgré tout, ils la faisaient briller aussi gaiement que les lustres. Je vois son sourire, mais… Alerte ! Tout vieillard qui évoque sa défunte femme est menacé sur-le-champ d'imbécillité.

— Asseyez-vous, ai-je dit en m'empressant autour de mon invité. N'avez-vous pas trop chaud ? Trop froid ? Que prendrez-vous comme apéritif ?

Il a refusé le tokay, que, je crois, il ne connaît pas. Aucun des trésors de ma cave ne l'a tenté et il a préféré un Coca-Cola. Mathéos est sorti discrètement en acheter une bouteille dans la rue. Une minuscule boutique installée en face de ma grille d'entrée vend ce genre d'article dans de petites bouteilles en verre soigneusement consignées.

Pendant ce temps-là, je répondais de mon mieux à une série de questions sur ma famille. L'aïeul originaire du lac Van ; son arrivée en Abyssinie à une époque où les empereurs ne laissaient pas volontiers ressortir les étrangers ;

son installation à la cour du Négus et ses débuts de commerçant (réponses évasives sur ce qu'il vendait…).

— Quand le pays a été « découvert » par les Occidentaux, au milieu du XIXᵉ siècle, nous y étions déjà installés depuis cent ans. Par exemple, mon aïeul a reçu chez lui les célèbres frères Dabadie, ces géographes français que l'on considère pourtant comme les inventeurs de l'Abyssinie.

Je crains, hélas, que ce pauvre Grégoire ne soit un peu fâché avec les références historiques. Il m'a demandé comment était Asmara quand mon aïeul est arrivé de Turquie. Je me suis efforcé de lui faire comprendre qu'à l'époque Asmara n'existait pas encore.

— Nous sommes dans la région depuis le XVIIIᵉ siècle, tandis qu'Asmara a été fondée par les Italiens à la fin du siècle suivant.

— C'est justement la question que je me posais en voyant cette ville italienne. Qu'est-ce que ces types-là sont venus faire par ici ?

Délicieuse ignorance et qui m'a donné l'occasion de mettre les choses au point, l'air de rien.

— Après le percement du canal de Suez, en 1860, la mer Rouge est devenue le théâtre des dernières convoitises coloniales. Les Anglais tenaient le Soudan et l'Égypte ; la France, Obock et Djibouti. Les Italiens, qui venaient seulement d'achever leur unité, se sont lancés dans la course avec beaucoup de retard. Il leur fallait quelque chose, n'importe quoi. En longeant cette côte, ils se sont avisés qu'un misérable potentat turc régnait sur une mauvaise crique, cachée derrière des îles désertiques. Ce lieu désolé n'avait retenu l'attention de personne. Ils l'ont conquis.

— Une grande bataille ?

Je remarque que ce jeune pacifiste — c'est ainsi du moins que j'imaginais les humanitaires — a les yeux qui s'allument dès qu'on parle de combat.

— Ils ont tiré quatre coups de feu en l'air. Le Turc était stupéfait qu'on puisse s'intéresser à ses arpents de sable.

— Et ce fut Asmara...

— Vous êtes tout excusé, puisque vous venez d'arriver, mais je vous fais remarquer que nous ne sommes pas au bord de la mer.

— En effet, dit-il.

Il ne paraît absolument pas gêné de dire des bêtises. C'est le naturel de quelqu'un qui a l'habitude d'arriver partout par hasard et de jouir du privilège de ne rien savoir. Voilà une chose que j'admire. Il ferait beau voir que je prétende, moi, à une telle innocence...

— Non, le port dont je vous parlais s'appelle Massaoua. C'est à trente kilomètres d'ici. Il y fait une chaleur torride. Le soir, de la brume de sable émergent les reliefs rouges du haut plateau où nous sommes. Il domine la côte de plus de deux mille cinq cents mètres.

— Deux mille cinq cents mètres en trente kilomètres ! C'est un à-pic.

— Une pente vertigineuse, oui. Plus d'un camion en a fait les frais en manquant un virage et en tombant dans le vide comme une pierre. Mais vous ne pouvez pas vous imaginer l'attrait des hautes terres pour ces pauvres Italiens qui se mouraient de chaleur dans leur port. Ils n'avaient qu'une idée en tête : conquérir ces murailles rouges qu'ils ont appelées l'Érythrée.

Fin de la leçon d'histoire pour le moment. Il ne faut pas lasser. Grégoire a fini son Coca-Cola tiède et nous nous sommes mis à table. Ma table était réussie mais l'argenterie était une erreur. Il a regardé les couverts avec un sourire pour montrer qu'il avait flairé la mise en scène. Il a tort pour l'argenterie, car je m'en sers tous les jours. Mais des détails faux peuvent conduire sur une bonne piste.

Heureusement, la crème d'asperges de Mathéos a imposé le silence et j'en ai profité pour changer de sujet. Il était grand temps que ce soit moi qui pose les questions.

— Avez-vous décidé où vous alliez ouvrir votre mission ?

— Pas encore. D'ailleurs, « décidé » est un bien grand mot. Ce n'est pas tout à fait un libre choix. On doit me dire demain quelle zone nous est attribuée. Après, j'irai voir.

— Qui est ce « on » qui décide pour vous ?

— Le préfet, les autorités militaires, le gouvernement, quoi.

La sollicitude soudaine de ce gouvernement communiste pour les affamés me paraît bien suspecte. Mais je me suis gardé d'attaquer ce sujet de front et j'ai abordé la question à partir d'un point de détail.

— Comment se fait-il que les autorités vous aient envoyé à Asmara ? Il me semblait avoir entendu dire que les secours passaient plutôt par Addis-Abeba ?

Au mur de ma salle à manger est accroché un portrait à l'huile de l'empereur Ménélik dont le Négus lui-même a fait cadeau à mon père. Le souverain y est représenté en pied et il tient un bouclier qui figure une grande carte de son royaume. Grégoire avait souvent jeté des coups d'œil dans cette direction pendant le dîner. Ma question lui a donné l'occasion de s'approcher du tableau, et sans doute aussi de se dégourdir les jambes car il n'a pas l'air de pouvoir tenir longtemps en place.

— Le gros de la famine est par là, m'a-t-il expliqué en balayant du plat de la main une large zone de la carte située au sud de l'Érythrée et qui correspond grosso modo à cette province de l'Éthiopie qu'on appelle le Tigré.

Mais il n'a pas l'air de connaître vraiment ce nom. Sa science toute neuve est visiblement issue de cartes qui lui ont été envoyées de Paris et qu'il n'a pas encore bien mémorisées.

— Dans beaucoup d'endroits, les paysans ont déjà tout perdu ; ils ont abattu leur bétail et mangé leurs semences. Ensuite, ils sont partis dans la direction des secours. Comme les secours, en effet, sont acheminés principalement à partir d'Addis, les affamés s'agglutinent maintenant autour de la capitale dans d'immenses camps-mouroirs où les humanitaires nourrissent les survivants. C'est-à-dire, pour les enfants, un sur dix.

Ménélik, avec sa coiffe en crinière de lion, prenait sur la toile l'air courroucé pour suivre cette désastreuse description de son royaume et de son peuple.

— L'organisation pour laquelle je travaille, a ajouté Grégoire en prenant un ton navré, s'est mobilisée parmi les dernières. Des problèmes internes, comme d'habitude : manque de réactivité, querelles de personnes, sous-effectifs… Vous connaissez.

À mon âge, on est supposé tout connaître… J'ai fait oui de la tête mais je n'ai pas la moindre idée de ce dont il parle.

— Donc, quand nous nous sommes enfin décidés à faire des offres de service aux Éthiopiens, ils nous ont conseillé de nous installer ici et de monter une mission au nord de la zone sinistrée. Comme cela, les gens de ces régions n'iront plus vers le sud, vous comprenez ? Ils remonteront.

Tout en parlant, il faisait le geste de tirer la province du Tigré vers le haut, comme s'il saisissait un chat par la peau du cou.

— Mais quel intérêt y trouve le gouvernement ?

Je me suis retenu de dire : « Cette bande de voyous ».

— Eh bien, ils espèrent qu'il y aura moins de pertes si les gens peuvent être secourus plus près de chez eux. Et je crois aussi qu'ils commencent à s'inquiéter de voir tous ces affamés aux portes de leur capitale.

Son explication ne me paraît pas très crédible. Ce régime ne craint personne : il est armé jusqu'aux dents et cela ne le gênerait guère de tirer sur des va-nu-pieds affamés.

— Donc, nous attendons qu'on nous propose un site accessible par ici pour y monter un hôpital, un centre de nutrition pour enfants et des cliniques mobiles. La rumeur aidant, les affamés viendront vers nous dès qu'ils sauront qu'ils peuvent être secourus par là.

— Je ne savais pas, ai-je dit, que ces malheureux pouvaient être déplacés en masse, comme cela, avec des sortes d'appâts.

— C'est tout à fait cela, m'a-t-il répondu d'un air las, en venant se rasseoir à table. Il y a un savoir-faire, une science même, qui s'est peu à peu développé concernant ces populations en détresse, les réfugiés, les affamés, les victimes d'épidémie.

— Tiens donc ! Pourtant, vous ne connaissez guère de situations comme celle-là dans vos pays.

— Justement, nous allons les chercher ailleurs.

— Vous, par exemple, Grégoire, avez-vous d'autres expériences de pareilles horreurs ?

— J'ai fait l'Afghanistan, Haïti et le Cambodge. Chaque fois, c'étaient des missions de réfugiés.

L'idée d'aller secourir des affamés, pour parler franchement, ne me serait jamais venue à l'esprit, à moi qui vis pourtant si près d'eux. L'âme est ainsi faite que vous vous habituez à toutes sortes d'injustices lorsqu'elles paraissent constituer la trame même de la vie. Asmara est pleine de mendiants ; on y voit aussi beaucoup d'orphelins, des estropiés. C'est tout juste si je les remarque encore ; ils ont toujours été là, voilà tout. J'ai honte de l'avouer mais c'est ainsi. Je donne largement à la quête après la messe ; je fais aussi l'aumône chaque matin à deux mendiants que je ne vois jamais : ils sonnent à la grille et Mathéos leur remet une pièce. Mais l'idée qu'une masse de ces misérables puisse errer au gré des gisements de nourriture que l'on dispose pour les attirer me dépasse tout à fait et même me terrifie.

— Vraiment, ai-je répété assez platement, votre dévouement est admirable.

Grégoire ne paraissait pas disposé à s'enthousiasmer.

— Je n'ai pas de mérite, vous savez, je reste dans les capitales. Mon travail ne se fait pas directement auprès des populations. J'organise, j'administre, je planifie.

Il se confirmait donc qu'il allait rester à Asmara : une bonne nouvelle.

Je lui ai proposé de nous asseoir dans le fumoir pour prendre un cognac, arrivé ici avec dix ans d'âge et qui en a maintenant trente-cinq. Nous nous sommes assis devant une immense cheminée en marbre où Mathéos avait préparé un feu d'eucalyptus.

— C'est vous qui avez choisi ce métier ? lui demandai-je une fois calés dans les fauteuils.

— Oui, a-t-il dit en hochant la tête, mais j'ai vite compris qu'il ne pensait pas vraiment à ma question et suivait son idée première. Dans les villes je me sens mieux que dans les missions en pleine brousse. Ça vous paraîtra peut-être stupide mais dans une capitale je parviens à me construire une vie quotidienne et j'en ai besoin. D'ailleurs, avant d'arriver ici, je craignais de ne pas trouver une vraie ville avec des rues, des places, des cafés, la foule. Au bout de deux jours, dans un camp de réfugiés ou dans un village de paysans, je n'en peux plus.

— Je vais vous poser une question stupide : si c'est pour avoir une vie quotidienne, comme vous dites, pourquoi ne rentrez-vous pas tout simplement chez vous ?

— Pour l'instant, c'est impossible. Je n'ai pas rempli mes papiers militaires. Je suis porté déserteur en France. Oh ! ne vous inquiétez pas... Les choses finiront par s'arranger. Ma mère s'en occupe.

Sa mère ! Je le regarde. Quand je lui parle, j'oublie son âge... et le mien.

— Mais... pourquoi donc êtes-vous parti, la première fois ?

— J'imaginais autre chose.

Il m'a fait cette réponse d'une voix lugubre, les yeux dans le vague. J'avais bien remarqué que c'est un garçon taciturne, un peu sombre même. Mais si je m'attendais à un tel ton…

Le silence a duré un long moment. Nous avons encore échangé quelques commentaires sans importance. Il m'a dit qu'il aimait la musique. J'ai oublié de lui demander s'il jouait d'un instrument.

De nouveau, avec sans doute un peu trop d'insistance, je lui dis que je peux lui procurer dans la région tout ce dont il aura besoin pour sa mission : bois, matériaux de construction, camions de location, chauffeurs. Il n'a pas l'air de trop y croire. Évidemment, il se méfie un peu. Je me demande s'il sait quelque chose, pour les armes. En même temps, il est heureux de la soirée et j'ai bon espoir que ma table fasse bientôt partie de sa vie quotidienne.

Avant d'aller dormir, je relis ces pages. Je ne sais pas si j'ai bien traduit son caractère : je l'ai fait un peu trop mou. Il ne l'est pas. C'est un enthousiaste, plein d'énergie, pourtant on dirait que cette énergie flotte sans but. Lorsqu'on lui pose des questions sur sa vie, il se rembrunit. Je n'oublierai pas cet étrange « J'imaginais autre chose ».

Le 2 juin

Encore une journée très chaude. Les matinées et les soirées sont toujours fraîches mais dès que le soleil paraît, il cuit tout. Il n'y a presque pas d'humidité dans l'air ; il faut du temps pour que les nuages montent de la mer. Ce sera comme d'habitude : un jour, ils apparaîtront d'un coup sur le rebord du plateau et les pluies seront là. En attendant, nous séchons.

Il paraît que beaucoup d'étrangers sont arrivés ces derniers jours. Je suis descendu ce matin à l'épicerie. Paolo, son propriétaire, est un homme de mon âge, mélange de Grec et d'Italien. Dans sa boutique, nous avons regardé passer les grosses voitures tout terrain des agences internationales avec leurs insignes (croix rouge, globe terrestre, rameau d'olivier). Paolo et moi étions accoudés au comptoir de marbre, sous la ligne des jambons fumés qui pendent à un fil, entrecoupés de ce fromage que l'on nomme caccia-cavallo. Sur le trottoir, de cageots bien ordonnés dépassaient les ventres ronds des pastèques et des melons d'eau. Dans l'arrière-cuisine, on entendait le petit bruit feutré de la machine à faire les pâtes. Quand les voitures sont passées, Paolo m'a regardé avec ses yeux de crocodile, tout plissés et secs, et il m'a dit : « Ils viennent pour la famine. » Nous avons bien ri mais en silence, comme on le fait à notre âge. Ensuite, j'ai pris mon paquet humide avec les mozzarellas fraîches et je suis parti.

Lundi 3

Il fallait me voir ce matin ! J'étais tout tremblotant, debout devant la psyché qui trône dans ma chambre, un des vestiges de ma pauvre femme. Mathéos, dressé sur la pointe des pieds, essayait de fermer mon col dur et je me fâchais contre lui.

À dix heures, enfin, j'étais prêt : veste, veston, bottines et guêtres boutonnées — démodées, paraît-il, mais c'est toute ma personne alors qui n'a plus cours… —, canne à pommeau d'ivoire et borsalino noir. J'ai bien sorti dix fois ma montre gousset du gilet avant qu'il se décide à arriver.

Enfin, à la demie, Grégoire est apparu et nous sommes ressortis tout de suite. Il m'a demandé l'autre soir de lui faire visiter la ville. Aujourd'hui était ce grand jour.

Pas un nuage évidemment, mais l'air limpide du matin se troublait déjà, comme une absinthe, d'un fond amer de cris d'enfants, de trots invisibles — encore que nous ayons croisé plusieurs charrettes à cheval — ou du gronde-ment d'une voiture lointaine et solitaire.

J'ai commencé par la colline résidentielle, le cœur de la ville, dont mon cœur à moi supporte si mal les escarpements. C'est là pourtant qu'Asmara est la plus belle, avec ses palais ocre à fronton triangulaire, ses fraîches villas, serrées dans de mystérieux jardins. L'Italie du Risorgi-mento y a donné libre cours à son grand délire d'unité. Toutes les régions ont apporté ce qu'elles avaient de plus beau : dix réductions du palais Pitti, trois petits Castello Sforesco, sept ou huit Farnese en miniature, autant de villas toscanes, une profusion de balcons en gothique vénitien avec de hautes baies ornées d'ogives flamboyantes et d'interminables colonnes grêles. De temps en temps y paraît une Juliette indigène qui attend son Roméo noir.

Grégoire admire cette démesure, cet éclectisme et, tandis que je me lamente de voir les jardins à l'abandon, les trompe-l'œil tachés par les inondations, les fissures, il s'émerveille de ces outrages et n'a jamais d'exclamation plus ravie qu'en découvrant, derrière une grille rouillée, un pavillon de jardin en ruine où les statues grotesques sont disjointes par des racines tropicales et recouvertes d'ignobles mousses.

— Que cette ville est belle ! m'a-t-il dit quand nous sommes arrivés sur une petite place ornée d'une fontaine baroque, façon Trevi — en plus modeste, bien sûr.

Mais je commence à connaître mon philosophe : pas d'évidence qui ne recèle des mystères cachés ; pas de satisfaction qui ne surplombe une inquiétude.

— Avouez, Hilarion, que le rêve colonial est une chose bien étrange et incompréhensible. Conquérir le coin le plus reculé de la terre, pour le faire ressembler à chez soi...

— Ce n'est pas tout à fait comme cela que les choses se sont passées ici. Avez-vous entendu parler de la bataille d'Adoua.

— Adoua ? J'ai vu ce nom-là sur la carte. C'est dans la région où nous allons travailler.

— Tout juste.

Alors je lui ai tout raconté. Les dernières années si tragiques du siècle passé ; les Italiens qui sont montés à l'assaut de la barrière rouge qu'ils voyaient depuis leur petit port ; leur émerveillement quand ils sont arrivés ici, sur le haut plateau ; leur découverte, passé les derniers ressauts de basalte, d'un nouvel étage de la terre, couvert de prairies, de fleurs, de buissons dont l'ombre fraîche sentait l'encaustique. Ils ont cru entrer dans un paradis caché, que les Français et les Anglais, coincés dans leurs étouffants déserts, avaient méconnu. Les douces ondulations vert tendre du plateau abyssin les ont fait tomber à genoux, les yeux pleins de larmes de bonheur.

— Figurez-vous des hommes simples, Grégoire, des bergers des Pouilles aux visages mangés par des barbes noires, aux bras noueux. Ils comptaient aussi parmi eux beaucoup de journaliers de Sicile, qui ont toujours l'air en colère et qui marchent une main dans la poche du gilet et l'autre tenant le fusil du grenadier ou la hache du sapeur. Et puis des petits Sardes aussi, qui poussaient des mulets chargés de bâts en les fouettant avec des badines de saule.

Nous marchions toujours dans la ville. Grégoire regardait autour de lui avec plus d'intensité et les rues se peuplaient à ses yeux des personnages que j'évoquais. Lui faire aimer ce pays, le faire rester… Dissimulais-je assez mon espoir et mon plaisir ?

— Donc, ici, quand les Italiens sont arrivés, il n'y avait rien.

— Rien que des prairies piquées d'arbres aux feuilles argentées, des sources d'eau pâle au goût de volcan et, tout près du sol, de petits nuages qui cheminaient comme des piétons. C'était un paradis caché, dis-je en m'arrêtant et, la main sur le cœur comme un ténor d'opéra, je poussai mon aria. Oui, un paradis, un bouquet de toutes les douceurs, une terre de lait et de miel, que les Italiens recueillaient dans leurs bras comme une princesse enchantée sortie d'un conte. Ils étaient fous de bonheur.

— Waoh ! s'est écrié Grégoire en battant des mains comme au théâtre.

J'ai salué et nous avons repris notre marche.

— Aucun indigène n'habitait donc ici ? Personne ne s'est opposé à la conquête ?

— Quelques paysans placides et silencieux déambulaient dans la plaine, bien sûr. Vous en verrez. Ils n'ont pas changé. Mais nulle trace des princes guerriers dont on avait tant parlé aux conquérants.

— Où étaient-ils alors, ces guerriers ?

— Partis, envolés. La crainte sans doute. C'est ce que pensaient les Italiens et ils se sont élancés vers le sud en toute confiance.

L'étroite rue en pente descendait jusqu'à l'avenue de la Révolution. Le calme de la colline résidentielle était tel que les cinq voitures à large marchepied qui se croisaient au loin sur l'avenue nous semblaient produire un horrible vacarme.

— Et puis, ce fut Adoua, dis-je gravement en m'arrêtant au milieu du trottoir. Les armées de tous les princes, les ras, comme on disait, coalisés contre les Italiens, les attendaient dans cette cuvette. C'était une terrible embuscade. Et ce fut effroyable.

Grégoire m'a obligé à tout lui décrire. Le calvaire des Italiens, leur massacre malgré la supériorité de leur armement, et jusqu'à cette horrible tradition des guerriers abyssins qui se font une gloire de déshonorer leurs ennemis et se parent des attributs virils tranchés sur le corps des morts comme des vivants.

— C'est après, ai-je dit promptement pour quitter ce sujet déplaisant, qu'ils ont construit Asmara.

Je veux qu'il ne se méprenne pas sur la beauté de cette ville. Elle est douloureuse et non pas confortable. C'est une cicatrice, une plaie. Quand les Italiens eurent reflué sur le rebord du plateau, ils s'y sont accrochés en construisant cette capitale. D'autres eussent bâti une forteresse, un burg austère, un qsar, un krak menaçant, comme les chevaliers de Syrie. Les Italiens ont préféré planter sous le nez de ces féodaux barbares un concentré de toutes les grâces de la civilisation qu'ils avaient voulu leur apporter. Rien selon eux ne pouvait mieux punir les Éthiopiens de leur ingratitude.

Nous sommes allés boire un petit espresso serré au comptoir d'un café, sur l'avenue. Il est presque en face de L'Univers mais du côté ombragé et les Italiens n'y viennent pas. Je trouve que c'est ce qui fait son charme mais Grégoire a paru le regretter. En tout cas, moi, comme disent les Français, le roi n'était pas mon cousin...

Le 4 juin

Kidane m'a rendu compte cet après-midi : le bureau de Grégoire prend forme. Ils ont engagé un comptable, un vieux général à la retraite qui bredouille quand on lui parle mais à part cela tout à fait dévoué. Kidane a mis au point un système de commande de boissons au Café de l'Univers. Il sort sur le balcon et fait des gestes, comme un sémaphore. Deux petits mendiants, dans la rue, reçoivent le message : le bras droit levé pour un café noir, le gauche pour un café crème, les deux pour un cappuccino, etc. Ils filent à L'Univers, ressortent avec un plateau et le montent. Kidane est très fier de son système.

Grégoire a reçu la visite d'un Suisse allemand qui est dans le pays depuis quelques mois. Il travaille pour la Croix-Rouge et sillonne la région à bord d'une grosse voiture. Je sais qu'il a une amie érythréenne. En dehors d'elle, il ne fréquente pas d'autochtones ; encore moins de gens comme moi. Il a une trop haute idée de ce qu'il appelle son « obligation de neutralité ».

Kidane m'a dit que ce Gütli a parlé longtemps avec Grégoire et que toute la fin de la conversation s'était faite à voix basse, ce que je n'apprécie guère.

Mercredi 5

Demain, Grégoire va partir pour le sud ; on lui a enfin indiqué l'endroit où ils pourraient placer leur mission. C'est un village appelé Rama, dans les basses terres. Il faut descendre une grande faille pour y arriver. Je lui ai vanté la place : j'y suis passé dans le temps. Les abords sont pleins d'arbres fruitiers, de grands acacias bordent la route, des maquis d'agaves et de lentisques grimpent au flanc des collines.

J'ai quelques craintes, pourtant. Grégoire ne m'en a pas parlé en détail mais il semble qu'il soit inquiet pour d'obscures raisons politiques. C'est sans doute de cela que le Suisse est venu lui parler. À vrai dire, il n'est pas le seul. Moi aussi, j'ai entendu des rumeurs et les intentions de ce gouvernement ne sont décidément pas évidentes. Quel jeu jouent-ils avec ces affamés et les organisations de secours étrangères ? Je les connais trop, ces filous au pouvoir, pour ne pas craindre un piège derrière tout cela. Il faut que je trouve le moyen d'y voir plus clair.

Grégoire dîne en ville, ce soir. Le Suisse va le conduire dans un de ces bars dansants où sa neutralité n'est pas menacée. Ils y trouveront les spécialités du pays et c'est tant mieux.

Journée seul. La première depuis le début de cette affaire. Comment ai-je pu supporter aussi longtemps cette réclusion ?

Nouvelle promenade dans la ville en prévision du retour de Grégoire. Pour repérer tout ce que je ne lui ai pas encore montré. En passant devant l'infâme bureau de l'état-major, une idée m'est venue. Une illumination, en vérité : je vais aller voir Henoch. C'est Henoch qui peut me dire ce que manigance ce gouvernement et si tout cela ne va pas s'effondrer d'un coup. Je suis entré dans l'ancienne école des sœurs augustines pour lui faire demander une audience. Quelle souffrance, à chaque fois, de voir ce couvent toscan, avec ses fresques à la Masaccio, ses dentelles de buis, le puits à margelle de pierre. Une caserne, maintenant ! Et dans quel état ! Une des colonnes du cloître a été arrachée, pour qu'on puisse y garer une voiture. Sur les portes de chêne sont clouées des affiches de propagande jaunies.

Au dernier moment, je me suis ravisé. Un soldat m'a demandé ce que je voulais et j'ai dit que j'étais perdu. Il vaut mieux que je ne compromette pas Henoch, vu les hautes fonctions qu'il occupe maintenant. Je choisirai un autre moyen pour le rencontrer.

En revenant, j'ai senti de nouveau cette douleur à la hanche qui, avant, venait seulement à la saison des pluies. Désormais elle ne me quitte plus. Sauf quand je suis avec Grégoire.

Il est revenu hier soir. Je l'ai vu ce matin.

Son voyage l'a enchanté. C'est la première fois qu'il sort de la ville. Il a découvert le haut plateau et ses petits groupes bibliques, des bergers et leurs femmes en toge blanche, poussant un âne, allant de l'horizon à l'horizon, de nulle part à nulle part. Ensuite il a rencontré la grande faille et, sous sa palissade de lave noire, il a dévalé la route qui serpente entre des blocs de pierre fendus, ficelés par les racines des baobabs nains qui poussent à leur sommet.

— Et Rama ?

— Quelques huttes, un désert.

— Un désert ? Mais... les vergers ?

— Franchement, Hilarion, je les ai bien cherchés, croyez- moi. Dans ces basses terres, on ne voit que du sable. Vous devez vous être trompé d'endroit.

— Comment cela, trompé d'endroit !

J'ai couru jusqu'à la bibliothèque. Fut un temps où ma femme classait dans des albums toutes les photos de nos voyages. Je lui ai montré un cliché qui nous représente, elle et moi, à côté de ma voiture. On voit une pompe à essence près de nous et, derrière, les ramures de grands arbres. Je tiens à la main, avec l'air un peu niais, j'en conviens, une grande bourriche de pêches mûres. Sous la photo, de la belle écriture penchée de ma défunte épouse, est tracé le mot : Rama.

— C'est bien là, me dit-il. Je reconnais ce bâtiment et la pompe. Mais je vous jure qu'on ne voit plus un seul arbre à cet endroit et la pompe est à moitié enfouie dans le sable. D'ailleurs les femmes font, paraît-il, deux kilomètres pour aller tirer l'eau dans le cours d'une rivière presque à sec. J'en ai vu toute une troupe, avec de grosses cruches en terre sur le dos. De quand ces photos datent-elles ?

Je retourne l'album : 1953.

Il me regarde, un peu gêné. Voilà, la preuve est faite que j'ai un âge géologique. Ma mémoire ne ressuscite pas seulement des êtres disparus ; elle est témoin aussi de l'avancée du désert.

Toussotements. Changement de sujet…

— Avez-vous vu des affamés ? dis-je pour détendre l'atmosphère.

— Dans le village, on ne rencontre que des gens bien nourris. Mais on m'a assuré que la famine n'est pas très loin au sud.

Je veux bien être optimiste et penser, comme Grégoire, que les affamés viendront mordre à son hameçon. Pourtant, je comprends de moins en moins ce que mijote le gouvernement éthiopien et pourquoi il envoie des étrangers dans cet avant-poste isolé au milieu de la zone rebelle.

Heureusement, j'ai trouvé le moyen de faire parvenir à Henoch une demande discrète de rendez-vous. J'en aurai le cœur net quand je l'aurai vu.

Tout va si vite. Grégoire attend son équipe, qui doit arriver dans trois jours. Ils sont déjà dans la capitale et prendront un vol militaire Addis-Asmara dès que possible.

Je suis partagé entre le délice de cette nouveauté (cinq de plus… cinq !) et la vague crainte de perdre un peu de l'attention grégorienne…

Pour l'heure, nous continuons d'explorer la ville et de vider ma cave. Aujourd'hui, visite guidée du quartier des fascistes. Je suis bien sûr que Grégoire ignorait tout de la guerre d'Éthiopie avant d'arriver ici. Depuis qu'il est rentré de Rama, il m'en parle chaque jour. Peut-être est-ce d'avoir suivi la route que les troupes italiennes ont prise en 1935 quand ils ont entrepris de venger l'action d'Adoua.

Dans le marché aux épices, Grégoire a découvert un vendeur de médailles qui lui a montré cinq ou six de ses trésors, dans une boîte en fer-blanc (le clou de la collection était une broche en argent représentant le Duce de profil, coiffé d'un casque. Le genre de bijou facile à porter…). Grégoire a acheté le tout pour cinq dollars. Je l'ai étonné et un peu déçu en lui révélant que Mussolini n'avait jamais mis les pieds ici. Pourtant il avait des projets grandioses pour le pays. J'ai déniché jadis quelques planches gentiment utopiques qui permettent de comprendre ce qu'aurait été une Asmara au goût fasciste : grandes artères prolongeant la voie des forums impériaux jusqu'à l'Afrique et reliant le Colisée de Rome aux sources du Nil. En réalité, les fascistes n'ont pas beaucoup transformé la ville. On leur doit quelques bâtiments vaguement futuristes comme celui du consulat de France et du Café de l'Univers. Et, bien sûr, des routes.

J'ai cependant le sentiment que ce ne sont pas les fascistes qui intéressent Grégoire mais la guerre. Qu'a-t-il au juste dans la tête ?

Mercredi 12

Hier, je tombais de sommeil et je n'ai pas eu le courage de noter, même sommairement, l'arrivée de ce troupeau de fauves : Grégoire a accueilli son équipe au milieu de la matinée. Après le déjeuner, ils se sont abattus sur ma boutique comme des sauterelles. J'avais hâte de les voir mais au bout de dix minutes, j'étais impatient qu'ils s'en aillent. Mon magasin est exigu ; quatre personnes ont du mal à y entrer. Ils étaient six avec Grégoire et aucun n'a voulu rester dehors. Ce qui devait arriver est arrivé : les trois plus audacieux sont passés derrière le comptoir et ont commencé à fouiller dans les rayonnages. Ils m'ont fait grimper à l'échelle une dizaine de fois pour essayer des chapeaux. J'avais envie de leur expliquer que c'est sérieux, les chapeaux, qu'ils sont faits pour servir pendant des années, doucement, proprement. Non, ils jouaient à se les enfoncer sur la tête, à les cabosser. Ils en ont acheté chacun un. Pour

tout dire, cela m'est bien égal : je n'ai pas
besoin de cet argent. Je garde mon stock
comme un vieux berger ses moutons. J'aime ces
objets et cela ne me fait aucun plaisir de savoir
que six feutres vont traîner dans la poussière et
la boue, en pleine campagne.

Cela pour expliquer que je ne serai pas trop
précis dans ma description du groupe, parce
que j'étais occupé à déballer mes feutres. Une
certitude : il y a deux filles et le reste d'hommes.
Rien n'est plus opposé que ces deux femmes.
L'une, la plus jeune, piaille, glousse, fait des
mines. Elle ne peut s'adresser à quelqu'un sans
poser sur lui un regard papillotant, humide de
désir supposé. Elle l'a fait même avec moi, c'est
dire ! Je ne pourrais pas affirmer qu'elle est
jolie ; elle est très jeune et à partir d'un certain
âge on trouve toutes les jeunes filles jolies. Elle
a de longs cheveux bruns qui lui tombent aux
épaules, une poitrine ronde assez avantageuse,
des bras gracieux, qu'elle découvre largement,
comme ses jambes. En somme, elle jette ses
appas à la tête de celui qui la regarde. Elle ne
laisse pas le loisir de distinguer l'individu derrière l'espèce ; on se dit seulement : voilà une
femelle d'homme. Cette créature s'appelle
Odile.

La seconde est tout le contraire. Silencieuse,
elle se dissimule parmi les autres (je ne l'ai pas
remarquée tout de suite). Elle est d'abord un
individu singulier : un regard lourd, presque
accusateur, des yeux gris — je ne serais pas sur-

pris qu'elle soit myope —, des gestes précis, volontaires. J'ai remarqué tout de suite ses mains osseuses, aux ongles courts et la façon subtile, à la fois délicate et cruelle, clinique, dont elle a saisi mes feutres. Elle a des cheveux raides mi-longs, châtain clair. Rien n'est là pour séduire. Elle est habillée d'un pantalon et d'une chemisette de coton verte. Il faut sans doute la regarder plus longtemps pour distinguer la femme derrière cette silhouette neutre. Mais quand on prend le temps de la dévisager, elle paraît tout simplement belle. Je ne sais si l'on me comprendra mais je dirais qu'elle a la beauté de nos madones ortho-doxes auxquelles nos artistes parviennent à donner un air à la fois maternel et virginal ; elles portent l'œuvre de leur chair et cependant sont innocentes de ses abandons. Enfin, je m'égare. Jugez seulement qu'elle m'a troublé. Les autres me l'ont présentée comme médecin mais elle m'a seulement dit son nom en me regardant bien droit : Mathilde.

Du côté des hommes, il y en a un qui est tout à fait à part. Nous nous sommes flairés tout de suite. Un vieux comme moi et de la même race qui aime les jeunes. J'ai senti que nous nous étions compris et que nous ne nous parlerions jamais. Il faut que je compte en lui un adver-saire. Quand il a payé son feutre, il a planté ses yeux dans les miens et l'a posé sur sa tête d'un coup sec, après avoir bombé le fond et aplati les bords, comme si c'était un chapeau de garde forestier américain. Or il sait bien, lui, comment se portent les borsalinos ; il en a connu, peut-être même en a-t-il utilisé. Ses bouffonneries n'avaient pas d'autre but que de faire rire les autres et de me dire à moi : « Tu vois, tu en es resté à notre époque mais moi, j'en suis sorti ; je vis parmi les jeunes, je *suis* jeune. » Heureusement pour moi, Grégoire m'a présenté ce Jack comme le responsable local de la mission de Rama. On ne le verra jamais ici, j'espère. Il faut que Grégoire s'en méfie. Je le lui ai dit ce soir.

Les deux derniers sont plus insignifiants : un grand escogriffe un peu mou, le regard dans le vague, qui s'appelle Benoît et qui fera l'agent de liaison entre Asmara et la mission. Enfin, un petit infirmier très maniéré, qui regarde Odile avec fascination. J'ai l'impression qu'il ne la désire pas mais plutôt qu'il a envie de lui ressembler. Ils gloussent ensemble comme des copines, chuchotent, minaudent. Il a quelques efforts à faire pour jouer ce rôle de princesse : à trois heures de l'après-midi, il a déjà les joues bleues de barbe. Je crois me souvenir qu'il s'appelle Jérôme.

Ils ont tout tripoté ; j'ai été à deux doigts de les jeter dehors. Mais j'ai vu Grégoire dans la rue, assis sur une borne, l'air accablé, et je n'ai pas voulu créer de complications. Ils sont partis vers quatre heures, le chapeau sur l'oreille, heureux. Hier soir, ils sont tous allés dîner au restaurant, avec Kidane. Ce matin, à la pointe du jour, ils ont embarqué pour Rama. Grégoire est avec eux. Je ne le reverrai que demain.

Grégoire est rentré de Rama à la fin de l'après-midi et n'a eu que le temps de se changer. Il est arrivé ici au coucher du soleil ; le ciel était encore pourpre et plein d'oiseaux. Nous avons dîné sur la terrasse. Avec le vent tiède du sud-est, on n'entendait pas trop les concerts de chiens, à peine le cri de l'hyène qui rôde en ce moment du côté du marché. Une belle lune vernissait les toits. Grégoire était visiblement soulagé d'avoir quitté sa turbulente équipe. Au fond, ce garçon n'est peut-être pas un solitaire mais il aime la solitude. J'ai l'impression qu'il rêve beaucoup. Je le sens à sa conversation. Pour peu que nous soyons seuls, que la pénombre mette un peu de flou sur les choses, il serpente, il digère, il part dans une description puis intercale des images d'autres temps, des souvenirs, des rêves. Parfois, il les formule ; souvent ce sont seulement des blancs, des silences et l'on peut y mettre ce qu'on veut. Ces conversations-là m'enchantent. Je suis exactement comme lui sur ce point. La différence est que j'ai abusé de cet opium qu'est la solitude : on m'en a gavé, ces dernières années. Le rêve et le silence ont tout envahi chez moi. Dès qu'il se tait, je divague aussi. Il nous est arrivé de rester plusieurs minutes à ne rien dire.

Ce soir, il a commencé par me parler de la mission. Sa seconde visite lui a fait voir les choses différemment. Rama, ce lieu ouvert, ce bourg en ruine posé au beau milieu d'une immense plaine, est, comme je le craignais, un cul-de-sac encerclé, menacé de tous côtés. Les rebelles rôdent dans les montagnes qui environnent la cuvette. L'aire sur laquelle ils vont construire l'hôpital est directement sous leur feu. Sur tout un côté, l'armée a d'ailleurs enterré des casemates que Grégoire n'avait pas vues la première fois. Mis à part une poignée d'autochtones, ce sont presque exclusivement des militaires et leurs familles qui vivent là. Le responsable du village, sorte d'hybride de moine, de commissaire politique et de chef scout, est un jeune homme très appliqué, dénommé Berhanou. Il reçoit ses visiteurs devant un petit bureau sur lequel sont posés des livres, ce qui lui confère une autorité de lettré dans ce pays où l'écrit est la plus haute valeur qui soit depuis les temps impériaux. Son prédécesseur, un gros homme couvert de sueur et qui roulait sans cesse des yeux terrorisés, a fini par être assassiné un mois plus tôt dans une embuscade. La première fois, Grégoire avait été seulement frappé par le dénuement du lieu ; il n'avait pas perçu cette atmosphère de menace, presque de terreur. Il est vrai que, cette première fois-là, il était accompagné par des officiels et que le terrain était sans doute préparé soigneusement pour cette visite.

L'équipe s'est installée provisoirement dans un petit hôtel. C'était autrefois un relais pour les camionneurs. Dans le bâtiment central, peint en vert, on boit le thé et on mange ; autour, une série de cellules sombres meublées d'un lit (c'est-à-dire un bat-flanc en lanières de vache) sont réparties en deux ailes. Le poste d'eau, à couvert d'un buisson de jasmin, se réduit à un bidon bleu auquel est soudé un petit robinet de cuivre. Jack a annoncé tout de suite son intention de lancer un ambitieux programme de construction, à la fois pour la mission et pour le logement de l'équipe. Grégoire juge l'idée un peu ridicule compte tenu de la sécurité précaire du lieu. Mais il ne veut pas contredire Jack. Je vois là une nouvelle preuve de l'étrange indifférence de Grégoire. Il paraît ne jamais vouloir se battre. Non qu'il manque de force ou d'énergie, mais avant de livrer une bataille, on sent qu'il est accablé par un doute, un à-quoi-bon ? qui le décourage. Dès leur arrivée, après une brève inspection des lieux, Jack a commencé, avec Benoît et Jérôme, à faire un relevé du terrain et à crayonner des plans. Grégoire m'a remis une longue liste de fournitures qu'il me demande de lui procurer. C'était à craindre. Puisque j'ai fait l'indispensable, ils me prennent au mot. Je vais devoir dénicher huit camions de location, une machine à presser des parpaings, cent vingt perches d'eucalyptus, cinquante boîtes de clous de charpente, deux cents tôles ondulées, deux pompes à eau. J'ai fait semblant de ne voir là-dedans aucune difficulté. En vérité, je ne sais pas où je vais trouver tout cela.

Ensuite, les crabes de Massaoua qu'un camionneur nous a livrés dans la matinée sont arrivés sur la table et la conversation est redevenue plus décousue. La sauce de Mathéos était vraiment délicieuse. Le goût est un des seuls sens qui ne disparaisse pas, tout au contraire. Un vieillard est une bibliothèque de saveurs et à chacune il attache un souvenir ou plusieurs. Ces crabes me rappelaient les voyages que nous avons faits autrefois, ma femme et moi, à Souakin, la ville fantôme du Soudan, sur la mer Rouge. J'étais là-bas quand Grégoire me ramena, lui, vers Rama.

— Connaissez-vous ce grand pont qui traverse le Mereb, avant d'arriver au village de Rama ? me dit-il.

— Oui, un pont avec des piliers en granit rose. Sur les côtés, on voit généralement toute une cohue de pêcheurs, à la saison des pluies.

— À la saison des pluies peut-être, mais pour le moment la rivière est à sec. Rien que du sable. Avez-vous remarqué sur le tablier du pont l'inscription CA CUSTA LON CA CUSTA ? C'est la même que sur le monument qui est ici en ville, près de l'hôtel Hamasen.

— Oui, c'est une devise piémontaise. Elle signifie littéralement « coûte que coûte » mais cette traduction ne rend pas assez la violence des mots, c'est du moins ce que disent les Italiens. Il faudrait plutôt quelque chose du genre « Ça coûtera ce que ça coûtera ». C'est plein de rudesse là-dedans, comme un appel au sacrifice.

Les Piémontais ont dû se répéter cela en montant vers le haut plateau. Après, il y a eu la défaite d'Adoua et cette frontière qui leur avait été imposée par les armes, délimitée justement par cette rivière Mereb dont nous parlons. Le premier acte de la guerre voulue par Mussolini en 1935 a été de faire franchir ce fleuve à l'armée italienne. Et sur le pont que les fascistes ont construit derrière eux, ils ont inscrit de nouveau CA CUSTA LON CA CUSTA.

Grégoire m'a écouté silencieusement. Je commence à voir ce qui le travaille. Je le laisse venir.

— Cet après-midi, a-t-il repris, j'ai vu quelque chose d'étonnant, de la fenêtre du bureau. J'étais en train de dicter un message à Kidane. Tout à coup, j'entends un bruit de fanfare qui se rapproche, des trompettes, des clarinettes, des tambours. Nous courons sur le balcon. Une petite troupe vert olive marchait dans l'avenue Nationale. C'était un détachement de l'armée éthiopienne qui défilait avec galons, drapeau en tête et, derrière, deux blindés légers. Quand le cortège est arrivé à la hauteur du consulat, je me suis penché au balcon pour voir. Le soleil n'était pas encore trop méchant et le store n'était pas tiré au-dessus de la terrasse du Café de l'Univers. Une dizaine d'Italiens étaient assis devant leur café. Quand ils ont vu le défilé approcher, ils se sont levés et sont venus se poster, debout, sur le bord du trottoir. Cinq ou six autres, qui étaient à l'intérieur, les ont rejoints. Tous ensemble, ils se sont découverts et ont posé leur chapeau sur la poitrine. Imaginez-vous cela : un détachement d'indigènes en uniforme, tous noirs et l'air martial, marchant derrière un drapeau rouge, salué par deux rangs de vieux fascistes au garde-à-vous…

— Je ne sais pas si l'on peut parler à leur endroit de fascistes.

— Kidane m'a affirmé qu'ils sont tous arrivés pour la guerre d'Éthiopie.

— La plupart, c'est entendu. Mais voyez-vous, ce que nous appelions fascistes ici, c'étaient les gros, ceux qui avaient des responsabilités dans la colonie, dans l'armée ou l'administration. Ces gros-là, que l'on avait aussi surnommés les Italiens noirs, sont tous partis, pour l'Amérique du Sud ou ailleurs. Ceux qui restent sont des malheureux, des petits. Nous les appelons les ensablés. Ils ont échoué ici comme de pauvres barques. L'Afrique les retient parce qu'ils y possèdent un bout de maison, parce qu'ils ont une femme, ou plusieurs, des enfants, et surtout parce qu'ils n'ont pas assez de fortune pour rentrer.

— J'ai essayé plusieurs fois, dit Grégoire en s'animant, de lier conversation avec eux, à L'Univers. Pas moyen. On leur parle, ils lèvent poliment leur chapeau, mettent une pièce sur la table et s'en vont.

— Je sais. Ils sont comme ça.

— Avec tout le monde ?

— À peu près.

— Parce que, franchement, j'avais cru autre chose.

— Quoi donc ?

— Eh bien, je pensais qu'ils réservaient leur mépris à de petits jeunes comme moi qui viennent… hum… pour faire le bien. Il me semble que cela doit leur paraître tout à fait ridicule. D'ailleurs, j'ai cette impression un peu partout, quand je circule à pied dans les rues.

— Dites un peu.

— Je ne sais pas. Il me semble que les gens sourient. Ils ont dû voir passer beaucoup de monde ici, des conquérants, des missionnaires, des marchands. S'il arrivait à ces gens-là de faire du bien, c'était pour accroître le nombre de leurs troupes, de leurs fidèles ou de leurs clients. Mais est-ce qu'ils ont déjà vu des personnages comme nous… qui ne veulent rien ?

« Cela, mon ami, pensai-je, ce n'est pas le problème des ensablés, c'est le vôtre. »

— Non, ai-je dit, les ensablés ne voient certainement pas les choses comme cela. D'ailleurs, ils ne parleraient pas plus à des missionnaires ou à des conquérants. Même entre eux, ils ne parlent guère, avez-vous remarqué ? Moi qui suis marchand et qui ai toujours vécu ici, je ne leur adresse que rarement la parole, sauf à un ou deux qui se considèrent encore comme mes clients ou qui sont mes débiteurs.

Grégoire a marqué un temps ; il hésitait.

— Pensez-vous, a-t-il dit enfin, qu'un de ceux-là accepterait de me parler ?

— Vous parler ? Mais de quoi ?

64

— Je ne sais pas. Après tout, ce sont des témoins. Ils doivent avoir des choses intéressantes à dire sur la guerre, leur engagement...

— Vous croyez ? Je l'ignore, mais si vous y tenez, on doit pouvoir arranger quelque chose.

Nous étions dans la pénombre et la lueur des flambeaux ne me permettait pas de bien le voir. En tout cas, la passion avec laquelle Grégoire m'a parlé des ensablés fait contraste avec cette étrange indifférence qu'il affecte dans tous les actes qui relèvent de sa mission. C'est bien parce que j'ai senti cet intérêt que je vais me mettre en quête de le satisfaire. Je ne veux à aucun prix le décevoir. Je tiens trop à ce qu'il revienne.

Il est tard, je termine. Noter seulement quelques mots énigmatiques pour conclure. En me quittant, il m'a dit de nouveau : « Je ne suis pas sûr que notre mission dure longtemps, avec ces bruits de scandale en Europe, la polémique. On nous accuse d'être tombés dans un piège du gouvernement. »

Donc, pour demain, ne pas oublier :

1) relancer Henoch,

2) savoir par Kidane où Grégoire est allé en sortant d'ici.

Nous nous sommes quittés à neuf heures et demie. C'est bien tôt et il avait l'air pressé.

Deux jours sans pouvoir écrire une ligne. Trop à faire. Quand je pense à mon oisiveté d'avant… Quel bonheur, vraiment, d'avoir sans cesse l'esprit occupé ! D'abord, je dois faire les achats qu'ils m'ont demandés. Rien n'est simple. Je connaissais beaucoup de fournisseurs, la plupart sont morts. Les entreprises ont disparu ou sont aux mains de gens qui n'ont jamais eu affaire à moi. De toute façon, mes activités d'alors étaient d'une nature bien particulière. Et puis, il faut tenir compte des lois nouvelles, des choses interdites, réglementées ; on doit obtenir des autorisations, etc. Marcher m'est trop pénible. J'ai donc fait comme mon bisaïeul, celui que l'empereur avait capturé : j'ai organisé mon négoce sans bouger, en écrivant des billets, en téléphonant — mais Dieu que cet appareil fonctionne mal ici ! — et, le plus souvent, en utilisant des messagers, ce qui est très facile dans cette ville où traînent tant de gens désœuvrés.

Désormais, un système assez au point de liaison fonctionne avec la mission. Ce grand garçon, Benoît, que j'avais trouvé insignifiant la première fois, fait le trajet un jour sur deux avec une voiture qu'ils ont achetée à prix d'or — mais qu'ils auraient payée plus cher encore si je n'étais pas intervenu. Benoît va voir Kidane et Grégoire au consulat mais j'ai obtenu qu'il passe aussi à mon magasin pour me faire son petit rapport. Depuis que je lui ai parlé, j'ai révisé mon premier jugement sur ce Benoît. C'est un être énergique, intelligent et très sympathique. Tout le monde est sensible à son charme, particulièrement les êtres simples et intuitifs, les enfants, les bêtes. Lorsqu'il marche dans la rue, tous les petits mendiants de l'avenue Nationale l'entourent. Le suivent aussi les chiens errants et je ne serais pas étonné qu'il soit même accompagné dans le ciel par les oiseaux. C'est une sorte de saint François moderne. Il est d'ailleurs comme on imagine ce grand saint : maigre, haut de taille, le visage osseux bordé de cheveux noirs un peu bouclés, les yeux clairs. Le plus curieux est que ce garçon, en apparence si bon et qui incarne sans effort le dévouement et le partage, est ici pour des raisons qui n'ont rien de charitable. Grégoire me l'a dit, non sans une certaine joie mauvaise : Benoît s'est engagé dans cette mission afin de se soulager de quelques dettes. Pendant qu'il est ici, il épargne son petit pécule de volontaire pour rembourser ce qu'il doit. J'ai peine à croire que la seule motivation de ce garçon soit l'argent. Pourtant, je dois reconnaître qu'il en parle beaucoup et qu'il cherche à économiser ici le plus qu'il peut. Kidane m'a demandé l'autorisation de le mêler à certains petits trafics juteux qu'il fait avec la campagne. J'ai accepté. Pour savoir si Benoît mordra et quelle figure saint François fera en contrebandier. Il faudra qu'il se méfie : Grégoire, qui à l'évidence ne l'aime pas, m'en a parlé hier méchamment et avec des arguments qui m'ont étonné. Il m'a raconté de nouveau comment Benoît entraîne les enfants des rues, alors que lui, Grégoire, passe matin et soir devant eux sans qu'ils lui tendent même la main. « C'est très simple, dit Grégoire, pour les gens d'ici, Benoît, qui vient gagner de l'argent, est un garçon normal tandis que ceux qui les aident de façon désintéressée sont suspects. On s'en méfie. » Je pense que ce n'est pas vrai. Les gamins des rues ne voient pas si loin. Le don de Benoît est en lui, voilà tout. En revanche, la réflexion de Grégoire en dit long sur ce qu'il a dans la tête.

Dix-huit heures

Kidane sort d'ici. Il vient de me faire son rapport sur les activités nocturnes de Grégoire. Je ne sais pas entre quelles mains tombera un jour ce journal. J'espère qu'on ne me jugera pas trop sévèrement. De quel droit, dira-t-on, fouillé-je dans la vie privée de gens qui ne me sont rien ? Eh bien, justement, c'est parce qu'ils ne me sont rien que je me sens autorisé à le faire. Pour des parents, des proches, je crois que je me l'interdirais, mais cette petite troupe de jeunes gens qui arrive d'Europe est pour moi aussi étrangère et aussi passionnante que des coléoptères pour un collectionneur. Je sais de quoi je parle : j'ai eu cette passion dans ma jeunesse. On peut voir encore beaucoup de boîtes accrochées aux murs de ma bibliothèque et même quelques spécimens remarquables. Nos jeunes amis sont mes nouveaux hannetons : je les regarde avec le même œil.

J'en reviens au fait bien prévisible et, au fond, banal : Grégoire a rencontré une fille, et voilà pourquoi il est désormais si pressé de partir tôt. J'ai obtenu ces nouvelles par Kidane. Mais Dieu, que ce brave Érythréen est peu doué pour les choses de l'amour ! Ses comptes rendus concernant le bureau, la mission, tout ce qui relève du travail sont impeccables. Dès qu'il s'agit d'affaires personnelles, Kidane est empoté. C'est sûrement son côté catholique. Les coptes n'ont pas ces prudences. Il faut que je trouve un autre moyen de m'informer sur ce sujet. Kidane a été seulement capable de me dire que Grégoire, au cours de la soirée avec l'équipe, est allé danser en compagnie du Suisse dans ce restaurant que l'on appelle La Méditerranée. C'est un immense hall dont le toit repose sur une dizaine de gros pilastres carrés. Entre les colonnes, à deux mètres du sol, sont tendus des filets de pêche. C'était une idée du Grec qui en était le premier propriétaire et qui est parti il y a plus de vingt ans. L'établissement a été repris par l'ancien cuisinier, un Érythréen qui travaille aussi, à l'occasion, comme indicateur pour la police. Il n'a rien changé. Dans les filets de pêche, on voit toujours les gros dauphins bleu clair en caoutchouc gonflable que le Grec avait rapportés d'Europe. Ils sont encore hilares, ont l'œil vif, mais à défaut de plonger dans l'eau fraîche ils se contentent de l'écume de poussière blanche qui s'accumule sur leur dos. Une fois par semaine, après le dîner, un quart de la salle est aménagé en piste de danse. Le bal dure jusqu'au couvre-feu. L'orchestre est composé principalement de vieux métis, dont mon épicier, qui joue de l'accordéon. Ils interprètent des arrangements de leur cru, un mélange de jazz, de musique traditionnelle et de chansons italiennes. L'essentiel, paraît-il, est le rythme. Il est extrêmement entraînant et les danseurs se pressent en foule au point de ne plus pouvoir faire quoi que ce soit d'autre que de sauter en cadence. On dirait une boîte de clous que l'on agite. C'est une des rares réjouissances d'Asmara, elle a toujours attiré beaucoup de monde. Depuis que des étrangers sont revenus dans la ville à cause de la famine, le bal de La Méditerranée est devenu leur point de ralliement. Les équipages des avions militaires qui apportent l'aide y sont présents à tour de rôle.

C'est là que Grégoire a rencontré une fille. Kidane n'a pas été capable de m'en dire grandchose. Selon lui, elle n'est pas d'ici mais plutôt du centre de l'Éthiopie. Maigre indice. Kidane ne sait pas non plus ce qu'ils ont fait ce soir-là car cet imbécile, vous le croirez peut-être, est allé se coucher avant la fin du bal.

La seule observation intéressante qu'il ait recueillie date des deux jours suivants : il m'a affirmé qu'il les a revus ensemble. Il a même croisé la fille ce matin dans l'escalier du consulat à l'heure où il arrivait au bureau. Il ne s'agit donc pas d'une rencontre éphémère. Notre Grégoire n'est pas un consommateur, il se lie. À l'évidence, un commerce s'est engagé et j'utilise ce mot dans son sens classique, bien qu'il s'applique peut-être plus littéralement. Elle passe ses nuits avec lui et même chez lui. L'incompétence de Kidane en cette matière me désespère mais j'ai peut-être une idée pour renouer ce fil si bêtement cassé.

Lundi 17

Benoît est revenu ce matin prendre livraison des perches de bois que j'ai réussi, non sans mal, à dénicher à un prix abordable. Par réflexe, j'ai pris une commission de dix pour cent. Je ne vois pas à quoi ni à qui cela peut servir puisque je n'ai plus d'héritier mais c'est plus fort que moi : je suis toujours un commerçant.

D'après Benoît, la mission avance très vite. Ce Jack qui m'a tant déplu semble être un organisateur d'une rare énergie. Il a fait toute sa carrière dans des agences d'aide américaines. Passé la limite d'âge, il a réussi à se faire embaucher en Europe mais reste très fier de ses méthodes anglo-saxonnes. Il a engagé par contrat une douzaine de travailleurs locaux, en commençant par de vieux ouvriers formés du temps des

Italiens qui lui serviront de contremaîtres. Le reste de la main-d'œuvre est employée à la tâche, chaque matin, selon le programme de la journée. Jack a déjà tracé au sol le plan en vraie grandeur de tous les bâtiments et les fondations sont creusées. La machine à faire les parpaings est arrivée hier. Une noria de petits ânes bâtés apporte de l'eau, du sable et, mélangée au ciment, cette pâte est compactée en briques dans la machine. Ces parpaings sèchent en quarante-huit heures. Les premiers seront posés demain. Il faudra huit jours pour monter tous les murs.

Pendant ce temps, l'équipe médicale a commencé à travailler dans deux grandes tentes que lui a cédées l'armée. Ils n'ont toujours pas vu d'affamés. Leur clientèle se recrute pour le moment dans le village : grippes, petits bobos, surveillance de grossesses. Rien de catastrophique en somme. Une fois par semaine, un camion de la Croix- Rouge s'arrête sur la place et distribue des rations de farine et d'huile. On voit venir à dos d'âne des paysans du voisinage mais ils ne semblent pas malnutris. Voilà pour les nouvelles sur place.

Grégoire, ce soir, m'a apporté une autre version, ou plutôt il a élargi la perspective. Certes, leur mission se développe bien mais, replacée dans un cadre plus vaste, elle paraît compromise. Il s'est expliqué sur ses paroles énigmatiques de l'autre soir. Les journaux, en Europe et aux États-Unis, commencent à se remplir de rumeurs fâcheuses. L'Éthiopie n'est plus seulement un pays où des malheureux meurent de faim ; ce serait le lieu d'un véritable scandale. Le gouvernement communiste, dit-on, tire parti de la famine pour remplir ses objectifs politiques. Il se sert de l'aide pour prendre le contrôle des populations civiles dans les zones où opèrent les guérilleros. Je n'ai pas très bien compris les explications de Grégoire mais on peut, je crois, les résumer en disant que le gouvernement utilise la famine de façon cynique et l'a peut-être même sinon provoquée, du moins planifiée, afin d'en retirer un profit. J'ai pris l'air dubitatif et j'ai prétendu que cet État me paraissait trop mal organisé, trop incompétent pour avoir mis au point une stratégie aussi subtile. Grégoire m'a dit qu'il n'avait pas de preuves formelles. Les soupçons ne reposent encore que sur des témoignages fragmentaires recueillis notamment par les organisations humanitaires établies plus au sud, au cœur de la zone de famine.

Pour étrange que tout cela me paraisse, je suis pourtant bien convaincu que ces rumeurs ne sont pas sans fondement. J'ai nié avec énergie mais pour la forme. Ce gouvernement est l'héritier des pires traditions autoritaires impériales cuisinées en ragoût avec les morceaux du stalinisme importé récemment. De quoi s'inquiéter.

Heureusement, Henoch m'a fait savoir qu'il me donne rendez-vous après-demain matin. Hélas, il est, comme je le craignais, en campagne et il faut que je me déplace jusqu'à son quartier général, à cinquante kilomètres d'ici.

Mardi

Tout s'est déroulé comme prévu. Grégoire, bien joyeux, est revenu me le raconter lui-même sans se douter de rien.

— Savez-vous ce qui s'est passé ce matin ? m'a-t-il dit.

— ...

— Je marchais dans la rue avec Benoît. Comme d'habitude, nous étions accompagnés, à cause de lui, par une dizaine de petits mendiants. Benoît me quitte pour aller à la Poste ; les mendiants lui emboîtent le pas. Je continue mon chemin et, au bout de quelques instants, je remarque derrière moi un môme qui me suit à trois mètres. Je m'arrête, je le regarde. Il plonge les doigts dans son nez morveux. Je repars, il continue. Je m'arrête de nouveau. Comprenez-moi, Hilarion : j'étais perplexe. Depuis que je suis ici, je n'ai jamais été suivi par un gamin. Ça me manque sûrement un peu parce que, pour être franc, je dois dire que je me sentais assez fier de voir celui-ci derrière moi. En même temps, j'avais une impression stupide de malentendu. Ce petit garçon s'était probablement trompé ; il ne suivait pas le bon Européen. Pour en avoir le cœur net, je prends une pièce dans ma poche et je la lui tends. Il reste sur place. Alors je remarque des taies blanches sur ses

74

yeux ; il doit être presque aveugle. Je m'approche de lui. Il distingue sans doute les silhouettes car il lève les yeux vers moi. À ce moment-là se produit une chose extraordinaire. Il me dit en français : « Ne me chassez pas, monsieur. » Vous rendez-vous compte ? Ce gamin des rues parle français ! Il s'appelle Efrem. Je lui ai demandé son âge. Il m'a dit : « Depuis que je sais compter, il s'est passé six ans. » Quel âge cela peut-il bien lui faire ? Dix ans, tout au plus. Il a de petites jambes toutes maigres avec de gros genoux, un short de toile déchiré tenu par une ficelle et un genre de tunique couleur de terre sur le dos. Cela m'a paru tellement inattendu que ce petit indigène parle français ; j'en ai été tout heureux. Je lui ai quand même demandé pourquoi il ne suivait pas les autres. Il m'a dit que les petits mendiants qui étaient derrière Benoît formaient une bande. Ce sont eux qui couchent au pied de l'escalier du consulat, sous une bâche. Ils n'aiment pas la concurrence, apparemment. Comme Efrem n'est pas de leur bande, ils l'ont éjecté. En somme, il aurait préféré suivre Benoît comme les autres et il s'est rabattu sur moi faute de mieux. J'étais un peu vexé d'avoir été choisi par défaut mais j'avais gagné au change. Au lieu d'un tas de gamins avec lesquels je n'aurais pas pu communiquer, j'en avais un seulement, mais qui parlait ma langue. Comme il était midi, je me suis dirigé vers la trattoria qui fait face à la cathédrale. Efrem m'a dit que le patron ne le laisserait jamais entrer. Je me suis installé près de la fenêtre et le gosse s'est assis sur le trottoir. Il était caché par une jardinière de fleurs mais nous pouvions continuer à nous parler. J'ai voulu lui tendre discrètement de la nourriture mais il a refusé et j'ai même cru qu'il s'était vexé.

Grégoire m'a raconté la suite, et d'abord comment l'enfant a proposé de travailler pour lui, de faire le commissionnaire, de lui rendre des services. Mais quelle mission lui confier ? se demandait Grégoire. L'enfant lui-même a suggéré, avec malice, que pour des messages qui ne concernaient pas le travail, il valait mieux un intermédiaire passe-partout. Grégoire n'avait-il pas une bonne amie à laquelle lui, Efrem, pourrait porter des mots doux, qu'il pourrait suivre discrètement ?

Évidemment, je savais déjà tout cela, puisque Efrem m'en avait rendu compte dès le début de l'après-midi. Ce gamin est mon idée et j'en suis très fier. Me voici, grâce à lui, introduit au cœur de la vie affective de mon coléoptère. Je suis désormais en mesure d'observer tout un nouveau pan de comportement de mon sujet. Je m'en réjouis.

Il a fallu que la chance s'en mêle. J'avais complètement oublié l'existence de cet enfant. Mais la mère supérieure du couvent des dominicaines est venue me rendre visite avant-hier et elle m'a parlé de lui en passant.

Efrem est le fils d'une servante de son couvent, une très jeune fille. Elle n'était pas mariée et nul n'a su qui l'avait séduite. Chaque soir, un garçon différent grimpait chez elle, et elle ne disait jamais non. C'était une fille de la campagne, une pauvresse orpheline. Les sœurs ont accepté que cette innocente garde son enfant auprès d'elle dans l'immense bâtiment du couvent. Elles ont logé mère et fils dans la même cellule, à la fenêtre de laquelle elles ont seulement fait mettre des barreaux : va pour un enfant mais pas plus. Le bébé traînait dans les couloirs. Plus grand, il s'ennuyait dans ce collège vide dont sa mère ne voulait pas qu'il sorte. Ses seules distractions étaient de se mettre au fond des classes pendant les cours que donnaient les sœurs. La guerre rendait impossible l'arrivée de nouvelles nonnes. Aussi, chaque fois qu'une religieuse mourait, une discipline disparaissait du programme. Sur les cinq sœurs qui restaient (en dehors de la supérieure, qui n'était pas professeur), deux enseignaient les mathématiques, mais elles ne voulaient pas d'Efrem, une le dessin, mais la maladie avait rendu l'enfant presque aveugle vers cinq ans, une le catéchisme et une autre le français. Il était assidu dans ces deux classes, où il avait acquis toutes ses connaissances.

Il y a deux ans, la mère d'Efrem est morte d'une crise de phtisie. Les sœurs ont tenté de placer l'enfant dans une maison de la ville et me l'ont proposé. Il a travaillé ici un mois. Ensuite il a disparu. J'ai cru savoir qu'il avait suivi un vieux magicien, diseur de bonne aventure plus ou moins escroc et cousin, à la grande honte de celui-ci, de Mathéos. Nul ne put me dire par la suite ce qui était arrivé à l'enfant. Je n'ai eu de ses nouvelles qu'avant-hier ; la sœur qui est venue me voir m'a indiqué qu'Efrem était apparemment de retour en ville. C'était, paraît-il, devenu un vrai mendiant, un de ces gosses de rue sans foi ni loi. La nuit, il dormait au zoo. Les religieuses trouvaient cela dommage mais visiblement n'avaient pas envie de se charger de nouveau de lui.

J'ai envoyé Mathéos au zoo. Il m'a ramené Efrem. Quelques pièces l'ont convaincu de travailler pour moi et il est très heureux d'utiliser de nouveau son français. Il n'a raconté qu'une partie de cette histoire à Grégoire, et sans parler de moi, bien entendu.

Le 19

Benoît est reparti cet après-midi. En le raccompagnant à la porte du magasin, j'ai jeté un coup d'œil dans sa voiture. Tout l'arrière est maculé de poussière noire. C'est bien ce que je pensais : Kidane a commencé par lui faire transporter du charbon de bois. Il l'achète sur la route, en contrebas de la première faille sur la route de Rama. De petits charbonniers nupieds, hirsutes comme des diables, vendent leur marchandise dans des sacs de jute que prolonge une sorte de filet de raphia tressé. Acheté un, le charbon vaut dix en ville. Je suppose que

Kidane partage équitablement les bénéfices. Benoît, qui est passé du côté des trafiquants, garde la même mine de saint naïf. Je suis d'ailleurs de plus en plus persuadé qu'il en est un. L'argent qu'il gagne doit aller à quelque noble cause que j'ignore, mais je n'arrive pas à le voir s'enrichir pour lui-même ni rembourser des dettes qu'il aurait contractées en s'amusant. Et naïf, j'ai plus d'une occasion de voir qu'il l'est. Un autre l'a compris : ce Jack qui organise la mission d'une main de fer et lui fait tout gober. Benoît l'admire passionnément et me chante ses louanges. La grande nouvelle d'hier, qui a conforté Jack dans ses vues et accru la vénération que Benoît lui porte : il paraît qu'un petit avion de secours suisse a repéré, en survolant la zone, une grande masse d'affamés errants, huit mille personnes, à peu près. Pour le moment, ils se trouvent encore de l'autre côté des montagnes qui entourent Rama. Mais ils se dirigeraient vers le village où leur arrivée serait un véritable désastre. À moins que le centre de secours ne soit prêt d'ici là. L'équipe a engagé une course contre la montre. Jack est heureux : il a désormais bon espoir de faire taire les critiques qui l'accusaient de construire une cathédrale humanitaire en plein désert pour le seul profit d'une petite garnison de soldats et leurs familles.

À part cela, Benoît me parle assez peu du reste de l'équipe. J'ai l'impression, à une ou deux choses qu'il m'a dites, qu'il a déjà bénéficié des faveurs généreuses d'Odile, l'infirmière. Mathilde, la jeune femme médecin, ne parle à personne et passe son temps auprès des malades ou à lire dans sa chambre. Quant au petit infirmier, il s'est révélé incapable de travailler en équipe. Jack lui a confié la mission d'établir un réseau de dispensaires mobiles en dehors du village. Avec un véhicule et un interprète, il rayonne sur les pistes autour du bourg et rentre à la nuit. Ses expéditions lui ont permis de confirmer l'existence des huit mille affamés errants. Il ne les a pas vus mais s'en est approché suffisamment pour rencontrer des paysans qui les avaient croisés. Selon ces témoignages, l'état de ces pauvres gens est affreux…

Jeudi

Fait exceptionnel, Grégoire s'est attardé chez moi après le dîner. Je saurai par Efrem pourquoi il n'a pas vu son amie ce soir. Nous avons regardé les photos de mes vieux albums. Les plus anciennes ont un siècle. Ce sont de minuscules clichés jaune et blanc où l'on distingue des silhouettes, des ombres. Certains sont très émouvants : on y voit des enfants qui, bien sûr, sont morts aujourd'hui et beaucoup de femmes, certaines grimpées sur des chameaux, d'autres en crinoline, à cheval, sur le balcon de notre maison, en tenue de bal… Sur leurs visages étonnés, capricieux, furieux parfois, se concentre tout ce qui reste de notre vie passée, ses fêtes, ses séparations, ses naissances.

Les hommes de la famille, depuis que nous sommes installés ici, ont toujours épousé des Arméniennes. Étrange fidélité si l'on songe que l'Éthiopie fait pousser sur son sol de basalte des femmes qui paraissent pétries dans cette matière minérale et pure, des femmes d'une beauté que l'on dit irrésistible. Pourquoi leur avons-nous toujours préféré finalement nos Arméniennes ? Ont-elles de si grandes qualités ? Je suis un peu gêné pour en parler. Elles sont douces, c'est entendu, mais seulement quand elles le veulent et je ne crois pas connaître de femmes qui font de plus terribles colères. Rien n'est beau comme leur chevelure brune et drue, bien sûr, mais reconnaissons, sans leur manquer de respect, que leur corps s'alourdit très rapidement. Quand on les voit en photo, on ne peut pas en douter : nos compagnes sont parfois un peu épaisses, enveloppées même. Bien sûr, nous regardons avec attendrissement leurs larges hanches par où sont venues à la vie toutes nos générations ; il n'en reste pas moins qu'en face de la taille étroite, des hautes et fines jambes des filles d'ici, la comparaison est pénible tant elle paraît peu nous favoriser. Non, j'aurai la franchise de dire que nous n'épousons pas seulement ces femmes pour leurs qualités propres. Ce que nous en attendons, en tout cas ce que j'ai, moi, recherché, c'est, grâce à elles, notre maintien dans une position extérieure à ce pays.

Je m'explique : prendre racine ici en faisant des enfants métis, en créant des lignées mêlées, ce serait perdre notre situation d'observateurs et nous confondre avec notre sujet. En restant de purs étrangers, nous conservons cette indépendance, cette distance qui nous fait tout voir de loin, du dehors, avec détachement. Nous sommes d'ici et d'ailleurs en même temps. Nous ne pouvons vivre hors de ce pays mais nous ne pouvons pas non plus nous assimiler à son peuple. Il faut sans doute voir dans cette attitude la raison de notre actuelle extinction. Mes fils n'ont pu ni l'un ni l'autre dépasser cet atavisme. Mon petit Paul est mort, malade et seul, en Europe, où il avait tenté de se fixer. Et Michel, en qui j'avais mis tous mes espoirs, a manqué un virage sur la route de Massaoua. Il partait prendre le bateau pour rejoindre sa fiancée arménienne, qui l'avait quitté. En observant Grégoire à la dérobée pendant qu'il fouille dans ces albums, j'ai été frappé ce soir par sa ressemblance avec Michel. Peut-être est-ce pour cela qu'entre tous mes coléoptères, celui-ci occupe une place de plus en plus à part...

Quoi qu'il en soit, quand nous regardons ces vieilles photos, chacun perçoit des choses différentes. Je vois des êtres ; Grégoire voit des époques. Je vois des personnages ; il voit des objets et des circonstances. Par exemple, il est resté longtemps en arrêt devant un cliché pâli qui représente une parade militaire devant Lidj Yassu, l'infant, devenu régent après la mort de l'empereur Ménélik et qui fut finalement chassé lorsqu'il décida de se faire musulman. Dans la tribune, à côté du trône du prince, on distingue mon grand-père, avec son col dur et sa redingote. Je l'imagine regardant la parade et calculant combien manquaient encore de fusils, quels perfectionnements pourraient être apportés à l'équipement à partir des dernières productions européennes. Les Éthiopiens ont toujours eu sur la chose militaire des idées aussi étranges qu'arrêtées. Ils étaient passionnément attachés à la tradition et il leur aurait paru inconcevable d'abandonner chevaux, boucliers de cuir, dolmans et coiffes de fourrure. Pourtant, ils avaient conscience que l'adversaire européen — et même indigène — disposait d'armes modernes redoutables et ils comptaient s'en doter aussi. Les combattants portaient donc à la fois sabre et fusil ou lance et pistolet, parfois casque lourd et peaux de bêtes. Les innovations de mon grand-père devaient tenir compte de cet encombrement et s'imposer soit comme une heureuse simplification — c'est ainsi que la baïonnette avait permis un usage mixte du fusil permettant de remplacer la lance ou le poignard —, soit comme un complément utile et esthétiquement favorable (le plus grand succès, dans ce registre, avait été l'introduction des grenades striées, que les soldats laissaient pendre autour du ventre, répliques industrielles, pesantes et dangereuses, des colliers de testicules, trophées dérobés à leurs ennemis défaits, que les guerriers étaient accoutumés à porter pour célébrer leur virilité).

En regardant cette photo, Grégoire, lui, ne voit qu'une parade de chevalerie. Il est fasciné par ce Moyen Âge si proche comme si on lui présentait un reportage photographique consacré à une troupe égarée de croisés de Saint Louis qui aurait survécu, errante et intacte, jusqu'aux temps modernes. Il a passé son enfance à Provins, ville qu'il m'a décrite comme un décor des temps héroïques avec remparts, meurtrières, donjons, etc. Son père était contremaître et il est mort dans un accident de chantier. Sa mère est partie pour Paris où gagner sa vie et Grégoire a été élevé par sa grand-tante. Je retrouve là tous les ingrédients pour faire une imagination romanesque. Pas de père : terrain déblayé. Des figures de héros partout : loin, dans les romans (il a lu Scott et Malraux, Tolstoï, Dumas), et tout près, dans des personnages familiers. Par exemple, ce cousin dont le portrait décorait la salle à manger de Provins, un adolescent aux yeux clairs, vêtu d'une longue capote boutonnée et qui était mort à Douaumont sous les obus allemands. Ou encore le jardinier qui avait été déporté à Buchenwald pour une obscure affaire de résistance ; et surtout, le grand frère de Grégoire, de dix ans son aîné, engagé parmi les étudiants activistes pendant la révolution de Mai 68. Grégoire parle de ces événements comme d'une des grandes dates de l'histoire du monde, mais il les a vécus bouclé en province.

Quand il regarde mes photos, je sens que tout ce stock de rêves ne demande qu'à ruisseler sur les clichés. Il imagine le bruit de ces armées de cavaliers, les couleurs des harnais, l'odeur des buffleteries et des coiffes en peau de fauve, l'haleine des bêtes qui piaffent.

J'ai choisi ce moment d'exaltation pour lui annoncer que j'avais convaincu un ensablé, comme il me l'avait demandé, de le rencontrer et de répondre à ses questions. Il m'a presque sauté au cou. Je dois prendre garde à ces grands gestes ; s'il continue, il va bientôt me donner des bourrades dans le dos et je n'y survivrai pas.

Rendez-vous est pris pour jeudi avec l'ensablé. Une petite contrepartie sera nécessaire pour le dédommager ; elle sera raisonnable. De toute façon, Grégoire est prêt à donner tout ce qu'il possède pour cet entretien.

Je ne sais pas encore exactement ce qu'il recherche, quoique je commence à avoir des idées plus précises. Il s'est jeté dans l'action humanitaire en répondant à une petite annonce (« Cherchons administrateur pour mission en zone de guerre en Afghanistan »). Il a fui l'armée de paix et le service militaire pour rencontrer une guerre véritable mais ce qu'il a trouvé en fait d'engagement ne correspond pas à l'idée étrange qu'il s'en faisait... Maintenant il est coincé dans cette activité. Il fait le bien faute de mieux.

Mon Hispano-Suiza n'était pas sortie depuis dix ans. Mais Mathéos l'entretient bien. À huit heures du matin, elle attendait à côté du palmier de ma cour. Avec ses phares ronds, son radiateur chromé, le bleu profond de sa peinture émaillée, elle est aussi belle que le jour où je l'ai reçue, montée de Massaoua par le train avec une escorte armée. Asmara est sans doute la seule ville au monde où cette voiture est regardée par les passants à cause de sa beauté et non pas parce qu'elle est ancienne. Il ne roule ici que des antiquités, et l'incongru, ce sont les voitures modernes des volontaires de la famine.

Mathéos s'est mis au volant. Il était habillé tout en blanc, un châle de mousseline brodé d'une bande d'or autour des épaules. Je me suis assis à l'arrière et nous sommes partis. Nous avons pris la route de Keren. C'est par là, autrefois, que nous allions au Soudan. Chaque année, en juillet, ma femme et mes deux garçons m'accompagnaient à la grande foire de Port-Soudan. J'y passais des contrats ; ensuite, nous restions au bord de la mer Rouge pendant un mois, dans une maison que me prêtait un cousin.

J'ai été frappé de voir comme la campagne a changé, ces dix dernières années. La végétation est misérable, les arbres portent des feuillages poussiéreux et clairsemés, posés sur leurs branches comme des haillons. De grandes ravines de sable gercent le sol. Les cours d'eau sont à sec. Rien n'est plus cultivé. On sent que l'armée tient péniblement les routes et quelques bourgs ; la campagne n'est plus à personne et chacun, désespérant de la conquérir, se borne à empêcher l'autre d'en recueillir les profits. Détruire, piller, terroriser, voilà tous les travaux des champs.

Avant Keren, nous avons tourné à droite et roulé vers un piton rocheux bien visible. À son sommet, une forteresse. Les postes de garde étaient prévenus ; ils se sont ouverts pour nous laisser passer. À onze heures, nous étions dans le fort et une ordonnance nous conduisait chez le général Henoch, commandant en chef des armées éthiopiennes.

Il a beaucoup mûri. Mais il est encore à l'âge où les années ajoutent à un homme sans rien lui retirer. Il a toujours la vigueur de sa jeunesse. Son père était un des hommes de confiance de feu l'empereur. Il venait souvent à la maison pour négocier des contrats d'armes. Son fils l'accompagnait parfois et jouait dans mon jardin. Henoch était un enfant turbulent, violent même, qui faisait de terribles colères. Tout cela est maintenant maîtrisé. Avec ses cheveux semés de fils gris, ses traits réguliers, son regard droit et pénétrant, il montre qu'il domine sa force. On dirait un cavalier tenant immobile sous lui une bête ardente. C'est avec cette même rigueur qu'il dirige la guerre.

Pour les Éthiopiens, le respect dû à l'âge est un principe sacré. Tout puissant qu'il soit maintenant, Henoch m'a reçu avec humilité et rendu l'hommage que me valent ma vieillesse et la longue amitié que j'ai entretenue avec son père jusqu'à sa mort. Il a répondu à mes questions. Je sais maintenant ce que je voulais savoir. Preuve de confiance de sa part : il m'a bien représenté que personne à Asmara ne devait apprendre les détails de cette conversation.

Pour résumer, oui, il existe bel et bien un plan gouvernemental concernant la famine. Henoch l'explique de façon logique.

— À quoi sont dues les famines de cette région ? dit-il. À l'excès de population. Voyez ces terres : elles étaient les plus fertiles du pays ; elles sont presque désertiques. Pourquoi ? Parce qu'elles sont épuisées. Comme un sein que tètent trop de nourrissons, elles ont donné autant qu'elles ont pu et elles sont maintenant sans force. Trop d'hommes, pas assez de ressources. La misère arrive et avec elle la guerre. Alors, bientôt, ce n'est plus la misère, mais la famine, la vraie, complète, terrible, sans pitié. Que font les nations riches pour nous aider ? Elles envoient leurs camions de nourriture et leurs équipes de médecins. Le résultat est satisfaisant à court terme : on nourrit les affamés. Mais les conséquences plus lointaines sont désastreuses. Tous ces enfants sauvés, ces vieillards, ces femmes sont autant de bouches à nourrir demain, sur ces mêmes terres épuisées. Et toutes ces aides déversées sans discernement sur cette zone avantagent autant les rebelles que les civils. Le plus souvent on ne peut d'ailleurs pas les distinguer. C'est la guerre que l'on nourrit. Demain, quand l'aide étrangère s'arrêtera, que restera-t-il ? Une guerre plus violente, des terres plus ravagées et une population plus nombreuse et plus misérable. Comme une pluie d'orage sur un sol aride ; les secours qu'on nous envoie inondent tout, ruissellent en surface et laissent le terrain plus sec qu'avant. Nous, nous avons décidé d'utiliser cette énergie, de canaliser ces eaux, de les aider à ne pas se disperser, pour changer enfin les choses en profondeur.

Dans l'attitude de Henoch, je retrouve tout à fait son père. La même clarté, la même concision. Toutes ses déductions sont faites pour se terminer par un ordre bref, auquel personne ne songerait à désobéir. Cette famille a traversé les siècles sans quitter les parages du pouvoir. Ils sont de là, comme d'autres peuvent dire qu'ils sont de la côte ou de la montagne. Le père était un des plus fameux capitaines de l'empereur ; le fils a pris le parti de la révolution pour finalement occuper, auprès des nouveaux maîtres, la même place éminente que ses ancêtres. Il est le plus parfait exemple de cette continuité des hautes charges qui fait que l'Éthiopie, communiste ou pas, reste malgré tout elle-même.

— Donc la famine est venue, reprend-il, nous l'attendions. Elle apparaît par cycles, vous le savez. Cette fois, nous lui avons laissé prendre un peu d'avance. Pas par plaisir, certainement pas. Mais pour être sûr d'émouvoir l'opinion des pays riches, il faut une dose suffisante de malheur. Ceux qui nous reprochent d'avoir cultivé l'horreur sont les mêmes qui exigent de plus en plus de cadavres pour réagir. Donc, nous avons ému le monde et il a envoyé sur nous sa manne. Tout était prêt pour que le pays en tire le plus grand profit possible. Le dispositif que nous avons mis au point pour canaliser l'aide est très complexe. Moi-même et tant d'autres passons nos nuits et nos jours à en régler les mille détails. Mais, dans le principe, tout est simple. Il suffit de se rappeler mes prémisses : la famine procède d'un excès de population et de la guerre. L'aide, l'aide véritable s'entend, doit corriger ces deux facteurs. Il est possible de le faire par un seul mouvement : en se servant de l'aide pour déplacer de grandes masses de population du nord, aride et surpeuplé, vers le sud, fertile et désertique. Ce pays est déséquilibré. Son vieux centre historique ploie sous le poids des populations qui en ont épuisé les sols. Les empereurs conquérants qui ont ouvert au sud des espaces vers l'Afrique n'ont pas été suivis. Ce peuple de guerriers n'est pas un peuple de colons : il faut l'inciter à le devenir. La famine et l'aide le permettent. La famine pousse les paysans hors de chez eux mieux que ne pourrait le faire aucun préfet. L'aide les attire dans des camps, autour de points de distribution. Il reste à les déplacer vers les zones fertiles, ce que nous faisons par cars, camions, avions. À leur arrivée, l'aide que ces déplacés reçoivent encore, au lieu d'épuiser stérilement ses effets comme elle l'aurait fait si ces populations étaient restées sur place, permet au contraire de les maintenir en vie et au travail pendant qu'elles défrichent les sols fertiles et en attendant les premières récoltes. Si nous réussissons, nous aurons transformé un désastre en providence. Le pays sera mieux mis en valeur : les terres riches produiront de quoi nourrir ceux qui s'y seront fixés ; les terres arides porteront un moindre poids d'hommes et pourront suffire à leur subsistance. Et les rebelles auront perdu leur clientèle de désespérés.

J'étais venu pour écouter, pas pour discuter ou émettre des objections. J'ai seulement demandé à Henoch s'il ne craignait pas que ces mouvements forcés de population ne fassent beaucoup de victimes. Dans l'état d'affaiblissement où étaient sans doute ces malheureux, le transport et l'arrivée dans une région inconnue risquaient d'être coûteux en vies humaines. Je suis allé autrefois dans ces régions tropicales où on les déporte. La végétation y est luxuriante, bien sûr, mais ce n'est pas tout à fait par hasard qu'on n'y voit personne : l'air est pourri de miasmes et d'affreuses bêtes sont tapies dans le moindre recoin d'ombre…

Henoch m'a coupé d'un geste impérieux :

— Je suis un soldat. J'ai l'habitude de mesurer toute action en comptant les pertes qu'elle occasionne. Il y en aura. Nous les réduirons au plus juste mais elles sont inévitables. La question est de savoir ce que l'on veut. Laisser mourir des gens en les secourant sur place, c'est se résigner à des morts inutiles. Si on transporte ces populations vers des terres fertiles, il y aura des victimes. C'est inévitable, mais au moins ce sacrifice n'aura pas été vain. Il faut tout compter.

Henoch est revenu sur le sujet en me raccompagnant. Puis il m'a montré la belle ligne des montagnes telle qu'on la découvre depuis la terrasse du fort. Il m'a demandé des nouvelles d'Asmara, où il va rarement et secrètement car les rebelles veulent l'assassiner. Au moment de refermer la portière de ma voiture, il s'est penché et m'a dit :

— Dans ce monde, Hilarion, notre seule responsabilité, ce sont les grandes choses. Il n'y a qu'elles que nous puissions concevoir et exécuter. Les détails, eux, nous échappent, il faut s'y résoudre.

Sa femme et ses deux fils ont été brûlés vifs, il y a trois ans, quand sa maison a subi une attaque au mortier qui le visait. Il avait une heure de retard, ce qui l'a sauvé.

Nous sommes redescendus lentement de Keren, les vitres ouvertes pour mieux voir l'extraordinaire spectacle des vallées qui fracturent le plateau. Le temps était ensoleillé. Il faisait frais dans la montagne mais une brume poisseuse montait du fond des abysses. C'est à force de contempler ces immenses systèmes de failles d'assez haut pour avoir le sentiment de les comprendre et de les dominer que les Abyssins ont acquis ce goût pour les projets grandioses. Je ne sais pas si c'est heureux ou regrettable mais, quand on considère l'Histoire, il faut reconnaître qu'ils sont rarement parvenus à les mener à bien.

Lundi

Benoît est passé en coup de vent ce matin. Curieux mélange, qui finira par exploser. Il continue ses petits trafics et Kidane l'a mouillé jusqu'au cou. À chaque voyage, il rapporte du miel, des pastèques, du charbon de bois, des poules. Pourtant, sa loyauté envers Jack est intacte. Il continue de chanter ses louanges et de vanter son œuvre… désintéressée. À Rama, les murs sont terminés, les charpentes sont en place. Il reste à les couvrir de tôle et à clore les ouvertures par des huisseries métalliques. Jamais bâtiments ne sont sortis de terre aussi vite, surtout à cet endroit. Jack travaille nuit et jour. Benoît m'a laissé entendre que tout le monde ne suivait pas. De graves tensions se font jour dans l'équipe. Quant au petit infirmier, il est tombé amoureux fou d'une fille qui est, de toute évidence, la catin de la garnison. L'affaire provoque un scandale.

Mais l'essentiel est que les huit mille affamés vont bientôt arriver. Les premiers ont franchi la montagne et font maintenant halte au bout de la plaine, à quelques kilomètres de Rama.

Jérôme, l'infirmier, les a aperçus. Ils sont si épuisés qu'ils ne peuvent marcher plus d'une heure par jour. Avec la proximité d'un centre de secours, leur malheureuse colonne s'étire ; les plus vaillants vont en tête, abandonnant derrière eux une longue traînée de malades, de mourants et enfin, comme les horribles laissées d'une bête sauvage, de petits amas sans forme : les morts. Si ces garçons venus d'Europe ne m'en avaient pas parlé, je n'aurais jamais appris toutes ces horreurs. La vie ici est si douce. Quand même eussé-je connu tout cela, je n'en aurais probablement pas été choqué. Nous sommes habitués ici à ce que la famine fauche les rangs des hommes ; c'est un des faits constants de la nature. Mais vu par ces Européens, tout cela paraît insupportable. Je finis moi-même, à titre d'exercice spirituel peut-être, par voir avec leurs yeux et à ressentir un prurit d'action en entendant ces récits. J'ai hâte, comme Benoît, que les huit mille — ou ce qu'il en reste — arrivent dans le camp et je me débats pour pourvoir à toutes les fournitures manquantes dont l'absence pourrait compromettre cet accueil.

J'ai dit deux mots à Benoît, par curiosité, à propos de la polémique qui se développe à l'étranger autour de la famine. Il n'a pas paru intéressé du tout. « Dès que les huit mille seront là, vous verrez, il n'y aura plus d'états d'âme… »

À cinq heures, Grégoire est arrivé à l'improviste. Mathéos l'a conduit chez moi. Il était très agité. À la main, il tenait un papier dont il a fini par me lire le contenu. C'est un télex de Paris. On l'informe que la presse met de plus en plus ouvertement en cause l'opération de secours à l'Éthiopie et accuse le gouvernement de détourner l'aide à des fins politiques. La direction de Grégoire lui demande d'envoyer sous deux jours un rapport indiquant, vu du terrain, la meilleure décision à prendre : retrait ou poursuite de la mission.

Il m'a raconté que les Suisses sont venus le voir ce matin au consulat pour le pousser à dénoncer ce qui se passe. Eux-mêmes sont tenus par une stricte obligation de neutralité et de silence mais ils aimeraient beaucoup que ce qu'ils voient soit su et que le mouvement de protestation s'amplifie.

Ils ont fait rencontrer à Grégoire un de leurs délégués qui est en visite par ici mais qui travaille plus au sud, là où se font les déportations. L'homme a assisté à plusieurs rafles. Il les décrit, paraît-il, de façon effrayante. L'armée se saisit des gens au petit matin. Il y a des cris, des bousculades, les malheureux sont poussés à coups de crosse dans des camions. Les plus faibles sont piétinés. La chose se passe chaque jour et dans tous les camps. Comme les points de rassemblement autour de la distribution de nourriture sont immenses, deux pôles se forment : celui où travaillent les expatriés, auquel les journalistes ont accès, et celui où se font les rafles, que personne, bien sûr, ne visite.

— Je croyais que les déplacés étaient volontaires, m'a dit Grégoire, mais apparemment, c'est tout à fait faux. L'armée se saisit d'eux sans leur demander leur avis. En plus, les soldats qu'on a chargés de ces opérations sont pour la plupart des hommes venus des confins du pays, ils ne parlent pas les dialectes d'ici. Ils exécutent les ordres sans se soucier des protestations de ceux qu'ils enlèvent. On leur a dit de déplacer des familles ? Eh bien, ils raflent autant d'hommes que de femmes et ils prennent quelques enfants pour faire bonne mesure. Peu leur importe que la femme soit celle du mari et que les enfants leur appartiennent. Les camps sont pleins de couples désunis, d'enfants dont les parents ont été pris et de familles qui se désespèrent d'avoir vu partir un bébé.

— Rien de tel ne se produit encore par ici ? lui ai-je demandé.

— Pas dans notre mission. Du moins pas encore, parce que les affamés ne sont pas encore arrivés. Mais dès qu'ils seront là, il est probable que les militaires se mettront aussi à les déporter. De toute façon, ce n'est pas un argument. Nous n'avons pas à cautionner cela.

Grégoire s'échauffait beaucoup en racontant. Mais ce n'était pas une émotion du cœur. Je ne crois pas que les atrocités qu'il décrit l'émeuvent par compassion. Son excitation est tout intellectuelle. Il est sur les traces d'un forfait comme un enquêteur remonte la piste d'un coupable. Je pourrais lever ses derniers doutes et lui donner l'indice capital, voire la clef de l'énigme, en racontant ce que m'a dit Henoch. Mais il a exigé de moi le secret et, de toute façon, ce temps de confusion et d'enquête est du temps gagné. Une fois que la vérité sera découverte, je crains que tout ne se désagrège très vite.

Étrange, en tout cas, comme Grégoire m'a paru déterminé à agir. Décidément, ses motivations me paraissent paradoxales. Je suis convaincu, par exemple, que son intérêt pour ce pays reste abstrait, théorique, superficiel. S'il est capable de se prononcer contre ces déportations, au risque d'entraîner la ruine et la fermeture de la mission, ce n'est pas parce qu'il aime ces gens qui sont victimes d'exactions. C'est au contraire parce que leur sort lui est indifférent. En d'autres termes, il ne supporte pas l'idée qu'on puisse les persécuter, de surcroît avec son aide, mais il se moque bien de ce qu'ils deviendront. Pour ne pas être complice d'un crime, il est prêt à abandonner la victime au criminel. Je crois que c'est le caractère de ce garçon. Par exemple, il s'est vite adapté ici, il a construit en quelques jours un réseau de lieux où il aime aller, d'amis, ou tout au moins de connaissances, toute une série d'habitudes, de rites, comme acheter des épices pour le thé au marché du samedi, faire cirer ses chaussures dans la rue à trois heures de l'après-midi et dîner chez moi un soir sur deux (je ne dois pas me mettre plus haut que le cireur de chaussures). Je ne saurais dire pourquoi mais je suis convaincu qu'il peut abandonner tout cela d'un jour à l'autre. (En vérité, je sais bien pourquoi je le sens si nettement : c'est que moi, j'y ai un intérêt autrement fort…) Toutes ces apparences d'enracinement sont en réalité le produit de son nomadisme. Parce qu'il est habitué à bouger, il sait, à chaque déplacement, reprendre une vie apparemment normale et d'autant plus nourrie d'habitudes qu'elle en est, à long terme, dépourvue. Il appelle cela créer une vie quotidienne. Il me l'avait dit mais c'est seulement aujourd'hui que j'ai vraiment compris ; jusqu'ici, j'essayais d'alimenter la construction de cette « vie quotidienne » et j'avais la naïveté de croire que cela le retiendrait, et avec lui toute la mission. En vérité, la vitesse même de cette construction est à la mesure de ce que pourrait être, que dis-je ? de ce que sera, demain, la destruction. Je dois me rendre à l'évidence : rien n'attache Grégoire.

Je pense néanmoins que l'équipe, à Rama, ne voit pas les choses de la même manière. Il va y avoir discussion, explication orageuse, crise… Mon seul espoir est de ce côté-là.

Mercredi 26

Efrem sort d'ici. Il est venu me faire son compte rendu à propos de l'amie de Grégoire. Je m'en remets à ses observations, qui sont fines ; en revanche, je suis en désaccord complet sur les conclusions qu'il en tire. D'abord, je dois dire que ce gamin a vraiment un aplomb extraordinaire. Avec son mètre vingt, sa morve au nez, ses yeux blancs, il ne paie pas de mine. Mais quelle assurance ! Le vieux magicien avec lequel il est parti quand il m'a quitté était un devin, un prétendu guérisseur, un de ces diacres que l'Église copte pourchasse mais qui vivent à ses marges, en exploitant la crédulité des paysans. Efrem lui servait d'assistant. Lorsqu'ils invoquent les esprits, ces magiciens se placent au crépuscule près d'un miroir ou d'une surface d'eau et ils utilisent l'entremise d'un enfant pour lui faire dire ce qu'il voit et l'interpréter. Efrem avait pour cela toutes les qualités. Sa cécité d'abord. C'est parmi les aveugles que se rencontrent, paraît-il, les meilleurs voyants. En outre, avec sa formation religieuse, même rudimentaire, il pouvait dialoguer avec le vieux moine dans leur charabia d'église.

Ensemble, ils ont parcouru tout le pays. Ces devins n'aiment pas rester longtemps en place. Ils doivent sans cesse fuir les malheureux qu'ils ont mystifiés. Et ils aiment faire courir le bruit qu'ils peuvent se trouver à plusieurs endroits en même temps. Le vieux bandit a fini par mourir et Efrem est revenu ici. Mais la fréquentation de son maître lui a définitivement gâté la cervelle. Il vit dans un monde d'esprits, de sortilèges, d'influences. Mathéos en a très peur. Quand on lui donne à manger, le gosse prend son plat et va se cacher dans un réduit sans fenêtre qu'il a découvert sous ma terrasse ; c'est le seul moyen pour lui de se protéger du mauvais œil, c'est-à-dire des envoûtements que certains êtres maléfiques peuvent introduire à distance dans la nourriture et dans le corps de leurs victimes. Il parle de Grégoire avec pitié. Il a pris cet Européen en amitié à cause de son ignorance complète du monde des esprits.

« L'autre jour, me dit-il, nous étions au zoo. Je dors là, la nuit. Grégoire m'avait raccompagné. Nous nous sommes arrêtés devant la cage des singes. C'était l'heure du crépuscule. Ça grouillait. Il en arrivait de partout. Vous savez, il y a une grande mare en ciment, au milieu de la cage. On voyait les esprits sortir de là et voler autour de nous ; je baissais la tête pour les éviter. J'ai regardé Grégoire et je lui ai dit : "Qu'est-ce que vous voyez ?" Il m'a répondu : "Des singes." Des singes ! Vous vous rendez compte ? Je lui ai fait répéter trois fois. Non, il ne voyait rien d'autre. Je me suis tu. Ça ne vaut pas la peine d'expliquer, si on ne voit pas. »

Grégoire court de grands dangers, selon Efrem, parce qu'avec ses yeux grands ouverts, il est aveuglé par la fausse lumière des choses qui lui cache le monde des ombres, celui qui commande les destinées.

J'ai de la peine à faire revenir Efrem à son sujet : il s'égare constamment dans des propos interminables sur le surnaturel. Je l'avais convoqué pour entendre ce qu'il avait à dire sur la fille qu'a rencontrée Grégoire ; nous y sommes finalement arrivés. Avant même de me révéler qui elle est en réalité, Efrem a commencé à gémir en expliquant que cette créature est néfaste, qu'elle le terrorise et que c'est vraiment pour m'être agréable qu'il se force à la côtoyer. Il était inévitable qu'il la juge de cette manière : elle n'est pas d'ici. Le mauvais œil est porté de préférence par les gens venus d'ailleurs. Curieusement, la même méfiance entoure aussi les forgerons, ceux qui travaillent le métal, cette substance tirée des abysses, demeure supposée des démons.

L'amie de Grégoire, qui se prénomme Esther, est la fille d'un militaire éthiopien originaire du Menz. Il est venu en garnison avec sa famille dans la région il y a près de dix ans et a disparu peu de temps après, assassiné sans doute par les rebelles. Elle vit avec sa mère près du marché. C'est une jolie fille, plutôt petite, aux traits délicats, au nez long et bien droit comme en ont les races impériales, plus bas sur les plateaux. Efrem dit qu'elle est rouge, c'est-à-dire qu'elle a la peau claire des meilleures lignées. Elle se coiffe avec d'innombrables petites tresses très fines qu'elle entrelace ensuite savamment, selon une recette qui la fait ressembler à Néfertiti. Et, bien sûr, avec cela des yeux immenses, qu'elle ne baisse que pour mieux provoquer. Efrem, qui a vu sa maison, prétend qu'elle est habitée par un qollé, c'est-à-dire un génie maléfique qui s'attache à un lieu et en fait partir toutes sortes de maux, épidémies, fausses couches, querelles. Lui-même a marché sur un tesson de verre en allant rôder par là. Il m'a montré la plaie qui s'est légèrement infectée malgré de vigoureuses prières d'exorcisme.

Esther allait à l'université jusqu'à l'année dernière. Elle étudiait le droit. À présent, elle n'a plus d'activité. Elle aide sa mère à la maison et, le soir, court les bals, les boîtes de nuit. Grégoire l'invite partout, lui offre des vêtements, des bijoux et l'« aide ». Efrem en est presque sûr et, de toute façon, c'est l'usage ici.

Ils se voient presque chaque soir. Efrem a perçu un tas de petits symptômes qui montrent ce que ressent Grégoire. Avant qu'elle arrive, il est nerveux, tourne dans la pièce, regarde par la fenêtre. C'est Esther, apparemment, qui est maîtresse des rendez-vous. Souvent Grégoire envoie Efrem chez elle en fin d'après-midi. Il revient avec un court message : un lieu et une heure. Une fois, Efrem ne l'a pas trouvée ; Grégoire l'a accueilli méchamment et l'a renvoyé sur-le-champ. L'enfant a dû rester caché près du marché jusqu'à dix heures de la nuit, sans la voir. Il n'a pas osé revenir l'annoncer à Grégoire. Il a couché au zoo et n'est retourné au consulat que le lendemain. Grégoire avait la mine de quelqu'un qui n'a pas dormi ; il était rogue avec tout le monde. Vers midi, un gamin de la rue est monté avec un message qu'Esther lui avait envoyé. Grégoire, après l'avoir lu, a changé d'humeur d'un coup. Il s'est mis à plaisanter et à rire.

Je me demande comment interpréter de tels épisodes. De n'importe qui d'autre, je dirais : il est amoureux. Grégoire est plus imprévisible. Ce jeu ne fait-il pas seulement partie de cette « vie quotidienne » qu'il a voulu se créer ? N'est-ce pas comme son indignation de tout à l'heure : une pose, une manière convaincante de remplir l'instant présent mais qui ne marque pas pour autant un intérêt profond et durable pour ce qu'il paraît défendre avec chaleur ? Bref, de même qu'il s'apprête à quitter le pays tout en prétendant prendre fait et cause pour son peuple, n'est-il pas d'autant plus démonstratif en attendant cette fille qu'il ne forme avec elle aucun projet ?

Pour savoir ce qu'il en est, j'aurais besoin de connaître mieux sa vie passée. Il ne m'en a jamais parlé. Comment agissait-il dans ses autres missions ? Avait-il aussi de telles passades ? A-t-il jamais connu un amour profond, durable ? Ou bien a-t-il quitté trop tôt son pays pour ne pas s'installer dans cette espèce de provisoire éternellement recommencé ? Efrem a pris note de toutes ces questions sans les comprendre vraiment. Je suis sûr pourtant qu'il va chercher les réponses. Mathéos lui a compté trente pièces de ma part. Il les a prises avec empressement. Il m'a quitté vers neuf heures, l'air toujours dubitatif et un peu méprisant. Je suppose qu'il me considère comme légèrement stupide. Lui, par exemple, ne se pose pas toutes ces questions à propos de Grégoire. Il est simplement convaincu qu'Esther l'a ensorcelé et il s'emploie, chaque nuit, à consulter les esprits pour protéger son ami du grand danger où il le voit.

Le 30 juin

Bref passage de Benoît ce matin ; il m'a apporté deux oies, sans doute les sœurs d'un troupeau qu'il a convoyé pour Kidane. À Rama, les premiers groupes d'affamés commencent à arriver. Les huit mille sont encore derrière mais ils ne devraient plus tarder. Ils vont déferler en bloc, d'un jour à l'autre. Les abords de l'hôpital sont déjà pleins de monde. Les gens sont logés sous des abris de fortune, certains sont encore dehors. Il fait très chaud mais l'air est sec. Dans peu de jours, la saison des pluies va commencer. Tout est à craindre. La plaine où ils sont installés se transformera en cloaque au premier orage. L'équipe travaille d'arrache-pied pour tout préparer avant l'arrivée des huit mille et surtout avant les pluies. Benoît a eu quelques mots très durs, en passant, à propos de ceux qui, dans le confort de l'arrière, sabotent l'action de ceux qui sont au front. Cela préjuge mal de l'explication qu'ils vont avoir tôt ou tard, Grégoire et lui.

Benoît était, à part cela, d'excellente humeur. Il venait de recevoir une lettre de France. Il avait envie d'en parler. Il m'a dit que sa jument lui avait tout juste fait un poulain alezan en pleine santé. J'ignorais qu'il eût des chevaux. En vérité, il en a quatre, ce qui est bien étonnant. Il m'a dit un jour qu'il était professeur de collège, chargé de deux matières différentes, l'espagnol et l'éducation physique (mélange singulier). Il est très mal payé et ne sait jamais à la rentrée des classes si on va vouloir de lui et où. Je m'étonne qu'avec ce petit salaire il puisse élever toutes ces bêtes. Il en parle avec amour. Elles sont en pension dans un haras ; l'une d'elles est même à l'entraînement pour la course. Je suppose qu'il fait un pari à long terme et se voit millionnaire si une de ses pouliches gagne un grand prix. Ce garçon est un curieux mélange de rêveur et de combinard. Il fait des songes de fortune et peut-être de gloire, et les met en pratique par des actions obscures et suspectes, microscopiques et légèrement crapuleuses.

Il m'a quitté pour aller à la messe. C'est ainsi que j'ai appris du même coup qu'il était croyant et que nous étions dimanche.

Lundi, premier de juillet

À cinq heures de l'après-midi, j'étais dans le jardin attenant à la cathédrale. Le décor : une cour cimentée percée de trous carrés. De chaque trou sort une tige verticale et lisse de citronnier. À terre, des jarres rouges disposées sans ordre sont remplies de plantes grasses. Au centre, deux bancs s'adossent à un petit bassin. Une lampe dont le verre est brisé jette une lumière blafarde. Je me suis assis là vers cinq heures moins dix et, à l'heure pile, Ricardo est arrivé. Il marche voûté et s'appuie sur une canne de buis. C'est effrayant comme il est maigre. Quand il s'est assis sur le banc son costume s'est affaissé sur lui ; de son col de chemise qui pend presque à la verticale sort un cou de volaille plumée. Il a enlevé son chapeau et l'a posé sur son genou. Évidemment il est chauve et les rares cheveux qui lui restent ont une teinte gris sale qui me dégoûte. Quand je pense que c'est la seule compagnie que j'aie eue ces dernières années : ces vieillards secs et quelques indigènes que je connais de moins en moins. Depuis que la mission est arrivée, j'ai retrouvé l'Europe vivante, le spectacle de chairs blanches qui ne sont point fripées, parcheminées, souillées par les ans. Il faut vraiment que j'aie envie de faire plaisir à Grégoire pour me contraindre de nouveau à revoir ces vieilles momies.

Ricardo et moi sommes restés muets et immobiles, l'un en face de l'autre, lui appuyé sur sa canne et moi le dos calé par le dossier de bois. Grégoire est entré dans le jardin à cinq heures et demie, précédé d'Efrem, qui est rapidement ressorti pour l'attendre à l'extérieur. J'ai fait les présentations. Pour Ricardo, j'ai seulement dit : « Monsieur Ricardo », pas de nom de famille (je crois que personne ici ne le connaît, bien que nous voyions Ricardo chaque jour depuis cinquante ans) ; quant à la fonction, il n'en a plus et, pour ce qui intéresse Grégoire, je n'allais pas l'affubler du titre d'ensablé comme s'il s'agissait d'une charge officielle. De toute façon, chacun savait à quoi s'en tenir. Ils ont bredouillé un moment l'un et l'autre et j'ai fini par les inciter à la franchise. Ricardo a dit :

— Je n'aime guère parler, moins encore parler de moi. Pourtant, jeune homme, si je comprends bien, vous souhaiteriez recueillir des… des confidences ?

— Euh… En effet.

— Eh bien, j'y consens, mais à une condition.

Ricardo a repris son souffle avec effort après quelques mots. Le pauvre vieux est asthmatique au dernier degré. L'emphysème l'étouffe. En plein jour, on voit qu'il a les ongles bleus et, quand il parle longtemps, une sueur moite perle à son front. Il fait des phrases courtes pour n'avoir pas à s'interrompre au milieu d'une subordonnée.

— Laquelle ? s'est empressé de demander Grégoire pour montrer qu'il était bien disposé.

— C'est simple. Voilà… je voudrais entendre *Aïda* avant de mourir. Vous avez, paraît-il, l'intégrale de Verdi…

— C'est exact, a dit Grégoire avec empressement et sans laisser paraître sa surprise. Je vous l'offre très volontiers et même l'appareil qui permet d'écouter ces disques.

Je connais assez Ricardo pour savoir que cette requête, auprès d'un étranger de surcroît, a dû lui être très pénible. Il faut qu'il tienne vraiment beaucoup à cette musique pour s'humilier ainsi.

La rapidité de la réponse de Grégoire l'a soulagé. L'affaire était faite. Tout taciturne qu'il soit d'ordinaire, Ricardo avait envie de parler pour effacer au plus vite le poids de ce début de conversation. Grégoire était sollicité pour poser la première question. Je le sentais très gêné. Il espérait une conversation à bâtons rompus et voilà qu'il devait conduire un interrogatoire.

— Pourquoi… *Aïda*? a-t-il fini par demander, et il a rougi.

— Sans doute parce que c'est l'opéra que j'ai eu le plus de plaisir à chanter.

Ricardo parle un excellent français, appris avec les hommes du chemin de fer, que son expiration bruyante et ses *r* roulés rendent un peu ferroviaire.

— Vous chantiez?

Grégoire aussi manquait de souffle, à sa manière.

— Ce n'était pas mon métier. Mais oui, je chantais.

Ricardo a commencé à raconter avec assez de détails son enfance musicale. Son père était machiniste à l'Opéra de Rimini. Il avait vu passer, petit, toutes les vedettes de la scène lyrique. Il les écoutait, les imitait en cachette et connaissait de longs morceaux du répertoire.

— Dans le bateau qui nous a amenés ici en 1935, je chantais à voix basse. Nous étions nombreux, tassés les uns contre les autres. Mes voisins m'ont demandé de chanter plus fort. Puis tout l'entrepont a voulu m'entendre. Finalement, l'équipage m'a fait grimper sur une passerelle et je chantais chaque après-midi, à la tombée de la nuit. Je hurlais pour que les ponts supérieurs et les coursives m'entendent. Ils m'appelaient Caruso. C'était bien gentil.

— Pourquoi vos compagnons voulaient-ils vous entendre chanter ? Ils étaient tristes ?

— Au début, non. Mais passé le canal de Suez, le moral a baissé. Surtout au début de la nuit. Il y avait cette chaleur qui retombait. Les corps se détendaient. Beaucoup sanglotaient.

— C'étaient… des militaires ?

— Pas seulement. Mussolini nous avait parlé de l'empire. Il avait dit que tout était à faire ; il fallait le défendre, le peupler, l'agrandir. Alors il est venu de tout, des bergers, des ouvriers, des bourgeois, des repris de justice. À vrai dire, on ne savait pas qui était qui.

— Tous volontaires ?

— Sûr.

— Qui cherchaient quoi ?

— Ah, là, tout le monde n'avait pas les mêmes idées. Ils ne m'écoutaient pas tous chanter de la même manière… Comment dire ? Il y avait deux groupes. D'abord, ceux qui venaient chercher fortune. Pour eux, la colonie était un endroit où ils espéraient devenir riches — ou moins pauvres. Passé le canal de Suez, quand ils ont vu les plages cuites, les requins, les plateaux rouges brûlés par le soleil, ceux-là ont perdu confiance. Je crois bien qu'ils pleuraient de désespoir. Mes airs leur rappelaient l'Italie. Ça leur faisait du bien. Ils se réfugiaient dans la musique pour ne plus penser à ce qui les attendait.

— Et les autres ?

— Les autres, ils venaient pour la gloire. L'empire, pour eux, c'était d'abord une grande idée. Le général Graziani avait dit quelque chose de très beau, en Cyrénaïque. On était venu lui expliquer que les pâturages qu'il avait conquis serviraient à l'agriculture italienne. En somme, on lui disait : vous avez fait la guerre pour des moutons. Il avait répondu : « D'abord la gloire, après les moutons. » Beaucoup de ceux qui étaient là connaissaient cette phrase. Peut-être même étaient-ils partis à cause de cette phrase qui les avait frappés. Ils se moquaient bien des pâturages et des moutons. Ils seraient venus sur des cailloux ; ils seraient venus sur des déserts, s'il avait fallu. Leur affaire, à eux, c'était la gloire. Ceux-là, ils m'écoutaient autrement, je vous jure. Pas de nostalgie, pas de regrets. Des regards brillant d'impatience...

— Et vous ?

— Moi, a dit Ricardo, en baissant légèrement la voix (je sentais bien qu'il n'aimait pas ces questions personnelles mais qu'il avait pris la résolution — intéressée — de s'y plier), moi, j'étais un de ceux qui avaient entendu Graziani. Peut-être était-ce l'influence de tous ces grands rôles d'opéra. J'aimais l'idée d'empire. Beaucoup d'Italiens sont comme cela : ils ne se reconnaissent que dans leur région ou dans l'empire, mais l'État ne les intéresse pas. Depuis longtemps l'empire n'était plus qu'un vieux souvenir, Rome, César, toutes ces choses… Notre génération était la première à laquelle on proposait de faire revivre ce passé glorieux. C'était bien exaltant, à dix-neuf ans. Voilà pourquoi, un beau jour, je suis revenu à la maison et j'ai annoncé que je m'engageais. Ma mère a pleuré. Mon père m'a donné cinquante raisons de ne pas ruiner ma carrière. Il voulait que je fasse des études. On me réservait la charge de notaire de mon grand-oncle. Mais moi, je pensais : d'abord la gloire, après les moutons. Et je suis parti.

Sur ces mots, Ricardo s'est levé, a bredouillé quelques excuses en laissant entendre qu'il était fatigué. Il a offert à Grégoire de venir chez lui quand il voudrait et Grégoire a promis de nouveau les disques et l'appareil. Nous avons pris congé de Ricardo devant la cathédrale.

Grégoire m'a raccompagné à pied. Il m'a dit que cette journée était décisive : il avait enfin réuni les pièces du puzzle concernant la famine. Il m'a expliqué ce qu'est, selon lui, le plan du gouvernement. Je dois reconnaître qu'il a vu clair : l'idée qu'il s'en fait correspond exactement à ce que m'en a dit Henoch. Pour la première fois, Grégoire m'a avoué qu'il était favorable à une dénonciation publique de ces projets, quitte à ce que son organisation soit expulsée du pays. Bien entendu, je l'ai modéré.

Je lui ai dit que nous étions dans un pays pauvre, où l'appareil d'État, si criminel soit-il (je ne dois pas apparaître comme un complice), est inefficace. On peut sans doute penser que les Éthiopiens aimeraient déplacer des populations entières et même des montagnes ou des fleuves, mais ils sont loin d'en avoir les moyens.

— Je le sais bien, m'a-t-il dit, puisque cette fois-ci, les moyens, c'est nous qui les leur fournissons.

Il a l'air très déterminé et m'a annoncé qu'il partait le lendemain pour Rama afin d'en discuter avec l'équipe. Rien de bon ne peut en sortir. Sur le pas de ma porte, il a regardé sa montre et a poussé un cri. Neuf heures. Il m'a salué très vite et je l'ai vu s'éloigner en courant vers l'avenue Nationale. Son Esther l'attend au bar du Blue Nile.

Le 2

Jour de colère, calme pourtant : ils sont tous à la mission et Kidane a pris un congé pour aller voir un de ses cousins. Mais ce qu'il a eu le temps de me raconter avant de partir a eu l'heur de me faire hurler de rage. Impossible de me tenir tranquille avec un livre dans le coin des tilleuls comme je l'avais projeté. L'indignation m'étrangle. Du coup, je vais raconter ce forfait alors que je m'étais d'abord juré de l'oublier.

En quelques mots, voilà : cet hypocrite de Gütli, le chef de la délégation humanitaire suisse, est allé me calomnier. Il a révélé à Grégoire que j'étais un trafiquant d'armes. « Trafiquant », c'est le terme qu'il a osé employer !

Je veux bien qu'il soit jaloux de notre amitié, qu'il veuille avoir son Grégoire pour lui tout seul afin de mieux l'influencer sur la détestable voie de l'indignation, car ce lourdaud est trop lâche pour espérer atteindre à l'héroïsme autrement que par procuration. Mais tout de même ! Un trafiquant. Sait-il au moins, ce moraliste d'alpage, pourquoi nous « trafiquons » des armes ici depuis deux siècles ? A-t-il seulement mesuré ce que mon bisaïeul a compris dès son arrivée dans ce royaume perdu, à savoir qu'il n'y a ici rien d'autre à vendre, tout simplement. Les gens de ce pays sont orgueilleux et leurs besoins sont frustes : ils ne mangent que les céréales qui poussent sur leurs hautes terres. D'ailleurs la nourriture dont la nature ne les prive pas, c'est la religion qui la leur interdit : allez donc leur faire goûter une seule bouchée de lièvre ou de perdreau, ils préféreront encore mourir de faim. Pour s'habiller, rien ne leur paraît plus beau que les cotonnades qu'ils tissent eux-mêmes et leurs femmes se sentiraient déshonorées de porter un bijou qui n'aurait pas été ciselé par un de leurs orfèvres. Faites du commerce dans ces conditions ! Vous verrez si vous ne finirez pas par leur procurer la seule chose venue de l'extérieur pour laquelle ils montrent une avidité sans retenue, c'est-à-dire les armes.

Nous avons apaisé cette faim-là, oui. Je n'en rougis pas. Nous l'avons fait sans passion ni haine, sans prendre jamais part à aucune querelle. Nous vendons à qui veut bien acheter et, si l'on veut bien prendre ce terme dans son sens le plus noble, je dirai que nous avons toujours été neutres. Neutres comme ces jeunes gens qui se nomment humanitaires. Je sais bien que l'idée est choquante ; elle n'en reste pas moins juste. Nous, marchands d'armes, ne cherchons pas à influencer le cours des événements. Nous n'avons jamais eu ni protégé, ni idéal, ni ambition propre. Nous sommes au cœur de l'Histoire, sans la faire. Comme les humanitaires.

Si ce Suisse n'était pas aussi ignorant que jaloux, il saurait d'ailleurs que son pays tire sa vocation de cette parenté entre nos métiers. Que faisaient donc les Helvètes pendant des siècles sinon se vendre comme mercenaires ? Je n'y vois aucun mal : leurs misérables vallées ne pouvaient pas les nourrir tous. Ils étaient solides et on trouve toujours preneur lorsqu'on a de la force à revendre. Voilà comment ces pâtres ont pris l'habitude de la guerre, tout en montrant beaucoup d'indifférence à son endroit. Ils ont toujours considéré les princes européens acharnés à se battre comme également fous et également utiles, pour autant qu'ils voulaient bien payer leurs services. C'est récemment, mais Gütli l'a oublié, que les cantons sont devenus prospères et riches et que leurs enfants n'ont plus été obligés de se faire tuer pour d'autres.

On ne perd pas pour autant ses habitudes. Leur longue pratique de la guerre, l'attendrissement qu'ils ont toujours eu pour les populations victimes de la folie de leurs maîtres, le mépris dans lequel ils tenaient les motivations mises en avant pour s'entre-tuer, tout cela, qui a fait des Suisses de loyaux mercenaires, les a portés à devenir, sans se renier, de dévoués humanitaires.

Comment Grégoire a-t-il pris ce ragot ? C'est tout ce qui me préoccupe. Il me paraît inutile en tout cas de développer devant lui les arguments que je viens d'écrire. Il ne me croirait pas et quand bien même le ferait-il, je ne suis pas sûr de gagner beaucoup de son estime en me comparant à ces humanitaires dont il se méfie tant. Mon seul espoir est que le malentendu soit total et que Grégoire, extrapolant la confidence du Suisse, m'imagine tout à fait coupable. Après tout, lui qui est si fasciné par la guerre ne devrait pas moins m'aimer s'il croit que j'ai partagé ses passions. Cet humanitaire malgré lui a la nostalgie de l'engagement. Il suffit de le voir occupé à contredire Henoch sans le connaître… On l'étonnerait bien si on lui disait qu'il lui ressemble. C'est pourtant cela : Grégoire est un Henoch qui n'a pas trouvé sa cause.

Voilà où m'a mené ma colère. Elle a fini, comme d'habitude, en songerie un peu creuse. Plus grand-chose ne me sépare de la mélancolie, tant je crains que Grégoire, ardent dans le combat qu'il a enfin choisi, n'emporte la décision en ce moment même à Rama.

Trois carpes sont mortes dans le bassin du jardin. Efrem y verrait sûrement un présage...

Mercredi

Ni Benoît ni Grégoire n'ont réapparu. Mais ce matin, Jérôme, le petit infirmier, a fait irruption au consulat. La discussion bat son plein, à Rama, mais elle ne l'intéresse pas. Il a proposé de prendre le tour de Benoît pour venir à Asmara. Kidane me l'a amené pour déjeuner.

Après avoir passé un moment avec ce petit personnage, je dois convenir qu'il est insupportable mais très intéressant. Je ne l'avais vu qu'au moment de son arrivée et encore pendant quelques instants seulement. On ne peut s'imaginer quelqu'un raconter autant de choses — généralement méchantes — sous le sceau du secret à une personne qu'il ne connaît pas. Car, après tout, il ne me connaît pas. C'est plus fort que lui : Jérôme adore les secrets pour avoir le plaisir de les dissiper et la médisance lui brûle la langue. Sa conduite ne peut pas manquer de le brouiller en un instant avec n'importe quelle connaissance. La première parole qu'il m'ait dite était d'ailleurs celle-ci : « Ils me détestent tous. » S'étant placé de la sorte en état de légitime défense, il a ouvert le feu.

J'ai appris peu de choses sur l'entrevue entre Grégoire et l'équipe. Jérôme m'a seulement dit qu'elle était volontairement maintenue par Jack dans un ton calme et modéré. Pourtant ce n'était pas l'envie qui lui manquait de se jeter sur Grégoire pour le frapper. Mais Jack préférait ne pas se mettre dans son tort et il tenait son monde. Les réunions avec Grégoire se passent dans la salle à manger du bâtiment qui leur sert de résidence et qui est sorti de terre en quinze jours tout comme l'hôpital, le centre de renutrition et les entrepôts. Les murs sont nus, les enduits à peine secs. Quelques chaises en tube entourent une longue table de Formica. Les visages sont crispés. Ces détails m'aident à imaginer la scène. Quand il décrit Jack, Jérôme ne retient pas sa haine. Il voit en lui un tyranneau, une machine que seule intéresse l'administration abstraite. « Il pourrait tout aussi bien superviser un atelier de réparation de chauffe-eau. Il n'y mettrait ni plus ni moins d'humanité. Ce qui compte pour lui : les chiffres, la production. Je ne l'ai jamais vu approcher un malade ou un affamé. » Jérôme est persuadé qu'au fond de lui Jack a connaissance de ce qui se passe. Les déportations, tout le dispositif qu'est venu leur expliquer Grégoire, Jack sait bien que ça existe. C'est égal : il a une mission et il l'exécute. « Ce Jack est du genre à lancer une bombe sur Hiroshima et à devenir fou. Mais seulement *après* », siffle Jérôme avec un mauvais sourire. Et puis, confidence à ne pas répéter, il est fier de dire qu'il a servi cinq ans dans l'armée américaine. « Vous savez ce qu'il y faisait ? Il était dessinateur. Il dessinait des chars — à l'arrêt — pour mettre au-dessus du bureau de son colonel. Vous voyez l'héroïsme ! »

Avec cela, ce Jérôme est plein de paradoxes : il n'est pas d'accord avec Jack mais il ne veut pas pour autant que la mission s'arrête. Je n'ai pas très bien compris ses raisons.

Il a demandé à visiter ma boutique et nous y sommes allés en taxi : il faisait trop chaud pour que je puisse marcher dans les rues. Je lui ai ouvert et il a voulu voir les chaussures de dame importées d'Italie. Il m'en reste encore quelques modèles. Il est tellement précieux et maniéré que j'ai d'abord pensé que c'était pour lui. Il pratiquait peut-être une forme quelconque de travestissement ou de fétichisme.

Mais il s'est mis à me décrire sa bonne amie, toujours en me faisant jurer que je ne dirais rien. À l'entendre, on pourrait croire que les deux armées qui se font face dans ce pays n'ont d'autre objectif que de s'emparer d'elle. Il la pare de tous les charmes, ne m'épargne aucun cliché, ses yeux sont des billes précieuses d'andésite, sa bouche une rose, etc. Tels qu'il me les décrit, ces appas ne lui sont encore que promis. Il est prêt à tous les sacrifices pour les obtenir, ou peut-être simplement pour que durent éternellement ces délicieux moments de désir et d'espoir.

Il a pris des escarpins en chevreau rouge. Je n'avais aucune idée de ce qu'ils pouvaient valoir ; j'ai tapé très haut. Il m'en a été reconnaissant. Pour loger le pied délicat de sa déesse, un objet de vil prix n'aurait pas convenu. Nous savons cela d'instinct, nous autres commerçants, à force d'observer les hommes.

Efrem est passé me dire que Grégoire est rentré de Rama mais qu'il ne viendra pas ce soir ; il s'est déjà précipité chez sa belle. Je vais devoir attendre jusqu'à demain pour savoir comment les choses se sont terminées car Efrem n'assistait pas à la conférence de Rama. Cela ne le fait pas taire pour autant ; il est intarissable sur son voyage.

À l'aller, Benoît ayant emmené la voiture de liaison, ils sont descendus avec un transport de fournitures. C'était la première fois qu'Efrem roulait dans un camion autrement qu'accroché au pare-chocs arrière. Il était radieux. Et voilà qu'en plus, dans la descente de la première faille, ils ont été attaqués par des brigands, des chiftas ! Efrem m'a raconté la scène en battant des mains. Le camion était lancé dans la pente quand ils ont entendu des coups de feu. C'étaient de petits coups secs, comme des noix qu'on jette sur un sol dallé. Le chauffeur, un vieil Érythréen vêtu d'une saharienne élimée et d'une casquette, a regardé dehors. Efrem, qui faisait le traducteur, a compris qu'il n'avait rien vu d'anormal dans le paysage. Les chiftas étaient probablement en embuscade, en contrebas. À ce moment-là, sans arrêter le camion qui continuait à dévaler la descente et à tourner dans les épingles à cheveux, le chauffeur a saisi un vieux fusil sous son siège ; il a demandé à Efrem d'y placer des cartouches de chasse et, sortant l'arme par la portière, il a tiré les deux coups, à bout de bras, en continuant de conduire de l'autre main. Les décharges ont résonné fort dans la cabine et le fusil en reculant a même cogné la carrosserie. Grégoire a demandé au chauffeur s'il pensait avoir touché quelqu'un en tirant comme cela, à l'aveuglette. Le vieux lui a expliqué que non, mais que cela n'avait aucune importance.

« Ces chiftas, voyez-vous, ils tirent les premiers coups pour savoir à qui ils ont affaire. Si vous répondez, c'est que vous êtes armé : ils vous laissent passer tranquillement. Si vous ne répondez pas, ils font rouler une pierre sur la route et ils vous volent tout. »

Voilà bien un pays non violent ! Je le sais et j'en ai chaque jour la confirmation : ce peuple déteste les batailles incertaines, les éclats de voix, la confusion. Il n'exerce jamais qu'une violence en quelque sorte consentie…

À la mission, Efrem s'est promené partout. Il a parlé aux réfugiés. Le soir, il est allé jusqu'à la rivière. Dans un trou d'eau dont la surface était aussi plate et calme qu'un miroir, il a invoqué les esprits. Ceux qu'il a rencontrés là-bas lui ont paru très exotiques. Il méditait encore leur message énigmatique.

Il a juré de m'amener Grégoire demain.

Je suis assis sur ma terrasse ; il est dix heures
et j'attends avec une impatience que j'ai du mal
à contenir. Le soleil chauffe les pierres du sol,
écrase l'ombre sous les feuillages, fait vibrer
l'air. Pourtant l'eau est déjà là, invisible, sus-
pendue mais présente. Elle alourdit le ciel, dont
le bleu, plus soutenu, vire à l'indigo dans les
lointains. Elle se ramasse en petits paquets de
nuages qui descendent lentement du nord. On
la sent dans l'air aux parfums qu'elle réveille
dans les derniers boutons de rose et de seringa.
L'été ici finit d'un coup. Quand paraît cette
imperceptible avant-garde des orages, on sait
que la semaine suivante sera livrée aux tem-
pêtes. La plupart des gens attendent cet événement avec intérêt. Ils l'espèrent pour leurs
récoltes, le redoutent pour leur toiture ; ils
savent que l'eau va tout leur donner, nourriture
et maladies, fraîcheur et inondations. Comme
un parent bourru incapable de manifester sa
tendresse sans violence, notre nature prodigue
ses bienfaits avec une humeur terrible. À la
sécheresse vont succéder les torrents de boue
qui défoncent les rues, s'insinuent dans les
caves, ravinent la terre. Moi, je n'ai rien à
espérer ni de mauvais ni de bon, car une maison
solide me protège et je ne dépends pas des
récoltes pour survivre. Ces premières pluies
sont pour moi un spectacle somptueux et gra-
tuit au cours duquel la nature fait un majes-

tueux étalage de sa force et de sa poésie, en réveillant les couleurs, les parfums, en inventant des rythmes sur les toits de tôle. Par moments, après ces paroxysmes, elle se calme, comme un artiste qui prend de la distance pour contempler sa toile : assommé d'eau, le paysage souffle une haleine tiède et sous les vapeurs qui montent des feuillages brillent les couleurs vernies du végétal, de la terre et des pierres ruisselantes. Chaque année, je suis impatient de revoir cela ; le temps passant, c'est pour moi de plus en plus un privilège et presque un miracle. Je m'y prépare pendant ce long carême de chaleur.

Quatorze heures

Autant j'étais anxieux, autant Grégoire m'est apparu détendu et disert, lorsqu'il est enfin arrivé chez moi, à la fin de la matinée. Il a pourtant dû affronter, à Rama, une opposition générale, hargneuse et qui confinait presque à la haine. L'équipe a travaillé d'arrache-pied depuis son arrivée ; ses conditions de vie sont encore précaires. Ce sont des personnages hirsutes, sales, décomposés de fatigue qui ont accueilli Grégoire, lui qui arrivait frais, bien rasé et reposé. Ils l'ont sommé d'expliquer ce qui se tramait dans leur dos et, dans un silence hostile, il a commencé par présenter sa version de l'affaire : les détournements de population, le piège dans lequel les conduisait le gouvernement, la campagne de presse qui se déclenchait en Europe. Il a conclu prudemment qu'il était là pour recueillir leur avis et qu'il rendrait compte à Paris de la position du terrain. Il a néanmoins ajouté qu'à titre personnel il lui semblait difficile de poursuivre une mission que les circonstances risquaient de dénaturer complètement. Cette entrée en matière m'a mis au comble de l'excitation et je n'ai pu m'empêcher de laisser paraître ma curiosité :

— Comment ont-ils réagi ?

— D'abord, ils se sont tous mis à crier, particulièrement Benoît et l'infirmière, qui ont des voix perçantes. Très vite, Jack s'est levé et a fait cesser le tumulte. On aurait dit qu'il rattachait ses chiens. Dès que le silence s'est fait, debout, très solennel, il m'a dit : « Viens voir. » Nous sommes sortis. Il marchait devant, moi sur ses pas et les autres derrière, en bloc. Le bâtiment où nous étions abrite l'équipe depuis la semaine dernière. Il se compose d'une salle à manger centrale et de deux ailes encadrant une petite cour. Arrivés au milieu de cette cour, Jack me prend par le bras et me fait pivoter avec lui. D'où nous étions, nous voyions tout le bâtiment avec son toit de tôle et sa galerie couverte soutenue par des pieux d'eucalyptus. Alors Jack m'annonce solennellement : « Cinq mille parpaings, cent vingt tôles, trente-huit perches de bois. Construit en sept jours. » Puis, toujours en m'agrippant par le bras, il me fait traverser une sorte de terrain vague et nous nous plantons devant une grande maison carrée sur laquelle

est apposé un écriteau HÔPITAL. De nouveau :
« Huit mille parpaings, deux cent onze tôles,
quarante-deux perches de bois. Construit en
neuf jours » et, derrière, l'infirmière reprend
avec sa voix de mégère : « Quarante-deux
malades hospitalisés. Cent douze patients en
consultation par jour. Vaccinations, PMI, obsté-
trique. Nous avons déjà fait deux accouche-
ments. » Après cela, ils me font traverser une
cour où des groupes d'Érythréens sont assis sur
le sol et ils continuent de me présenter la phar-
macie, le centre de renutrition, le magasin pour
l'aide alimentaire, les feuillées, l'adduction
d'eau. À chaque station de ce chemin de croix,
on m'assène la quantité de matériaux, les délais
extraordinairement courts de la construction et
les détails techniques censés me clouer le bec.
Mais, moi, je suis à la fois touché et plein de
dégoût. En vérité, cette naïve satisfaction
d'enfants fiers de leurs devoirs fait pitié. C'est la
revanche de ceux qui agissent sur ceux qui parlent. Pour faire rempart à mon discours, reflet
lui-même d'autres paroles, celle de la presse
occidentale notamment, Jack et sa bande n'ont
que le recours de leurs mains. C'est pitoyable,
d'accord, mais en même temps quelque chose
dans ce procédé me révolte. Au fond, ils sont en
train de me dire : « Voilà, nous avons bâti tout
cela. Nous avons obéi aux ordres, fait conscien-
cieusement notre travail. Nous ne pouvons pas
avoir tort. Imaginez, Hilarion, la même visite
menée par l'architecte d'un camp d'extermina-

tion et qui dirait, devant les chambres à gaz, avec une fierté émue : "Neuf mille parpaings, cent sacs de ciment, construit en dix jours". »

Mon enthousiasme est retombé d'un coup, en entendant ces mots de Grégoire. Pour cacher ma déception, j'ai fourré mon vieux nez dans un grand verre de sirop d'hibiscus.

— Pauvre Jack, poursuit Grégoire, il tire gloire d'avoir servi sa vie durant pour les États-Unis, qu'il appelle la patrie de la liberté. Pourtant, sa manière de penser, d'agir, sa soumission aveugle au système qui l'emploie en auraient fait un apparatchik accompli dans n'importe quel univers totalitaire.

J'opine, bien sûr, pas mécontent, dans mon malheur, de marquer au moins un point contre ce vieil insolent qui s'est moqué de mes chapeaux.

— Une fois le tour de la mission terminé, nous sommes tous entrés dans la salle à manger. Jack a demandé à boire et une servante érythréenne, une fille de la campagne d'une grande beauté, est venue nous servir les yeux baissés. Après le voyage par la route et cette longue visite à pied, j'étais saisi par une fatigue que Jack a prise pour du consentement et de la docilité. Alors, en aîné bienveillant, il a entrepris de me donner des conseils pour rédiger une réponse qui convaincrait Paris. Du genre : il faut faire valoir aux donateurs que leur argent a été utilisé bien et vite. C'est ce que font les grandes *charities* anglo-saxonnes, etc.

Le pauvre vieux a été bien étonné quand, après s'être reposé et désaltéré, mon Grégoire a repris son argumentation du départ :

« Ce que vous avez fait est remarquable, lui a-t-il dit. Mais cela ne change rien : il faut savoir à quoi cela sert. Si c'est utilisé pour déporter des populations contre leur gré et pour les exterminer, il faut arrêter. »

Jack était outré, muet de rage. Si sa méthode de persuasion par les actes avait échoué, il se retrouvait sur le terrain qu'il redoutait plus que tout, celui de la discussion libre (Grégoire m'a cité un proverbe éthiopien qu'Efrem lui a livré hier : Si tu es habile de tes mains, tu seras esclave ; si tu es habile de la langue, tu seras roi). Jack a enfin compris que toute son énergie ne servait à rien ; il était accablé une fois de plus par la frustration éternelle des hommes de terrain devant les hommes d'abstraction, des militaires face aux politiques, des opératifs confrontés aux spéculatifs. Du coup, voyant qu'il restait coi, les chiens sont repartis à l'assaut en piaillant.

« De toute façon, ce que tu racontes, les déportations et autres, ça ne se produit pas ici », a dit Benoît.

Celui-là, apparemment, ne défend pas le travail bien fait ; il n'en veut qu'à son petit salaire pour éponger ses petites dettes et nourrir ses petits chevaux. Alors, Grégoire a perdu un peu son calme :

« Si la campagne de presse continue, les autres organisations partiront et tout le monde saura que nous restons pour participer à des saloperies.

— Nous ne faisons pas de saloperies, a répondu l'infirmière en criant, nous sauvons des vies. »

Et Grégoire, sur le même ton :

« Excusez-moi, mais pour le moment vous avez surtout construit des bâtiments. Pour ce qui est de sauver des vies, il n'y a pas encore grand monde dans vos installations.

— Si, il y en a ! Dix-huit malades hospitalisés, dix-huit ! hurlait l'infirmière comme si elle annonçait le prix du poisson.

— Et les huit mille ? Hein ? Les huit mille affamés qui arrivent ? criait Jack.

— Oui, les huit mille », braillait Benoît.

Ils ont continué à vociférer, puis comme il arrive parfois, la meute a repris son haleine, il y eut un silence où s'est glissée la voix sourde de Mathilde, la femme médecin.

« Le nombre importe peu, a-t-elle dit en regardant Grégoire avec une expression un peu effrayante où il crut lire du fanatisme et du mépris. Chaque vie compte. » Et elle a ajouté : « À condition, bien sûr, de s'y intéresser. »

La mention de ce coup de théâtre m'a arraché un cri et je me suis levé. Mathilde ! Je ne l'espérais pas, celle-là, bien qu'elle ait éveillé ma curiosité la seule fois où je l'ai vue. Ce qu'on m'en a raconté depuis confirme cette première impression. Le reste de l'équipe a peur d'elle car sa façon d'être et de travailler n'a rien à voir avec leurs manières grégaires et bruyantes. Ils prennent ses silences pour de la hauteur. J'en aurais plutôt fait une réserve passionnée. En tout cas, elle se moque tout à fait des bâtiments, des tôles, des parpaings, et là où Jack ne voit que des baraques à construire, elle ne considère que les malades. Elle passe ses journées et une partie de ses nuits accroupie près des moribonds. Les autres n'aiment pas cet étalage de vertu. Odile soupçonne méchamment Mathilde de les considérer, elle et ses collègues, comme trop riches et trop bien portants pour l'intéresser. Mais quand même elle est médecin et, si personne ne l'aime, on la respecte.

Voilà qu'avec toute cette autorité, Mathilde aura jeté dans la balance le poids décisif. Moi qui avais cru Grégoire victorieux, je commence à reprendre espoir. Il a heureusement rencontré plus ténébreux que lui. Sur ce terrain moral que tous avaient déserté pour parler de parpaings et de tôles, quelqu'un a su lui tenir tête.

Les autres l'ont compris aussi et n'ont apparemment pas hésité à surenchérir dans cette étrange et nouvelle alliance avec Mathilde.

« Si nous partons, a repris Jack en récitant le credo de sa nouvelle religion, nous abandonnerons ces malades qui ont confiance en nous. »

Benoît et Odile y sont allés de leurs anecdotes touchantes à propos de malades guéris et toujours revenait le leitmotiv « N'est-ce pas plus concret, plus nécessaire de prendre en considération la souffrance, la vraie, que de parler d'on ne sait quels déportés invisibles et hypothétiques ? N'est-ce pas plus réel que tout ? Rien ne vaut une vie sauvée ! »

En même temps qu'ils assommaient Grégoire de cette rhétorique, ils le rendaient plus singulier et plus odieux. Comme l'avait insinué Mathilde, on pouvait croire qu'il ne s'intéressait guère à ces vies particulières et sacrées qu'il fallait sauver. Sa localisation à Asmara n'était-elle pas d'ailleurs le symbole de son détachement, de cette distance par rapport aux vraies victimes qui le plaçaient hors jeu et ôtaient par avance toute valeur à ses déclarations ?

Ce dernier assaut l'a vaincu. Grégoire a pris la fuite. Il leur a donné acte de tous leurs arguments. Ils ont été rassurés et l'ont laissé partir. Voilà comment les batailles se gagnent.

Mathéos est venu nous chercher pour le déjeuner. Tout agité de ces sanglots muets qui me viennent désormais quand j'ai de grandes joies — et qui hélas les gâtent et m'empêchent d'en profiter —, j'ai pris le bras du causeur pour qu'il me soutienne jusqu'à la salle à manger.

Nous avons parlé de choses sans importance jusqu'au dessert (une tarte aux quetsches comme Mathéos les réussit rarement mais qui, cette fois, était un délice ; elle semblait concentrer les derniers et subtils parfums du jardin avant les pluies). Après, nous sommes allés sur la terrasse et pendant que nous buvions le café nous avons regardé passer les cumulus de plus en plus noirs qui viennent de la mer et traînent sous eux un voile d'ombre froide.

Nous avions bu d'un lambrusco dont il me reste trois bouteilles. Quand j'en soulève une et que je filtre à travers elle la lumière du soleil, j'y vois, contenus par le verre, du bonheur et du courage tout purs, liquides et purpurins. Ces fluides ineffables et précieux irradient en moi. Avec leur délicieux secours j'ai pu enfin poursuivre l'entretien et, courbé sur ma chaise avec l'air serein de celui qui regarde les nuées, j'ai enfin posé la question qui me préoccupe le plus.

— Avez-vous enfin décidé ce que vous alliez répondre à Paris ?

— Oui.

Un long silence a suivi. Si Grégoire devait s'en tenir là, mes doutes ne seraient pas levés. Je ne vivrais plus…

— Bien sûr, repris-je en continuant de scruter négligemment le paysage du ciel comme s'il avait été peuplé de saynètes pittoresques et variées. Il vous suffira de faire le compte rendu de votre discussion à Rama. L'avis de la majorité s'impose…

Grégoire eut un petit rire mauvais, bien étonnant chez lui et qui surprit Mathéos au moment où il lui remplissait sa tasse de café.

— C'est ce que je leur ai laissé croire en battant en retraite. Mais c'est à *moi* qu'on demande ce rapport. Vue d'ici, la situation est plus complexe que ne la jugent ceux de la mission. Ils ont le nez trop collé au terrain. Non, croyez-moi, je tiendrai compte de leur avis pour ma réponse. Mais pas comme ils l'espèrent. Et désormais, je vois tout clairement ; je suis déterminé.

— Déterminé... ? ai-je dit.

— Déterminé à faire voler en éclats leur petit tas de mauvaises raisons ; leur complaisance pour défendre leur ridicule château de sable ou leur petit salaire, la hargne de l'infirmière pour qui tout se résume à préférer vivre en mission qu'à mener une existence obscure dans une clinique de banlieue. Tout cela me déplaît quand il s'agit d'en faire le prétexte d'un grand crime et je vais le leur montrer.

Cette fois, le lambrusco lui-même n'y a pas suffi. J'étais depuis une heure sur les sommets du triomphe et voilà que Grégoire me précipitait par terre. La vieille sève de mon corps a reflué tout d'un coup vers je ne sais quelles profondeurs. J'ai trouvé l'énergie de me lever et de faire signe à Grégoire de nous mettre à l'abri dans la maison. Il m'a suivi mais sans cesser de pérorer. Aussi rouge que j'étais blême, emporté par son sujet et cette volupté qui s'empare des jeunes hommes quand ils croient subitement avoir des idées claires sur leur destin, il a continué.

— En rentrant, dans la voiture, j'ai surtout pensé à cette phrase : « Rien ne vaut une vie. » Vous ne me croirez peut-être pas, Hilarion, mais j'ai eu une espèce d'illumination, en montant la deuxième faille. J'ai compris que c'est exactement à cause de cette phrase que je ne parviens pas et que, sans doute, je ne parviendrai jamais à respecter ce métier. « Rien ne vaut une vie », cela veut dire que pas une vie ne doit être sacrifiée, c'est-à-dire qu'il n'existe rien au monde à quoi nous croyons suffisamment pour le défendre en le payant avec des vies. « Rien ne vaut une vie », c'est le message d'une société pour laquelle la plus haute valeur est la bouffe et le plus grand drame est d'en manquer. Ah ! nous sommes bien riches, bien libres, bien heureux ! Notre nourriture n'a pas de goût, nos églises sont vides, nos tribunaux sont débonnaires. Nous préférons, pour la première fois peut-être dans l'Histoire, la vie matérielle à la vie éternelle. Au lieu de dire que nous ne croyons à rien et que c'est pour cela que nous sommes incapables de justifier la mort, nous préférons glorifier la vie. « Rien ne vaut une vie. » Terrorisme ! Terrorisme de la vie avant tout, qui n'est en vérité que la preuve d'un grand vide, d'un renoncement à ce qui fait l'homme : le choix d'un combat et l'acceptation d'un sacrifice.

Grégoire s'est levé et il parle en déambulant sur le seuil de la croisée ouverte. Je le sens qui hume au-dehors cet air frais qui roule sous les grains noirs.

— La plus grande ironie, dans tout cela, c'est que juste avant d'arriver à Rama, à l'endroit où

132

l'on franchit la rivière, il y a cette inscription sur le pont CA CUSTA LON CA CUSTA. On ne peut pas imaginer quelque chose de plus opposé à l'état d'esprit de nos bons apôtres. *Ca custa*, vous me l'avez dit, cela veut dire : notre idéal justifie tout, y compris la mort.

— C'était la devise des fascistes…

— D'eux et de bien d'autres, de ceux qui les ont combattus, par exemple ! *Ca custa*. Coûte que coûte. Comprenez-vous bien tout ce que cela signifie, Hilarion ? Quelqu'un dit : voilà ce que je veux, voilà ce que je crois. Pour y parvenir, je suis prêt à accepter le sacrifice, le mien et celui des autres.

— Il me semble que vous devriez changer de métier, dis-je en laissant percer une légère impatience qu'aussitôt je regrettai.

Mais Grégoire était trop exalté pour m'en vouloir. Debout, il m'a regardé en souriant et m'a répondu doucement :

— Moi aussi.

Puis, il est revenu s'asseoir à la table.

— Croyez-moi, quand j'ai choisi celui-ci, je m'attendais à autre chose qu'à « rien ne vaut une vie ». Mais la vérité, hélas, c'est que je ne suis pas différent des autres. Je ne suis pas plus qu'eux capable de croire, de croire vraiment, de croire au point de dire « *Ca custa* ». La seule différence, c'est que, moi, je m'en rends compte et cela me rend malheureux.

J'avais beau être envahi par ma propre déception, je dois reconnaître que cet instant de sincérité m'en a détourné. C'était la première fois que Grégoire montrait aussi courageusement la plaie de son âme ; la première fois que les mots qu'il venait de lancer, comme une poignée d'écus sur une table, sonnaient juste et faisaient le poids.

La suite n'a pas eu cette intensité. Après de longs silences pendant lesquels le rêve nous remorquait Dieu sait où, nous nous sommes séparés avec une cordialité un peu ridicule. Il était trois heures.

À la tombée de la nuit, Kidane est arrivé. Je l'ai informé que Grégoire allait rédiger ce soir même un rapport recommandant, au nom de la mission, de ne pas prendre le risque de travailler en faveur des déportations. Il devrait s'ensuivre, dès lundi, la participation de son organisation à la conférence de presse organisée en Europe pour dénoncer les crimes du gouvernement éthiopien.

Il ne faut pas être grand clerc pour prévoir la suite : ceux qui vont protester de la sorte seront expulsés.

Ce sera pour moi la fin du rêve, le retour honni de la solitude... Que faire ? Il faudrait que la Providence s'en mêle. Mais je n'ai guère eu, jusqu'ici, l'occasion de la rencontrer...

Seule visite aujourd'hui, avant le dîner :
Efrem. Il a rêvé que Grégoire était suivi par un
chien noir. « Un chien sans poil, luisant comme
une saucisse, une bête horrible ! » Il ne sait pas
très bien qui est ce chien. Mais il l'interprète
comme un très mauvais signe. « Imaginez-vous
qu'à un moment Grégoire s'est retourné : il
s'est approché du chien et lui a donné un coup
de pied. »

Un coup de pied ! Cet homme est vraiment
inconscient : voilà ce que pense Efrem. Il a tenu
à m'en parler dès ce soir. J'ai attendu qu'il parte
pour rire et je ne me suis pas encore calmé.

Lundi 8

À dix heures, une troupe a fait irruption chez
moi, Grégoire en tête. Avec lui, Efrem et Gütli,
le Suisse, qui n'a pas paru gêné d'entrer ainsi
chez un homme qu'il avait calomnié. Ils ont
presque forcé la porte et Mathéos a couru derrière eux dans l'allée. J'étais dans ma chambre ;
je suis descendu précipitamment.

Grégoire était livide, hors de lui, il avait les
traits tirés, les yeux cernés. Le gros Suisse
s'épongeait le front sans arrêt. Je ne l'avais
jamais vu. C'est un obèse impressionnant mais
chez lui l'embonpoint est un signe de force. Son
corps n'est pas alourdi de chairs flasques mais
tendu intérieurement par une énergie irra-

diante. Ses cheveux frisés se dressent en crinière comme s'ils étaient électrisés par ce fluide de force. Ses gestes sont calmes. Chacun de ses déplacements et même chacune de ses paroles, tout en douceur et en puissance, s'accompagne d'expirations bruyantes comme en émet un moteur de camion qui gravit une côte. On en peine pour lui et cet apitoiement a presque éliminé mes griefs.

Grégoire n'a même pas fait les présentations. À peine étais-je en bas de l'escalier, la main encore posée sur la boule de cuivre de la rampe, qu'il m'a apostrophé :

— Nos amies ont été enlevées cette nuit !

Et tout à trac il s'est mis à me raconter en détail ce qui s'était passé. Gütli se mêlait au récit pour préciser certains points. Après la nuit que j'avais passée, c'était comme si le destin venait tout à coup de m'envoyer ses foudres. J'ai senti un frisson glacé me parcourir l'échine. Il a fallu que je m'assoie sur le coffre de bois du vestibule. Tout l'entretien s'est déroulé là.

Les faits sont simples à résumer. Hier soir, Grégoire est allé avec son amie Esther à ce bal qui a lieu une fois par semaine au restaurant La Méditerranée. Ils ont dansé. Un serveur est venu chercher Grégoire au milieu de la foule parce qu'on le demandait au téléphone. Le temps d'écarter les danseurs et d'arriver à l'appareil, le correspondant avait raccroché. Au retour, Grégoire n'a pas retrouvé Esther. Il a fouillé partout, même dans les cuisines. Ils s'étaient querellés l'après-midi et il a cru qu'elle voulait manifester sa mauvaise humeur. Il est rentré seul chez lui, suivi par Efrem. Gütli, lui, ne danse pas ; il est resté à table, avec son amie et quelques personnes, du côté du restaurant. Un messager, discrètement, est venu dire quelque chose à l'oreille de la fille. Elle s'est absentée et n'est jamais revenue non plus. Le Suisse aussi s'est retrouvé seul, mais ce n'était pas la première fois et il ne s'est pas inquiété.

— C'est plus tard que j'ai compris, me dit Gütli avec son accent suisse-allemand. Vous savez, nous sommes installés dans une grande maison, avec les bureaux, les logements et tout. Vers dix heures, deux copains sont rentrés. On a bu un verre. Je les trouvais bien un peu tristes et je n'étais pas très gai non plus. Mais tout le monde a réagi de la même façon. On a pensé que c'était une affaire personnelle et on n'a d'abord pas voulu en parler.

Une quinte de toux sonore l'interrompt.

— Donc, reprend-il, on ne s'est rien dit tout de suite. C'est seulement vers minuit que j'ai demandé, mais comme ça, où étaient les copines. Les autres m'ont avoué qu'ils ne savaient pas. On a passé quelques coups de fil et on a découvert que la police avait raflé cette nuit toutes les filles qui étaient avec des étrangers.

— En notre présence ! dit Grégoire, que ce détail semblait rendre particulièrement furieux.

La plupart des expatriés sont ici depuis peu de temps et n'attachent pas une très grande importance à leurs relations féminines. Ils ont préféré rentrer chez eux et attendre des nouvelles. Gütli, à ce que je compris, aurait bien fait la même chose, mais à cinq heures du matin, quand le couvre-feu a été levé comme d'habitude au son d'un coup de canon tiré de la colline, derrière la gare, Grégoire a fait irruption chez lui. Dès que le Suisse lui a expliqué ce qui s'était passé, Grégoire est devenu fou de rage et le géant, en traînant des pieds, n'a pas eu d'autre choix que de le suivre à la recherche des filles.

Il faisait encore nuit. À cette heure-là, les réverbères reflètent leur lumière sur le sol mouillé de pluie et une grande lueur mauve monte à l'est. Il me semble voir la scène : le gros tout en nage, marchant en canard, et Grégoire débordant de colère, les cheveux plus en désordre que jamais. Ils se sont d'abord dirigés vers la prison. Ce que l'on appelle ainsi n'est en réalité qu'un dépôt, une sorte de lieu de regroupement et de transit dans les cas d'arrestations massives. Les véritables détentions se font soit dans les commissariats, soit dans des centrales situées hors de la ville. Gütli et Grégoire ne savaient pas tout cela : leur ignorance les a guidés. Ils ont marché d'instinct vers le dépôt. Une sentinelle armée barrait l'entrée de la ruelle. Ils ont parlementé sans succès pour pouvoir approcher. Au moment où ils allaient repartir, des cris aigus ont retenti, assourdis mais tout proches. C'étaient des cris de femmes, des hurlements de douleur ou de terreur, étouffés mais clairement audibles dans le silence de ces petites heures. Ils ne pouvaient venir que du dépôt où les malheureuses avaient été entassées après la rafle. Gütli, à ce point de son récit, m'a paru un peu gêné. Il a regardé Grégoire et je suis bien convaincu que ses propos sont en dessous de la vérité. D'après ce que je comprends, Grégoire, en entendant les cris, a perdu la tête. Il s'est élancé sur le soldat pour l'écarter du chemin et approcher de la prison. Il y a eu une brève lutte et la sentinelle, prise de peur, a tiré une rafale. Elle est partie de biais, sans toucher personne. Le bruit des détonations a déchiré le calme de la nuit. Tout le monde a reculé d'un pas. Gütli a entraîné Grégoire par le bras et ils sont repartis à toute vitesse.

Ce récit m'a troublé mais à cette émotion se mêlait, oserais-je le dire ? une pointe de joie : celle du mathématicien qui constate que ses calculs sont justes.

— Ensuite, vous êtes venus ici directement ? ai-je demandé pour cacher mon trouble.

— Non, a répondu Grégoire, nous avons eu l'idée d'aller voir le chef de la police.

— Le major Tamrat ?

— Oui, j'en avais entendu parler en ville et je pensais que c'était l'homme qui pouvait expliquer ce qui se passait.

— Il vous a reçus ?

— Nous l'avons coincé à son arrivée au bureau à sept heures et demie.

Je connais Tamrat depuis quarante ans. Il était alors un enfant. Mais je sais aussi ce qu'il est devenu… Il a dû être fort contrarié par cette démarche mais, comme d'habitude, ne rien laisser paraître. C'est un petit homme très maigre, d'aspect volontairement modeste, qui garde la plupart du temps les yeux baissés. Il passe inaperçu partout et il aime cela. Seul signe particulier dans son visage, et encore, à condition de le regarder longuement : de petites scarifications rituelles au-dessus des sourcils (mais la chose est assez commune ici). Assurément, ce n'est pas l'homme que l'on arrêtera à une douane ou que l'on remarquera dans la foule. Il est ordinaire jusqu'à l'excès. Pourtant je sais, moi, que cette modestie est l'œuvre d'un orgueil immense, occupé sans cesse à se dissimuler. Caméléon de naissance, il n'a pas cessé de se perfectionner dans ce domaine. Il a choisi un métier qui lui permet de faire un usage efficace de ses talents. C'est un des meilleurs policiers de ce pays. Il a survécu à tous les régimes et sert aujourd'hui les communistes comme il servait l'empereur. À de brefs instants, et j'imagine qu'il en a été ainsi quand Gütli et Grégoire lui sont tombés dessus au petit matin, l'orgueil captif de cet homme, comme une bête dissimulée, bondit hors de lui. Un regard suffit pour s'apercevoir que sa seule jouissance est de confondre ceux qui l'ont d'abord tenu pour inoffensif, et de les contraindre à reconnaître sa puissance, mais trop tard, en les tenant à sa merci, parfois jusqu'à la mort.

J'imagine bien la rencontre. Gütli a parlé d'abord. Avec sa masse soufflante et suante, le Suisse est venu caracoler devant le petit homme noir comme un taureau aveuglé qui débouche sur l'arène. L'autre l'a fatigué, il a écouté ses explications, pris des notes, fait mine de ne rien savoir. Il a même sans doute paru reculer ; les yeux humblement fixés sur son papier, il a encaissé sans ciller quelques commentaires indignés de Gütli sur « ces méthodes inacceptables », « cette violation flagrante des droits de l'homme », etc. Puis, quand la bête lui a semblé suffisamment débourrée, quand il a vu devant lui ses interlocuteurs agités sur leur chaise, anxieux et ne sachant plus quoi dire, Tamrat a montré un bout d'oreille :

« Êtes-vous apparentés à ces jeunes filles ? leur a-t-il dit doucement, en les fixant tour à tour.

— Apparentés ! s'est écrié Grégoire.

— Oui, je veux dire mariés à l'une d'elles, par exemple ?

— Vous plaisantez, major, a dit Gütli. Vous savez bien que… vous connaissez la situation… Ce sont des amies, voilà tout.

— Je comprends », a dit le policier en hochant gravement la tête.

Alors, il s'est interrompu un instant et a refermé le dossier où il avait pris note des déclarations précédentes. Puis, il a relevé de nouveau les yeux avec, cette fois, une expression malicieuse et mauvaise que Grégoire m'a même décrite comme effrayante.

« Oui, je comprends, a poursuivi Tamrat sans élever la voix mais sur un ton ferme. Cependant vous connaissez notre loi : nous ne pouvons communiquer d'information sur une affaire qu'aux familles. C'est une règle qui protège les citoyens. Toutes les libertés sont préservées dans ce pays. Ceux qui veulent se marier le peuvent, même s'ils sont étrangers. Quand ils ont choisi de ne pas le faire, nous devons respecter leur décision. »

Grégoire et Gütli se sont regardés. Ils commençaient sans doute à saisir quel homme ils avaient devant eux.

« Écoutez, major, a dit Gütli sur un ton radouci et en prenant un air de connivence, nous n'avons pas besoin de faire de langue de bois entre nous…

— Vous avez raison, dit sèchement Tamrat. Il n'y aura jamais de langue de bois entre nous. Ce que je vous ai dit est la stricte vérité. Je vous rappelle que les relations entre un homme et une femme en dehors du mariage sont considérées comme de la prostitution ; le terme existe partout, que je sache, et partout cet acte est sanctionné par la loi. »

Il fit mine de rouvrir le dossier :

« Si vous insistez pour que je note vos déclarations, je le ferai. Mais elles risquent d'être préjudiciables aux personnes que vous mentionnez. »

Les bureaux de la police centrale, je l'ai dit, sont installés dans une ancienne villa de style gothique vénitien. La famille qui en était propriétaire a dû décamper en deux jours. Partout sur les murs il reste des photos encadrées qui représentent des enfants jouant dans des jardins ou des cérémonies de mariage. Ce n'est pas la moindre cruauté d'avoir maintenu ce décor intime dans un lieu où sont traînés chaque jour des malheureux que la police arrache avant l'aube à leur famille et qui peuvent craindre de ne jamais la revoir.

Le bureau de Tamrat est installé dans une chambre qui, dans le passé, était celle des enfants. Quand le soleil levant a tourné devant la fenêtre, au cours de cette conversation matinale, il a révélé, en frappant le mur derrière le policier, une grande fresque sommairement recouverte d'un badigeon blanc qui la laissait transparaître. À mesure que Tamrat assenait ses réponses glacées, un immense Bambi, queue en l'air et museau retroussé, apparaissait sur cette toile de fond, accompagné de deux joyeux écureuils. Ce détail m'a fait bien rire — sous cape — quand Grégoire me l'a raconté mais il a achevé de décourager les deux pauvres sollici-teurs. Ils sont repartis en saluant poliment l'homme qu'ils venaient d'apprendre à redouter. Sur le pas de la porte, Gütli a demandé humblement que leur soit accordé au moins un droit de visite. Le policier a eu la joie de refuser. Son apparente bienveillance dissi-mulait mal sa satisfaction d'amour-propre. Il a consenti seulement, en manière d'encourage-ment, à leur dire : « Soyez patients. »

Un prisonnier, les mains attachées derrière le dos, le visage tuméfié et taché de sang, attendait sur le banc où ils s'étaient assis avant d'entrer.

En sortant, ils sont venus chez moi. Maintenant, ils implorent mon aide. Je constate avec plaisir que Grégoire est beaucoup plus insistant que Gütli. Il souffre. Me voici de nouveau indispensable. Je me désole, je gémis et, bien sûr, je suis heureux.

Après avoir fait mine de réfléchir (il faut bien mettre tout cela en scène), je me suis retiré pour téléphoner et je suis revenu, tout fier, avec une grande nouvelle.

— Je sais où elles sont. Il y a une heure, elles ont été conduites au poste de police numéro six.

À ces mots, Efrem s'est levé et a poussé un cri. Le poste de police numéro six, il connaît bien : c'est là qu'on amène les gamins des rues après les rafles. À quoi cela ressemble-t-il ? Un couloir avec des bancs en bois. Sept ou huit portes qui ne descendent pas jusqu'au sol et, derrière, des cellules. Grandes ? Il dessine un rectangle d'un geste large, une dizaine de mètres carrés. Pour combien de prisonniers ? Une vingtaine, parfois plus. Grégoire demande s'ils torturent.

— Pas souvent, dit le gamin. Généralement ils battent, ça, oui. La torture, c'est pour les gens importants. Pourtant je connais un enfant à qui ils ont coupé deux doigts. Personne n'a jamais su pourquoi.

— Les visites sont-elles autorisées ?

— Pas de vraies visites, dit Efrem. Seulement la nourriture.

Il ajoute, tout fier de son importance :

— Vous savez comment cela se passe ? Non. Eh bien, ils donnent la soupe, c'est tout. Et la soupe, il faut la voir… Le reste est à la charge de la famille. Pour ceux qui en ont une, bien sûr.

— Où faut-il apporter la nourriture ? demande Grégoire.

Il s'est soulevé de sa chaise. La perspective d'avoir quelque chose à faire l'anime.

Efrem explique les différentes méthodes. Celle qui a sa préférence est le passage direct des victuailles par la fenêtre. Un soldat fouille le paquet, laisse passer le commissionnaire dans la cour jusque devant la cellule. Là, à bout de bras, on peut tendre le colis au destinataire, à travers les barreaux.

— Mais, vous deux, dit Efrem en désignant Grégoire et Gütli, je ne vous conseille pas d'y aller.

Visiblement, Grégoire était en train d'y penser. Il a pris une expression surprise et dépitée.

— Pourquoi ?

— Si la fille est soupçonnée de sortir avec des étrangers, ce n'est pas la peine de venir l'accuser encore un peu plus.

— Qui d'autre alors ? dit Gütli en regardant le gamin du haut de sa masse. Toi ?

Il a été décidé qu'Efrem irait. Grégoire lui a recommandé de partir à l'instant même et lui a donné l'argent pour acheter le repas d'Esther et de ses amies. Mais le gamin ne bougeait pas.

— Vas-y, qu'est-ce que tu attends ?

— Je veux dire quelque chose à Grégoire.

— Eh bien, je t'écoute.

— Le chien.

— Quel chien ?

— J'ai vu un chien en rêve, tu te souviens ? J'en ai même parlé à Hilarion parce que je voulais un témoin.

Grégoire s'est approché du gamin en souriant et lui a mis la main dans les cheveux.

— C'est bon, vas-y, j'ai retenu la leçon.

Efrem est sorti tout de suite et nous l'avons entendu courir dans l'allée.

— Qu'est-ce que c'est, cette histoire de chien ? dit Gütli.

— Rien, un rêve. Ce gosse vit dans un monde de présages... Tous les soirs, avant de s'endormir, il met un citron sous son oreiller. Il dit que cela fait venir les esprits et qu'ils lui parlent. Il me reproche de ne pas y prêter attention. À ses yeux, je suis un bœuf.

— Un bœuf ?

— Oui, le bœuf piétine tout sans savoir si c'est de l'herbe, du teff ou des haricots. Moi, il paraît que je piétine les esprits qui m'entourent.

Grégoire et Gütli ont encore plaisanté un peu sur ce sujet. Mais cet enlèvement les a troublés. Ils commencent peut-être à découvrir l'étrangeté de ce pays où, moins encore qu'ailleurs, le visible ne résume pas toute l'épaisseur des

146

choses et des êtres. Comme ce haut plateau qui donne une fausse impression de platitude et se creuse d'abysses démoniaques, les objets les plus anodins, ici, peuvent tout à coup, derrière leur simple apparence, révéler des abîmes… Le rapt des filles, dans ce domaine, fait merveille.

Dix heures du soir

Il pleut depuis midi. L'avant-garde des nuages est passée ; nous en sommes au gros des troupes. Les cumulus violets se suivent en grondant comme des chars d'assaut. Par intervalles, ils tonnent et lâchent des salves d'une pluie lourde qui frappe les tôles comme une poix. Tout est assombri. La lumière vient par de minces lucarnes percées dans la toiture de zinc des nuages. Les feuillages prennent des teintes sépia et quand le vent les retrousse, il découvre leurs dessous argentés. Nous y sommes pour deux mois. J'ai recommencé à tousser presque autant que Mathéos. Ma hanche me torture et je ne vais plus pouvoir l'oublier.

Grégoire est venu vers sept heures, à pied sous la pluie. Il est arrivé tout fumant, le chapeau imbibé d'eau, veste et chemise collées au corps. Je lui ai fait préparer une soupe, qu'il a bue encore brûlante. Jamais je ne l'ai vu comme cela. Il n'a pas l'air de souffrir. Il est seulement anesthésié, abstrait du monde. Je lui ai demandé si Efrem avait pu visiter les prisonnières. Il a paru ne pas comprendre tout de

147

suite. Puis il m'a dit que oui, il les avait vues, qu'il avait transmis des messages et que tout allait bien. Comme le silence reprenait le dessus, j'ai demandé des nouvelles de Gütli. Il m'a dit que certainement leurs points de vue n'étaient pas les mêmes. Gütli fait de l'arrestation de son amie une affaire de principe dans sa lutte contre le gouvernement. Mais il ne se sent pas lié à elle plus que cela et quand elle sortira, il est probable qu'il ne la reverra plus. Mais quant à ce que lui, Grégoire, a l'intention de faire, il n'a rien dit. J'ai le sentiment qu'il est en plein débat intérieur. Je me suis bien gardé de poser d'autres questions sur ce sujet.

À part cela, Paris le presse toujours d'envoyer son rapport à propos des déportations (Kidane m'a fait parvenir comme d'habitude cet après-midi le résumé du jour : trois télex comminatoires). Grégoire dit qu'il est incapable d'écrire ce soir ; il verra cela demain matin. Là aussi, les choses semblent mûrir silencieusement en lui. Il est reparti comme il était venu et a refusé le parapluie que j'avais demandé à Mathéos de lui donner.

Mercredi

Ça y est, les huit mille affamés ont déferlé sur le camp de Rama pendant la nuit. Benoît est arrivé ce matin pour chercher des médicaments et recruter quelques aides-soignants supplémentaires. La pluie aussi a atteint Rama. Le terrain où est installée la mission n'est plus qu'une bassine de chika. C'est le nom de la boue ici, une pâte rouge qui éclabousse jusqu'à la taille et qui forme des plaques granuleuses en séchant. Benoît en est tout couvert. Pour préoccupé qu'il soit par ce qui arrive, il n'en a pas moins cédé à la tentation : sa voiture est pleine de volailles qu'il a achetées en route. Il a fait cadeau d'un beau chapon à Mathéos, qui l'aime de plus en plus.

Comme il doit repartir au plus vite, il ne s'est arrêté ici que dix minutes. Le temps de me faire une description d'apocalypse. Il paraît que les premiers affamés sont sortis de la nuit vers deux heures du matin. On les a vus marcher, à la lueur de la lune, disparaître dans le lit de la rivière et réapparaître, clopinant, monstrueux de maigreur. Plusieurs sont tombés à terre pendant les dernières centaines de mètres et ils ont été laissés pour morts. Personne ne comprend pourquoi ils arrivent ainsi, d'un seul coup ; on dirait qu'un barrage invisible a lâché quelque part. Quand l'aube est revenue, un gros orage a éclaté, détrempant tout. Les affamés se sont jetés à terre et sont restés cachés sous leurs guenilles. Beaucoup ont sombré dans le sommeil, épuisés. Au grand jour, Jack et l'équipe sont passés au milieu de ce champ de corps et de toiles grises entremêlés. Il est impossible de les dénombrer. Approximativement Benoît pense qu'il y a au moins cinq mille personnes. D'autres arrivent encore. Malgré toute l'horreur qu'il a dans les yeux, Benoît a trouvé l'énergie de se jeter sur les lettres pour prendre des nouvelles de ses poulains. Elles doivent être excellentes ; il est reparti radieux.

J'ai eu à peine le temps d'avaler un café que déjà Efrem arrivait en trombe. Il est venu me dire que Grégoire n'a pas dormi de la nuit. Il est dans un état affreux. D'après le gamin, qui ne s'est assoupi qu'au petit jour, Grégoire n'a pas cessé d'aller et de venir dans le consulat en se tordant les mains. Il a sorti plusieurs livres de la bibliothèque et les a laissés, ouverts au hasard, aux quatre coins de l'appartement après avoir essayé d'en lire quelques lignes. Il a fait répéter dix fois à Efrem la brève conversation qu'il a eue avec Esther en lui portant la nourriture. Ensuite, les questions se sont élargies mais elles portent toujours sur elle, son histoire, sa famille. Croyait-il, lui, Efrem, qu'elle pourrait par exemple s'habituer à un autre climat… ?

— Je suis bien sûr qu'il ne pense qu'à cette fille, m'a dit Efrem. J'arrive même à deviner le chemin que suivent ses rêves. Il veut partir et l'emmener avec lui en Europe, voilà tout. Mais ce n'est pas encore le plus drôle. Figurez-vous, Hilarion, que vers cinq heures du matin, après un long silence, il est revenu vers moi (j'essayais de garder les yeux ouverts mais je vous jure que je dormais déjà) et il m'a dit : « Pourquoi ne fais-tu pas ton truc, avec les esprits ? » Vous vous rendez compte ? Lui qui s'est tellement moqué

de moi, il m'a demandé de faire mon « truc »,
c'est-à-dire d'invoquer les esprits.

— Tu l'as fait ?

— D'abord, je n'ai pas voulu. Ce n'était pas
une bonne heure : si près de l'aube, les esprits
prennent peur. Il ne m'a pas cru. Pour lui, les
esprits, c'est comme le courant électrique, on
tourne le bouton et les voilà. Tout de même, je
voulais lui faire plaisir. J'ai fini par essayer. Je me
suis mis dans la salle de bains en face du vieux
miroir cassé aux quatre coins. Du bricolage. Et
bien sûr rien n'est venu à part quelques traî-
nards, des petits démons que les autres chassent
à coups de pied d'habitude et qui font les
importants le matin quand il n'y a personne.

Finalement, Efrem s'est endormi. Grégoire a
dû continuer à tourner en rond. Mais il s'est
assoupi et, quand le gamin s'est réveillé, il lui a
raconté son rêve. Il avait vu Esther dans son
sommeil. Elle lui avait souri et il avait remarqué
qu'il lui manquait une dent sur le devant.

— C'est très bon, a commenté Efrem sur un
ton docte. Une dent qui manque, c'est pour les
malades, les gens qui ont un petit ennui. Elle ne
va pas mourir.

Efrem a vu que je ne suis pas très amateur de
ces affaires d'esprits et de rêves. Mon silence l'a
découragé. Je lui ai demandé s'il en sait un peu
plus sur la vie passée de Grégoire. Il m'a dit qu'il
l'avait discrètement interrogé. Un seul détail
m'a intéressé dans tout ce qu'il a pêché : c'est la
première fois que Grégoire a une autochtone

151

pour maîtresse. Avant de partir en mission, il a rompu avec une étudiante qu'il connaissait depuis trois ans. Ensuite, dans chaque pays où il est allé, il a rencontré des expatriées, comme lui, mais sans jamais se lier vraiment. Il a, paraît-il, des mots très durs pour ces étrangers qui paient des indigènes et profitent d'elles.

Mathéos a encore compté vingt pièces à Efrem, qui est reparti content.

Un peu plus tard, c'est Kidane qui est passé. Il a pris l'habitude de me téléphoner et je ne l'avais pas vu depuis quelques jours. Il m'a paru engraissé. Il a le cou gonflé, particulièrement sous le menton, comme les vieux notaires ou les pélicans. Il déborde de son costume trois-pièces. Personne n'aura fait d'aussi bonnes affaires que lui avec cette famine. En voilà un aussi qui a intérêt à ce que la mission continue. Les états d'âme de Grégoire l'inquiètent.

Au bureau, ce matin, Gütli a eu l'imprudence de parler à Grégoire devant Kidane et celui-ci est venu me rendre compte de leur entretien.

Par une équipe qu'ils ont de l'autre côté des montagnes de Rama et qui dispose d'un petit avion, les Suisses étaient déjà au courant de l'arrivée des huit mille affamés. D'après Gütli, cet afflux brutal n'est pas naturel. Il est l'effet d'une action programmée de l'armée. Certaines informations confidentielles laissent penser que les huit mille étaient en fait retenus au pied des montagnes pendant cette dernière semaine par trois compagnies de soldats gouvernementaux. Quelques affamés parvenaient à traverser, la nuit, les mailles du filet, mais le plus gros restait bloqué. Au même moment, le pilote des Suisses avait remarqué la construction d'une piste d'atterrissage en terre, juste de l'autre côté du fleuve, très près de Rama mais invisible depuis le village, dans une zone où les étrangers n'ont pas accès. Par une coïncidence plus que suspecte, la levée du barrage imposé aux huit mille correspond à la fin des travaux de construction de cette piste. Les choses sont donc claires : les huit mille ne sont là que par la volonté du gouvernement. On les pousse vers un piège. En leur faisant croire qu'ils seront sauvés, on les précipite vers ce nouvel aéroport de campagne où ils seront embarqués de force. Rama, dès ce jour, devient un centre de déportation et la mission un appât.

La conclusion de Gütli est qu'il faut plus que jamais dénoncer ces faits. Compte tenu du mandat de stricte neutralité de son organisation, le Suisse ne peut agir que par influence, en parlant aux journalistes notamment. Mais il a de nouveau pressé Grégoire de s'exprimer, puisqu'il le peut, lui. A-t-il déjà envoyé son rapport ? Grégoire, sans enthousiasme, a répondu qu'il allait le rédiger aujourd'hui même. Puis, tout de suite, il a interrogé Gütli à propos des prisonnières. Visiblement, il y pense plus que le Suisse, qui a paru agacé par la question.

« Ne nous laissons pas détourner de l'essentiel. Il ne faut pas céder au chantage.

« — Tu crois que c'est un chantage ? a demandé Grégoire très sérieusement. D'après toi, il y aurait un lien entre leur emprisonnement et notre attitude dans cette affaire politique ? »

À la façon dont il avait dit cela, Kidane avait senti que c'était la seule question qui l'obsédait.

« Peut-être, a dit Gütli qui s'efforçait visiblement de rester évasif. Ils veulent créer un climat de tension et de menace. Ils frappent près de nous et espèrent sans doute obtenir notre silence de cette manière.

— Tu en as parlé aux journalistes ?

— Oui, j'ai rencontré deux correspondants d'agences de presse. Ces histoires de filles emprisonnées ne les intéressent pas beaucoup. Les rafles sont courantes ici, en particulier dans la capitale, avant chaque conférence internationale. Personne n'a jamais protesté. La seule grosse affaire, pour la presse, ce sont les déportations. Ils attendent de voir comment vont réagir les organisations humanitaires. Si nous mélangeons cela avec des histoires de copines, nous risquons simplement d'affaiblir notre position. Les Éthiopiens auront beau jeu de déclencher une campagne sur le thème : Des étrangers qui se croient tout permis. Ils critiquent nos affaires intérieures et, en plus, ils viennent ici prendre du bon temps avec les filles du pays. »

Grégoire est resté silencieux.

« Crois-moi, a dit Gütli sur un ton pathétique, il faut que tu envoies ton rapport aujourd'hui même. Nous sommes au moment où tout se joue. Les organisations humanitaires qui travaillent dans le Sud sont sur le point de se lancer dans la mêlée. Après, chacun va se compter. Soit elles sont seules et minoritaires. Le gouvernement les expulse et il a gagné. Soit tout le monde les rejoint, en particulier ceux qui travaillent ici, et personne ne pourra plus nier que c'est un phénomène général. Il faudra que les Éthiopiens cèdent. Tu sais que beaucoup d'organisations n'ont pas encore d'opinion. Elles attendent de voir. Les Scandinaves qui sont ici, par exemple, voudraient bien rester. Ils n'osent rien dire. Si la région où ils travaillent est directement concernée par le scandale, ils seront forcés de suivre. La bataille pour les indécis a commencé et c'est toi qui décideras de son issue. »

Kidane a souligné le contraste extraordinaire entre l'attitude du Suisse, déterminé et exalté, et l'abattement de Grégoire, qui écoute tout cela de loin, en rêvant. Quand l'autre est parti, il a demandé un café. Kidane est allé faire le sémaphore sur le balcon pour passer la commande. Grégoire, assis derrière son bureau, regardait fixement une grande carte d'école, utilisée autrefois par les instituteurs en France. Elle représente l'Afrique avec des jaunes et des verts un peu délavés. Les régions sont indiquées par leur ancien nom : Oubangui-Chari, Rhodésie, Côte française des Somalis. Grégoire avait l'air tellement absorbé par cette carte que

Kidane l'a laissé seul, a refermé la porte et en a profité pour courir chez moi.

Il faut absolument que je trouve le moyen de le sortir de cette hébétude.

Trois heures du matin

Illumination pendant la nuit. En allant boire dans ma cuisine, les ombres projetées par le candélabre sur les hauts murs m'ont fait penser, Dieu sait pourquoi, à la reine de Saba. C'est par une nuit moite comme celle-ci, sans doute, que Salomon est tombé dans son piège. L'affaire est bien connue : la reine, venue des confins de l'Afrique pour rencontrer ce grand roi, s'est refusée à lui, tout en enflammant ses sens. Le dernier jour arrive. Salomon lui propose de dormir dans sa chambre. Elle y consent s'il jure de ne pas la toucher. Lui, finaud, exige une promesse en retour : qu'elle ne touche à rien dans la chambre sans sa permission. Marché conclu. Avant le coucher, le roi fait servir un festin, que son cuisinier sale trop. Au milieu de la nuit, Saba, prise de soif, comme moi tout à l'heure, plonge la main dans la jarre d'eau qui est au milieu de la chambre. Elle a rompu son serment ; Salomon est délivré du sien... Un enfant naîtra de cette nuit et il fondera la dynastie salomonide d'Éthiopie.

Pourquoi cette histoire m'a-t-elle subitement éclairé ? Je ne saurais encore bien le dire. Il m'est apparu tout à coup que Saba n'avait

156

jamais fait avec ce roi que ce qu'elle avait
décidé. Tout son art était de persuader ce
pauvre homme qu'il avait son mot à dire. Elle
l'a laissé ourdir un misérable piège pour
obtenir ce qu'elle n'était que trop décidée à
accepter. Faire vouloir à l'autre ce que l'on veut,
tout en paraissant le lui refuser… Voilà tout
l'art.

11 juillet

Est-il possible, à mon âge, de se mettre dans
un tel état ! Je tremble et si j'avais plus de dents,
on les entendrait claquer. Il a fallu que je reste
assis près de la fenêtre dans une bergère pendant vingt minutes pour me calmer. Mathéos
m'a servi un grand porto.

Pourtant, le plan que j'ai conçu cette nuit a
été exécuté à la lettre. Chacun a joué son rôle
avec conviction.

Quelque chose me dit que l'affaire est faite.
Calmons-nous et écrivons.

Donc j'avais donné rendez-vous à Grégoire
chez le barbier. Il ne l'avait jamais vu. Ou plutôt,
il le voit tous les jours : sa boutique est sur
l'avenue, à peu près en face du consulat. Mais il
le voit sans le voir, comme les cireurs de chaussures (et encore, il fait cirer ses chaussures tous
les soirs, debout, au croisement devant L'Univers, tandis que je sais de la meilleure source
qu'il ne s'est encore jamais fait couper les cheveux depuis son arrivée). La plupart du temps,

Yarid, le coiffeur, vient me traiter à domicile. Cette fois, il valait mieux être en terrain neutre. Ne pas éveiller le moindre soupçon. Je suis entré dans la boutique à huit heures moins le quart et Yarid a fermé la porte de la vitrine à clef, pour que nous restions seuls.

Grégoire est arrivé au bout d'une demi-heure. Il a commencé par regarder autour de lui avec un drôle d'air. J'ai d'abord cru qu'il avait des soupçons. Ensuite, j'ai simplement réalisé ce qui se passait. Il suffit de regarder la boutique de Yarid avec les yeux de quelqu'un qui ne serait jamais venu pour comprendre la stupéfaction naturelle d'un étranger.

L'atmosphère du magasin exhale une tristesse qui s'y est accumulée depuis des lustres. Yarid, le patron, qui a pour second prénom Carlo, est un métis auquel tous les dons ont été donnés, sauf celui de couper les cheveux. Il serait devenu architecte, médecin, professeur, que sais-je, si son Italien de père n'était pas mort aux derniers jours de la guerre. Yarid, pour ne pas abandonner sa mère, a choisi de rester et il a repris la boutique d'un colon parti dans les valises de l'armée du Duce. Nous autres qui avions là nos habitudes, eh bien, nous avons continué ; d'ailleurs nous n'avons pas le choix car les autres coiffeurs opèrent au marché dans des cabanes crasseuses et ne s'attaquent qu'aux cheveux crépus. C'est ainsi que Yarid se venge sur nos têtes des cruautés que la vie a eues pour lui.

Tous les instruments de ce salon datent de la guerre, à commencer par le fauteuil. C'est un monument, un trône que des pédales en forme de longues cuillers permettent de hausser, de tourner, d'abaisser. Les peignes sont comme nous, édentés, et les brosses aussi clairsemées que les crânes sur lesquels on les applique. Tout cela s'accorde bien, de même que la lèpre des miroirs tout à la fois multiplie et banalise les fleurs de cimetière qui brunissent sur nos peaux. Reste quelque chose à quoi je ne peux m'habituer : les rasoirs. J'ai proposé mille fois à Yarid d'en faire venir d'Angleterre ; je lui en ai même offert un jeu il y a quinze ans. Rien à faire : il ne jure que par ceux de son père. Les seuls conseils que son géniteur lui ait jamais donnés en matière capillaire portent sur la façon de se raser. Yarid poursuivra jusqu'à la fin avec les instruments qu'un rude Calabrais, il y a un demi-siècle, a légués à son adolescent de fils. Il continue de repasser sur des cuirs usés jusqu'à la trame des rasoirs détrempés que plus rien n'affûte. C'est touchant mais nous devons subir cela.

— Avez-vous travaillé aujourd'hui ? ai-je demandé à Grégoire.

— J'ai vu du monde…

— Vous avez sans doute rédigé votre fameux rapport ?

— Pas encore.

J'ai pensé : à la bonne heure !

— Je vous ai fait venir, lui ai-je dit, parce qu'il m'est arrivé des nouvelles fraîches, à propos de la séquestration de votre amie. Ne vous en faites pas, nous pouvons parler devant Yarid.

J'étais couvert de mousse à raser et de linges. Ce pauvre Grégoire m'apparaissait, flou et moucheté, à travers le miroir. J'ai remarqué pourtant qu'en m'entendant il s'était illuminé.

— Voilà, ai-je repris en soufflant sur le savon qui me coulait sur le coin des lèvres, j'ai appris d'où viennent les ordres qui ont conduit à ces arrestations.

Yarid, sur un signe de ma main, a compris qu'il valait mieux ne pas commencer tout de suite à me raser. Toute ma concentration était requise et la première entaille me l'aurait fait perdre.

— Mon cher Grégoire, je vous le dis entre nous : les quelques amis que j'ai ici, dans la police, sont bien ennuyés par cette affaire. Elle les dépasse totalement. Les instructions viennent de plus haut, de très haut.

Grégoire s'est levé et il est venu se placer tout près de mon fauteuil-trône, de l'autre côté du coiffeur. J'ai poursuivi comme si de rien n'était, les yeux mi-clos :

— La décision a été prise dans la capitale, celle d'Éthiopie bien sûr, Addis-Abeba. Les maîtres de ce pays ont souhaité que l'« épuration » commence par Asmara, pour faire un exemple. L'enquête sur les prisonnières sera confiée à des personnages venus du sommet de la hiérarchie.

— Mais dans quel but ? s'est écrié Grégoire avec passion.

— C'est très simple. Ils pensent que vous et les autres, chefs de mission, journalistes, etc. (ils ont toute une liste), êtes à l'origine de la campagne internationale hostile au gouvernement éthiopien qui se développe en ce moment. Et ils soupçonnent vos amies, qui sont du pays et ont de nombreuses relations, de vous servir d'informateurs.

— Mais c'est faux ! a protesté Grégoire. Ces filles n'ont rien à voir avec ce que nous faisons. Ce sont des relations privées.

Il criait presque. Yarid, retrouvant les mimiques italiennes, a mis sa serviette sur l'épaule et s'est précipité sur Grégoire :

— Plus bas, plus bas. Ce pays est plein de mouchards. D'abord, s'il vous plaît, asseyez-vous. Il ne faut pas que nous ayons l'air d'avoir une conversation. Prenez cette revue, là. Calmez-vous.

Grégoire s'est assis et a pris une revue ouverte aux mots croisés. Ils ont été si souvent faits et refaits que la grille est toute gommée. On peut lire les lettres creusées en relief dans les cases par d'innombrables crayons (chaque revue porte l'inscription : « Défense de faire les mots croisés à l'encre »). Dernier numéro disponible : 1962.

— Elles n'y sont pour rien, répétait Grégoire qui tenait son magazine à bout de bras sans lui prêter la moindre attention.

— Ils cherchent à vous isoler, voilà tout, ai-je dit.

— Alors pourquoi ne pas nous interdire tout contact avec les gens d'ici, avec vous, tenez, par exemple ? Vous êtes beaucoup plus dangereux, à tous points de vue.

— Je vous le répète, ce sont des ordres venus d'en haut. À Addis-Abeba ils ne connaissent pas les situations particulières. Ils savent seulement que vous avez pour la plupart des amies et ils ont essayé de taper à cet endroit.

— C'est absurde. Et que vont-ils faire d'elles ? Les juger ?

— Franchement, je dois vous dire que les nouvelles ne sont pas bonnes. Ils n'ont pas l'intention de les libérer pour le moment. Si vous voulez mon avis, tant que vous êtes ici, ils vont les garder en prison. Quand vous serez partis, il y aura un jugement sommaire et des sentences.

— Quel genre ?

— Tout est possible avec eux. Ils peuvent aussi bien les libérer (c'est peu probable) ou les envoyer dans le sud du pays attraper la malaria et dessoucher la jungle avec les déportés. Ou même pire.

— Quoi, pire ? a crié Grégoire en lâchant sa revue. Qu'est-ce qu'ils peuvent leur faire de pire ?

Yarid, qui caressait son rasoir et commençait à s'impatienter, est intervenu :

— La peine de mort, ici, ça s'est déjà vu pour des prostituées.

— Ce ne sont pas des prostituées ! a hurlé Grégoire en se mettant debout.

— Plus bas, plus bas, gémissait Yarid, l'air affolé en regardant la vitrine. Asseyez-vous, s'il vous plaît.

Grégoire a marché jusqu'au fond de la boutique et il est resté debout, dans l'ombre, près du casque pour dames, avec sa cloche de fer-blanc cabossée et ses résistances apparentes comme celles d'une rôtissoire.

— Ces filles sont innocentes. Ils ne peuvent rien retenir contre elles.

Je ne le voyais pas bien ; sa voix était voilée, comme par un sanglot étouffé. Quand j'y repense, cela m'inquiète un peu, je m'en voudrais quand même qu'il fasse des bêtises.

— Vous comprenez, je me sens responsable d'Esther, m'a-t-il dit. Sans moi, elle ne serait pas en prison. Elle vivrait tranquille avec sa mère.

Yarid a vu le moment de placer sa réplique. Avec une intonation d'Italien gouailleur et un grand sourire, il a rompu le charme :

— Si vous voulez la sortir de là, vous n'avez qu'à ne pas vous occuper de politique et rester dans le pays.

— De quoi te mêles-tu ? criai-je en me redressant et en jetant au barbier un regard furieux.

— Eh bien, c'est vrai, a continué Yarid, tout ça n'arriverait pas s'ils ne critiquaient pas…

— Comment ! ai-je répliqué au coiffeur en arrachant la serviette de mon cou et en prenant un air courroucé — là, il me fallait bien tenir mon rôle, car nous étions en pleine commedia dell'arte. — Comment peux-tu recommander une chose pareille ? Les décisions politiques de ces organisations ne dépendent pas de simples affaires privées. Si les responsables ont décidé de partir, c'est sûrement qu'ils ont de bonnes raisons. Ils ne vont pas céder parce qu'on emprisonne leurs amies. En tout cas c'est sérieux et ce n'est pas à nous autres, pauvres rien du tout, de les juger.

— Bien, bien, a bougonné Yarid en remettant une serviette et en me rallongeant sur le fauteuil. Laissez-moi vous raser maintenant, regardez, la mousse est déjà presque sèche.

Il faut dire que dans cette boutique comme dans tout le quartier l'eau courante est coupée depuis bien longtemps. Les robinets sont posés sur les lavabos comme des bibelots inutiles. Yarid utilise l'eau d'un seau et en emploie le moins possible. Il coupe les cheveux à sec, ce qui est très déplaisant, particulièrement par temps chaud. Il tient à la main un petit coton qu'il imbibe dans une cuvette et tamponne les mèches qu'il va couper comme le bûcheron peint des marques sur les troncs avant de les abattre.

Il s'est fait un long silence. J'étais si anxieux que je ne sentais même pas le rasoir me râper la joue. Pourtant Yarid aussi tremblait d'impatience et d'émotion.

Grégoire a bougé dans la pièce. Je ne le voyais pas. Il allait et venait. Enfin il s'est assis et a dit sur un ton radouci :

— Qu'est-ce que cela changerait si nous restions ?

164

D'abord, j'ai fait mine de ne pas comprendre et j'ai répondu à côté :

— Il me semble que pour les affamés…

— Non, je vous demande : qu'est-ce que cela changerait pour ELLES ?

J'ai attendu un moment, pour faire semblant de chercher une réponse mais aussi parce que l'émotion me faisait trembler le menton.

— Eh bien… Je pense… Je vous l'ai dit… Tant que vous êtes ici, vous les protégez. Ils ne peuvent rien leur faire de très sérieux. Et si l'affaire se calme, ils décideront peut-être d'avoir un geste de clémence. Oui, je crois qu'ils le feraient et, en tout cas, il serait possible au moins d'intervenir pour les amies de ceux qui auraient contribué…

Il était inutile d'en dire plus. J'ai poussé un cri et me suis redressé. Cette fureur feinte m'aidait à cacher ma satisfaction sincère.

— Bête, ai-je crié à l'innocent coiffeur, tu m'as coupé ! C'est toujours la même chose. Là, sur le cou. Tu connais pourtant cette verrue depuis vingt ans.

Yarid a couru au fond du magasin. Il est revenu avec un plat à barbe nickelé où il a versé de l'eau tirée d'un broc. Je me suis rincé en gémissant. Ensuite, avec un air contrit, il a saisi un pulvérisateur et a pressé deux ou trois fois sur la poire en caoutchouc craquelé pour répandre un peu de liquide verdâtre sur la plaie.

Grégoire a dit qu'il avait à faire et nous a quittés au milieu de ces désolantes manœuvres.

Yarid et moi avons attendu sans bouger un long instant, puis il a posé son clystère à parfum. Alors, comme des comédiens qui se retrouvent à l'abri des coulisses, nous avons éclaté silencieusement d'un rire qui nous a secoués au moins trois minutes.

Dimanche 14 juillet, une date, je crois, pour les Français...

Jamais je n'aurais pensé avoir encore suffisamment de passion en reste pour me sentir aussi excité par cette affaire. Ajoutez à tout cela les démarches que je poursuis pour me procurer les fournitures destinées à la mission, les conversations que j'ai avec les uns ou les autres. Ma vie, si vide, s'est soudain remplie prodigieusement. C'est pour moi un sujet de méditation et d'étonnement. J'y ai pensé ce matin pendant la messe à la cathédrale (j'assiste à l'office catholique mais je me tiens dans une petite chapelle latérale dédiée au culte arménien — dont je suis, hélas, le dernier pratiquant). A l'âge que j'ai, la sincérité ne coûte rien mais autrefois, quand ma femme était encore vivante, je n'aurais pas osé dire aussi franchement ni encore moins écrire que même ma propre religion m'indiffère. Je l'aime comme on aime la cuisine de sa gouvernante. J'ai sucé ce lait de cantiques dès l'enfance. Mais de là à dire que j'y crois... J'entends aussi bien les arguments des orthodoxes, des catholiques et même des juifs et des musulmans.

En sortant de l'église, j'ai été presque renversé par un grand vent glacé qui balayait le ciel bleu pâle. Au-dessus des palmiers royaux virevoltaient des hirondelles et, autour de moi, comme une bande de corbeaux freux, toute la petite troupe des catholiques de la ville, c'est-à-dire principalement les ensablés, clignait des yeux en retrouvant la lumière. Je n'en connais pas un qui coiffe son chapeau sans l'avoir d'abord essuyé avec l'avant-bras. J'étais en train de fendre cette petite foule muette occupée à remuer des coudes quand je vis Ricardo me barrer la route.

— Je peux vous parler un instant ?

Les autres ont détourné la tête. Ceux qui viennent se confier à moi de la sorte ont en général un délicat problème financier. C'est le mal du pays. Nous nous sommes éloignés en marchant côte à côte sur le large trottoir de galets.

— Votre jeune ami est venu me voir hier soir, a commencé Ricardo en regardant avec méfiance par-dessus son épaule. Il m'a apporté cette musique… Vous savez...

Pauvre homme ! Il avait le souffle si court que je pouvais à peine l'entendre. Nos petits taxis datent des années trente et pétaradent. Chaque fois que l'un d'eux passait à notre hauteur, je perdais quelques mots.

— … m'a inquiété. Oui, vraiment, je l'ai trouvé très nerveux…

Cette fois, c'est un autobus bondé et dangereusement penché sur le côté qui a couvert sa voix et aggravé de surcroît son asphyxie par la fumée du diesel.

— ... préoccupé, bien sûr, et il voulait...

— Écoutez, Ricardo, ai-je dit en lui prenant le bras, coupons par ici, voulez-vous ? Ce sera un peu plus long mais au moins ces petites rues sont silencieuses.

Au premier croisement, je l'ai fait tourner à droite et passer devant un faux palais romain, avec grilles carrées, bossages et frontons de pierre où vivaient autrefois des cousins de ma mère. L'endroit aujourd'hui sent la cave mais la rue est calme et c'est ce que je voulais.

— Allez-y, maintenant on s'entend. Vous me parliez de Grégoire.

— Je disais simplement qu'il m'avait inquiété. Il prépare quelque chose. J'ignore de quoi il s'agit. Il me semble seulement qu'il est dévoré par une sorte de passion.

— Il s'est amouraché d'une fille d'ici et elle a été emprisonnée. Voilà toute l'affaire. Nous serions bien bêtes de nous en inquiéter : nous avons été amoureux aussi, et nous en sommes revenus.

Ricardo s'est tourné un instant vers moi et m'a lancé un curieux regard. J'y ai vu une lueur bleue qui ne m'a pas plu du tout. Une lueur d'ironie, voilà, comme s'il était clair que je me targuais de quelque chose que je ne pouvais pas avoir fait. Le pire, si j'y pense, c'est qu'il a raison. Ai-je jamais été amoureux ? Ai-je connu, ne serait-ce qu'une seule fois, une véritable passion ? Me suis-je jamais jeté tout entier dans cette arène-là ? Tandis que ce diable d'ensablé, qui ne dit rien, s'y est sans doute souvent fait dévorer. Voilà pourquoi c'est à lui seul que Grégoire fait la confidence de ses amours.

— Je ne suis pas tout à fait aussi optimiste que vous, sur ces choses, a dit finalement Ricardo. Rappelez-vous la guerre.

— Quoi, la guerre ? Qu'est-ce que la guerre a à voir là-dedans ?

— Comment, vous avez oublié ? Ces deux pays qui se sont jetés l'un sur l'autre… pour faire l'amour.

La stupéfaction m'a cloué sur place mais Ricardo, qui regardait toujours droit devant lui, a continué d'avancer en m'entraînant par le bras à sa suite.

— Tous les Italiens, Hilarion, rappelez-vous. Tous : le petit sergent comme le cadre colonial, le pauvre comme le riche. Les officiers à qui cela était pourtant formellement interdit, et même les généraux, oui, j'en ai connu, même les policiers qui avaient justement reçu l'ordre d'interdire les unions mixtes ; et puis encore les juges, les fonctionnaires, les douaniers, les médecins et les malades ; les célibataires et ceux qui avaient amené leur famille…

Je ne l'avais jamais vu comme cela. On aurait dit qu'il commentait à la radio le passage d'un cortège funèbre.

— Et en face, Hilarion, toutes les femmes, vous vous en souvenez ? Les petites paysannes illettrées, bien sûr, et les filles déshonorées, mais aussi les beaux partis à marier, les épouses légitimes et jusqu'aux grandes dames, si nobles et si hautaines, de la cour du Négus…

— Allons, mon ami, vous exagérez, dis-je en hochant la tête.

— J'exagère ! ricana-t-il en accélérant le pas. Auriez-vous oublié ces files de piétons qui encombraient, le matin à l'aube, les routes autour des villes de garnison ?

— Des files de piétons ?

— Oui, des cohortes de femmes qui avaient passé la nuit dans les casernes, les bureaux, les mess et qui rentraient dignement chez elles.

C'en était trop. J'ai éclaté de rire.

— Allons, Ricardo, cessez de prendre ce ton lugubre. Oui, des hommes et des femmes ont couché ensemble pendant la guerre. Avant aussi d'ailleurs et apparemment cela continue. Mais dans toutes les colonies ce genre de chose a eu lieu.

Qui peut dire si un dinosaure est capable de s'indigner ? Celui-là, en tout cas, a fixé sur moi ses yeux secs, au fond de leur gousset de peau fripée, et a pris l'air courroucé.

— Ce genre de chose, avez-vous dit ? C'était normal, hein, c'est ça ? Des jeunes désœuvrés prenaient une petite femme un peu bronzée et lui faisaient paisiblement de beaux enfants. Et l'on est allé jusqu'à créer un nouveau mot pour désigner ce phénomène, n'est-ce pas ?

— Et quel mot, Ricardo ? dis-je doucement en prenant l'air de celui qui s'efforce de calmer le délire d'un fébricitant.

— Le madamismo.

Le rire a été plus fort que moi. Il m'a secoué deux ou trois fois. Ah ! le madamismo. Je l'avais oublié. Merveilleuse passion des Latins pour les néologismes…

— Mais, voyons, Ricardo, ce n'est pas parce qu'on fabrique un nouveau mot que la chose est nouvelle. Les Italiens n'avaient pas eu de colonie. Quand leur tour est venu, ils en ont découvert… les charmes.

— Et Madame Mirna ? répliqua Ricardo en me regardant fixement et d'une façon si méchante que j'arrêtai même de sourire. Hein, Madame Mirna, cela aussi était normal ? Cela aussi s'est vu partout, sans doute !

— Je regrette mais je ne sais pas de qui vous parlez.

— Vous ne savez pas, cria-t-il, mais ses vieux poumons n'émirent qu'un feulement grotesque. Une terrible maquerelle, pourtant. Hongroise, qui ne parlait aucune langue mais possédait dans chacune un vocabulaire à faire pâlir le troupier. Vous ne vous souvenez pas que les fascistes, c'est-à-dire nous, si vous voulez, l'avaient chargée de reprendre la colonie en main tellement cette situation « normale » avait fini par les préoccuper.

Nous étions debout sur le petit trottoir, devant un immense porche baroque surmonté d'un fronton triangulaire et zébré de vilaines fissures. Je n'avais qu'une terreur : que Tamrat ou un autre policier de ma connaissance sorte à ce moment précis de ce qui était désormais une annexe du commissariat. Mais Ricardo n'en avait cure et poursuivait :

— On lui a donné un grand bureau, avec une carte au mur et de petites épingles pour suivre la progression de ses troupes. Bleu, c'étaient les maisons de luxe pour officiers et hauts fonctionnaires, avec les filles les plus fraîches, celles qui venaient d'arriver d'Europe ; rouge, les bordels pour les sous-officiers ; et jaune, pour la troupe. Rien que des femmes blanches là-dedans, à peine y acceptait-on les moricaudes de Sicile.

— Allons, calmez-vous, nous parlions de Grégoire.

— Eh bien, je ne cesse de parler de lui, figurez-vous. Je suis en train de vous expliquer que le madamismo n'était pas une chose normale, comme vous le prétendez. C'est une maladie et votre Grégoire l'a attrapée.

À mon grand soulagement, il s'est remis en route sur ces mots. Nous avons fait silencieusement une cinquantaine de mètres pour déboucher sur une petite place au carrefour de quatre ruelles. Un palmier solitaire émergeait d'une plate-bande au centre du croisement. Ricardo a marché jusqu'au banc de bois qui y est adossé et s'est affalé dessus.

— Que vous a-t-il dit… d'elle ? demandai-je.

— Rien ou presque, même pas son nom. C'est tout à fait typique. Dans la colonie, savez-vous comment nous appelions, nous, le madamismo ? L'antchilite.

— Jamais entendu.

— C'est un nom de maladie formé sur le mot *antchi*, « toi ».

— La maladie de toi.

— Voilà.

— Et pourquoi ?

— Parce que la plupart n'appelaient pas leur femme indigène par son prénom. Ils disaient « toi ». Vous comprenez cela, vous ?

— Bien le genre colonial…

— Et Grégoire, à votre avis, c'est un colon ? Pourtant, quand il parle de son amie, il dit « elle » et quand il est en sa présence, à mon avis, il l'appelle « antchi ».

— Et qu'a-t-il l'intention de faire de son antchi ?

— Typique, cela aussi : rien, figurez-vous. Il ne forme rigoureusement aucun projet et voilà bien ce qui distingue l'antchilite des amours normales.

— Une affaire charnelle, peut-être.

— Hélas ! Si au moins c'était cela, mais les antchilites les plus graves que j'aie vues frappaient des malheureux qui n'avaient jamais seulement posé la main sur leur prétendue compagne…

Quelques gouttes de pluie sont venues nous chatouiller sous notre palmier et nous nous sommes remis en route. Deux Africains silencieux et raides sont passés en pétaradant sur des Vespa rouges.

— Savez-vous à quoi ils passaient leur temps, les types qui montaient avec des filles dans les maisons de Madame Mirna ?

— À quoi ? demandai-je avec un sursaut d'intérêt car je le croyais sur le point de me livrer d'alléchants détails de perversions.

— Eh bien, ils pleuraient, tout simplement. Ils pleuraient sur les genoux de leurs sœurs européennes en leur racontant leurs passions abyssines. Et elles les consolaient, leur donnaient des conseils, leur caressaient les cheveux. Tout à fait comme votre ami Grégoire chez moi.

— Vous lui avez caressé les cheveux !

Cette exclamation m'était sortie comme cela et je l'aurais regrettée si elle n'avait pas eu le don de faire rire un peu Ricardo. Tant pis si ce fut à mes dépens.

Nous étions arrivés devant sa porte. J'étais soulagé de le quitter et pourtant il avait glissé en moi une inquiétude étrange.

— Comment cela se termine, l'antchilite, à votre avis ? lui lançai-je sur un ton dégagé, comme pour recueillir un mot d'adieu.

— Mal, répondit-il puis, s'inclinant respectueusement, il recula dans son jardin et referma la porte.

La journée a été maussade. La pluie fine a continué. Vers cinq heures, les nuages sont devenus jaune sale ; des brins de soleil se glissaient entre les paquets cireux. Ils ont fini par les écarter et pendant une heure à peu près, nous avons eu la plus belle éclaircie qui soit : un champ de pastel au fond d'un trou de nuées rondes, épaisses comme des rocs. Dans ces moments, on comprend comment des petits bergers ivres de sommeil et grelottant sous la pluie peuvent avoir la certitude de voir la Sainte Vierge leur apparaître et leur parler.

L'apparition dont le ciel m'a gratifié et dont je mesure maintenant qu'elle n'est pas moins miraculeuse, ce fut Grégoire qui, profitant de l'embellie, est monté à pied depuis le consulat. Il était accompagné d'Efrem dans le rôle de l'ange. Devançant son patron de quelques mètres, l'enfant eut le temps de me faire des signes mystérieux qui signifiaient : il est devenu complètement fou. Mais Grégoire était souriant, rigolard même, et il a mangé de bon appétit.

Il avait les traits horriblement tirés. Son visage était hâve avec des cernes couleur de radis. En même temps, je le trouvais calme, comme si la tension qui l'avait noué ces derniers jours était retombée.

À peine assis, il m'a tendu deux feuilles dactylographiées, en disant :

— Mon rapport est parti cet après-midi par télex. Tenez. Lisez-le si vous voulez.

Le texte était adressé au directeur de l'organisation pour laquelle travaille Grégoire. Il commençait par énumérer tout ce qui avait été fait sur place, à Rama. Il décrivait ensuite sommairement les huit mille et leurs conditions d'arrivée dramatiques. Venait enfin un assez long commentaire que je vais seulement résumer.

« Il faut rappeler, disait le texte en substance, que notre organisation a réagi tard à la famine en Éthiopie. Parmi les humanitaires, nous sommes arrivés les derniers et ceci explique que nous ayons installé notre mission dans un endroit éloigné et marginal. Si nous partons maintenant, nous serons une fois de plus à la remorque des autres, ceux qui ont déclenché la campagne de protestation. Nous capitulerons sans condition en reconnaissant qu'ils ont eu raison sur toute la ligne : ils sont arrivés avant nous ; ils ont pris pied aux endroits les plus importants (les grands camps du Sud) et finalement, ils ont été plus lucides et plus courageux. Comme ils sont les premiers à avoir dénoncé l'affaire, on ne parlera que d'eux. Au contraire, si nous restons, nous prenons la tête de la résistance. Nous condamnons les déportations mais nous proclamons que notre présence est le meilleur moyen de les éviter. Du coup nos donateurs n'auront pas l'impression d'avoir été floués. C'est vers nous que se tourneront tous ceux qui sont émus par ce qui se passe ici. Nous serons le symbole de ceux qui résistent et les autres organisations humanitaires, après leur expulsion, auront l'image d'irresponsables et même de déserteurs. »

J'ai regardé Grégoire, il était vraiment serein.

— Vous pensez, lui ai-je dit, que c'est un langage qu'ils peuvent comprendre ?

— J'en suis sûr. Je connais bien notre président : on dirait qu'il porte la misère du globe sur ses épaules. Il a l'air vieux et sinistre depuis l'adolescence et tout le monde prend cela pour les stigmates d'une compassion universelle. En réalité, je sais, moi, qu'il reste toujours en lui un vieux fond apparatchik. Il ne pense qu'en termes de pouvoir et d'organisation. Dans cette affaire éthiopienne, il est très gêné : il vient de faire une collecte de fonds qui a rapporté beaucoup d'argent. C'est bien ennuyeux de dire aux gens : finalement, nous ne restons pas en Éthiopie mais nous empochons vos dons. D'autre part, si nous restons, ce serait bien ennuyeux aussi d'être accusés de complicité de génocide. Vous savez, dans ces milieux, il y a des frontières de langage. Les massacres, c'est la vie quotidienne. Personne ne peut rien vous dire parce que vous travaillez dans une région où ont lieu des massacres. Mais si quelqu'un parle de génocide, il n'est plus question de rester. Vous me direz que pour les malheureux qu'on égorge, la différence est ténue. Peut-être. Mais dans les états-majors humanitaires, cela n'a plus rien à voir. Donc, dans le cas présent, il faut les convaincre que leur intérêt est de rester et qu'il n'y a pas de déportations dans la zone où nous sommes.

— Et... il n'y en a pas ?

— Aujourd'hui si, mais il faut faire en sorte qu'elles s'arrêtent. Et vous allez nous y aider.

— Moi ?

— Vous connaissez tout le monde, Hilarion. Vous vous êtes rendu utile à beaucoup de gens, paraît-il.

C'était la première allusion aux armes. Je m'attendais qu'elle fasse irruption un jour ou l'autre et, à vrai dire, plus tôt. Il se trompe évidemment. Je ne vends plus rien de cette nature à personne depuis la révolution. Ce n'est pas seulement pour cela que je déteste les communistes mais il faut bien reconnaître qu'ils ont fait la ruine des gens comme moi. Leurs alliés moscovites leur fournissent tous les joujoux qu'ils veulent et en apparence gratis (en tout cas, ils ont l'art de le leur faire croire). Mais peu importe la vérité : l'essentiel est que Grégoire me croie puissant.

— Il vous suffira d'expliquer au gouvernement où est son intérêt, reprit-il. Je suis sûr que vous pourriez organiser une rencontre entre un haut responsable politique éthiopien et, disons, moi-même...

J'ai pensé : « Une fois de plus, je vais promettre et il va falloir faire des acrobaties pour tenir. » Mais tant pis, grand Dieu, tant pis et même mille fois tant mieux. L'affaire est décisive. Henoch le comprendra. Et je rends à Gütli la monnaie de sa pièce…

— Laissez-moi deux jours, ai-je dit. Je crois que je connais l'homme qui saura vous écouter.

— Et agir ?

— Et agir.

Je regardai Grégoire. Il y avait en lui une fermeté, une détermination nouvelles.

— Supposons que cette condition soit remplie, lui ai-je demandé, que va-t-il se passer maintenant ?

— À Paris, ils ont reçu mon message à temps pour la réunion exceptionnelle de notre conseil d'administration, qui a lieu cet après-midi. Si, comme je le crois, ils suivent mes recommandations, ils ne participeront pas à la conférence de presse commune qui devrait se tenir demain avec ceux qui dénoncent les déportations et veulent partir. Ensuite, si nous pouvons donner toutes les garanties qu'il n'y aura pas de rafle autour de nos camps, il est probable que nous ferons notre propre campagne de presse, en Europe et même aux États-Unis, pour indiquer nos raisons de rester.

— Donc, vous ne serez pas fixé sur la décision de Paris avant trois ou quatre jours.

— Non. Rien n'est certain. Il se peut même que le conseil d'administration rejette ce soir mes arguments. Mais cela m'étonnerait.

J'ai promis tout ce qu'il a voulu et je sens que cette nuit je vais passer mon temps à chercher les moyens de tenir mes engagements. Mais je n'ai, après tout, que ce que je mérite.

Mercredi 17 juillet

Pour joindre Henoch, je dois toujours être très prudent, dans son intérêt comme dans le mien. J'ai eu assez d'ennuis après la révolution communiste en Éthiopie pour savoir que j'appartiens à la catégorie des suspects. Ce gouvernement me prend pour un intrigant cosmopolite, parce que je suis commerçant. De surcroît, arménien. Bien que nous soyons installés depuis deux siècles, la plupart des gens d'ici nous considèrent encore comme des étrangers.

Pour Henoch aussi, la prudence est essentielle. Il est souillé d'une tache originelle ; on peut toujours lui reprocher son ascendance, la longue lignée de militaires fidèles aux empereurs et aux princes dont il descend. Cette généalogie ne lui interdit pas d'exercer de hautes fonctions dans un régime communiste, la preuve. Mais elle le contraint à une vigilance permanente car il sait à tout moment qu'il peut être traité en ennemi du peuple. Frayer trop souvent avec un homme comme moi, ce peut être donner à des adversaires cachés dans l'ombre le prétexte de l'accuser. Je ne veux pas le compromettre. Pour lui parler, j'ai recours, sur sa proposition, à un officier subalterne de la garnison d'Asmara qui sait comment le joindre. Je lui ai téléphoné au quartier général et cet officier prudent m'a fixé rendez-vous ce matin dans un café panoramique qui donne sur la colline résidentielle. Il est illusoire, dans une ville assiégée, de vouloir dénicher un lieu discret. Où qu'on soit, on sera vu. Le seul camouflage consiste à donner aux rencontres une apparence fortuite, ce café le permet car une clientèle très variée le fréquente.

Je me suis placé du côté de la salle qui donne sur les toits de tuiles romaines et les jardins colorés construits par les Italiens. Ce petit paradis de verdure à l'abri duquel nous passons nos vies se termine bien vite, quand on le contemple ainsi de haut. Au-delà, on voit les quartiers indigènes monter à l'assaut, avec leurs maisons basses et leurs ruelles étroites couvertes de terre. Des minarets ronds sont plantés dans cette étoffe rougeâtre, comme des glaives. Au-delà ce sont les ravines des carrières d'ocre et les pâturages pelés du plateau.

Le messager de Henoch est arrivé avec une heure de retard. Il s'est jeté dans mes bras avec des cris de surprise (c'est la mise en scène convenue…). Nous avons bu un café ensemble, servi dans des verres épais et teintés qui donnent sa couleur au breuvage, à défaut de goût.

J'ai expliqué brièvement ce qui se passe. Henoch sera prévenu cet après-midi même par radio car il est loin.

Je recevrai chez moi un message me disant s'il accepte de me recevoir avec Grégoire.

Après le dîner

Il a plu tout l'après-midi et je pourrais presque dire qu'il ne s'est rien passé d'autre. Mais les pluies, ici, sont un événement ; on y assiste comme à un spectacle. Elles frappent, elles grondent, elles claquent sur le sol et sur les toits et, l'instant d'après, elles murmurent, elles caressent ; le ciel s'éclaire, l'eau semble tomber de nulle part. De temps en temps, tout s'arrête et une vapeur bleutée monte du sol. Puis, dans un coin du ciel, dissimulé derrière un pan de feutre brun, un nouvel orage se glisse, avance, bondit sur ce qu'il reste de bleu et jette ses gouttes, épaisses comme des œufs.

À six heures, un messager de rien du tout, déguenillé, sans allure, est venu me dire que Henoch est d'accord pour l'entrevue. Rendez-vous est pris pour après-demain dans un monastère, à vingt kilomètres de la ville. Voilà comment l'un des hommes les plus puissants du pays donne ses ordres. On dit que Louis XI communiquait avec les cours d'Europe par le moyen de pèlerins et de mendiants. Des gueux qui portent des messages de roi... L'homme m'a dit : « À six heures du matin. » Bien entendu, il veut dire à midi. Dans ce pays, comme dans l'ensemble de la zone équatoriale, les jours et les nuits sont égaux toute l'année et l'on compte les heures à partir du lever du soleil, qui est toujours à six heures. On a vu bien des étrangers qui l'ignoraient l'apprendre à leurs dépens, arpentant un trottoir désert, à deux heures du matin, quand leur correspondant se prépare à venir tranquillement à huit heures.

Pas de nouvelles de Grégoire. Je l'ai fait prévenir par Mathéos. Il a trouvé le consulat désert et a laissé un mot sur la porte.

Samedi 20

Journée de voyage, hier. Je n'ai pas écrit. Ce matin, réveil à six heures pour tout inscrire. Je ne me fie plus à ma mémoire.

Donc hier, nous sommes allés à la rencontre de Henoch. Il m'avait fait recommander de prendre ma voiture. On ne peut pas dire qu'elle soit discrète mais tout le monde la connaît. Elle est du pays.

Grégoire, je crois, ne s'était jamais assis dans une Hispano-Suiza. J'ai l'impression qu'il y a pris un vif plaisir. Les sièges en box-calf clair, le tissu indien au plafond, les mille détails en merisier verni (tablette, boîte à cigares, repose-pied) font de l'habitacle un salon. Il manque un samovar pour se croire tout à fait dans un train impérial russe.

J'étais seulement inquiet pour la pluie. S'il reste de grosses flaques sur la route, le moteur se noie facilement et on peut se retrouver bloqué plusieurs jours. Nous avons mis un panier de victuailles dans la malle arrière et Henoch était prévenu qu'en cas de retard supérieur à huit heures, il devait envoyer quelqu'un à notre rencontre. Heureusement, il ne s'est rien produit de tel. Nous avons voyagé sous un ciel presque bleu. La mer des orages s'est ouverte pour nous laisser passer. Et quand on voit Mathéos au volant, avec sa grande barbe grise et son turban, une houlette de pasteur à son côté, on dirait en effet que nous suivons Moïse en personne.

Nous avons pris la route du sud-est. C'est un itinéraire de hautes terres : il ne descend jamais ni ne monte beaucoup mais il est environné d'abysses que joignent des langues de montagne. Les points de contrôle sont très fréquents sur ce parcours. Henoch m'avait fait tenir un sauf-conduit ; nous l'avons montré cent fois aux pauvres bougres de soldats gouvernementaux qui gardent les postes. La condition de ces malheureux est effrayante. Ils se terrent dans des cabanes, au bord de la route, grelottent dans leurs capotes trouées. Le pays est trop pauvre pour équiper décemment l'énorme armée qui le défend. Certains de ces militaires n'ont aux pieds que des sandales. C'est tout un peuple de campagnards que l'on a transformé en sentinelles. Pour le coup, les rôles ont changé : les bergers tiennent désormais celui du mouton et attendent, en tremblant dans leurs caches, qu'on vienne à la nuit les saisir et les égorger. Ils regardent, perplexes, le papier que leur présente Mathéos, considèrent nos mines, jugent qu'elles sont honnêtes ou, en tout cas, puissantes, et vont mollement décrocher le fil qu'ils ont tendu en travers de la route.

Au long du chemin, nous avons vu beaucoup de villages ; ils paraissent intacts. J'avais gardé de cette région le souvenir d'une végétation abondante, guère haute à cause de l'altitude mais formant des taillis et des touffes épaisses de maquis. Aujourd'hui tout est ras et la terre se ravine. La contrée était connue aussi pour ses singes. On en voyait partout, noirs avec des lunettes de poils blancs et aussi des cyno-céphales aux longs bras. À la moindre halte, ils se mettaient en cercle autour des arrivants et les regardaient en penchant la tête de côté. Nous n'en avons pas croisé un seul hier. Mathéos dit que c'est à cause de la guerre. Les Éthiopiens, pourtant, ne les mangent pas, car ils voient en eux des esprits. Je suppose qu'ils les tuent seule-ment parce qu'ils ont peur. La nuit, les pauvres hères qui montent la garde mitraillent la moindre ombre qui bouge. La silhouette humaine des singes les a perdus.

Le monastère où nous avions rendez-vous est situé sur un plateau plus élevé, en contre-haut de la route. On la quitte à droite et on monte par un long chemin de latérite. Imbibé d'eau, le sol prend une teinte rouge brique. De grosses pierres aux reliefs aigus font saillie comme des chicots sur la gencive du chemin. Aux abords du monastère, la végétation revient. Les moines cultivent les aromates qui font la renommée de ce pays depuis la haute Antiquité. Nous avons d'abord traversé des bosquets d'agam, qui répandent une odeur de cire. Ensuite, sur des terrasses, nous avons vu des arbres à encens et des plants de cinnamome. Les Égyptiens anciens avaient appelé cette portion de la mer Rouge la Côte des Aromates. Les indigènes leur vendaient ces produits aussi inutiles que précieux, presque tous dédiés à la célébration des dieux, au point que cette terre mystérieuse, désignée par le nom de Pount, était regardée comme le berceau des entités divines et leur séjour. Quelques moines en robes rouges ou safran, coiffés de bonnets de feutre, priaient non loin de la route, debout au milieu des arbustes odorants. Nous en avons même vu un juché dans un arbre.

J'ai expliqué à Grégoire que ces moines coptes sont des anachorètes. Ils vivent seuls, dans des trous ou des cabanes disséminés dans la campagne alentour. Le monastère lui-même ne groupe en quelque sorte que des services communs : une église, un reliquaire, des cuisines. Les moines viennent y chercher ce dont ils ont besoin et repartent dans leurs caches. Il n'y a ni dortoir, ni réfectoire, ni cloître.

Nous avons garé la voiture dans le dernier lacet du chemin puis nous sommes montés lentement jusqu'au sanctuaire. Pour arriver à l'église, on passe d'abord par le cimetière. Parmi les tombes, toutes sortes de gens viennent faire leurs dévotions silencieusement ou en groupe, avec des chants et des cris. Nous avons croisé un attroupement d'une quarantaine de femmes, de tous âges, vêtues de toges blanches, les mains tendues, formant cercle autour d'un moine et répondant à ses psalmodies par des larmes et des exclamations de douleur. Au bout d'une allée, un peu avant l'entrée du monastère, nous avons rencontré une démente et j'ai eu la terrible impression de l'avoir déjà vue. Elle est pourtant assez jeune. C'est une grosse fille hommasse, vêtue d'un simple linge noir noué au-dessus de la poitrine. Sa folie l'a convaincue qu'elle est une hyène. Elle imite sans cesse le bruit de la bête, soit par des claquements de dents, lorsqu'elle fouine et cherche sa nourriture, soit par le terrible cri qui signifie la faim.

Ce n'est sans doute pas la même démente que j'ai rencontrée jadis. Mais à chaque génération renaissent ici les mêmes personnages de possédés. Ils prennent les rôles que leur propose la nature. Toutes les époques, semble-t-il, ont leur hyène.

L'entrée du monastère est marquée par un portail de bois qui est grand ouvert à cette heure. De chaque côté, des indigents sont assis par terre. À l'intérieur de l'enceinte, également appuyés contre la palissade, c'est-à-dire dos à dos avec les mendiants, des pénitents s'imposent de longs jeûnes et des prières. J'ai envoyé un gamin chercher le moine responsable. Ce n'est pas le supérieur qui, lui, est un anachorète choisi parmi les autres, plus saint et donc, souvent, plus sauvage encore. Les tâches quotidiennes et la réception des visiteurs sont assurées généralement par un frère tourier, guère considéré, et qui accepte de sacrifier des instants de prière pour se consacrer à de misérables actions matérielles. L'enfant est revenu avec un petit moine sans âge, l'œil droit crevé, un bonnet de laine crasseux sur la tête, qui nous a dit :

— Celui qui vous visite n'est pas encore arrivé.

Ces diables de curés ont toujours aimé se mêler de politique. « Celui qui vous visite » ! D'instinct, ils dissimulent les noms et se prêtent à la conspiration. Je ne sais pas ce que Henoch fait avec eux. J'imagine qu'il sert leurs intérêts là où il est. Déjà, du temps des fascistes, dans les années trente, ce sont les moines qui ont mené la résistance. Après la tentative d'assassinat du gouverneur Graziani, les Italiens les ont massacrés en masse. Rien qu'à Debre Libanos, à côté d'Addis-Abeba, ils en ont tué une cinquantaine. Pauvres Italiens ! Ils ne savaient pas qu'en les suppliciant, ils faisaient un merveilleux cadeau à ces religieux. Depuis qu'ils sont séparés du reste de la chrétienté, les coptes ont besoin de produire leurs propres saints et martyrs : les Italiens leur en ont fourni cinquante d'un coup...

Pour nous faire patienter, le moine nous a proposé de visiter le reliquaire et l'église. Nous nous sommes mis en marche à sa suite.

Le reliquaire est une maison basse, sans fenêtres. Les seules ouvertures sont des soupiraux, à ras du sol. On y pénètre en descendant quelques marches, par une porte en bois arrondie qui ressemble à une entrée de cellier. À l'intérieur, dans la pénombre, règne une odeur moite de cave. L'humidité suinte de l'enduit craquelé des murs et monte du sol dallé. Nous avons suivi le frère tourier qui marchait devant en bougonnant. C'est une épreuve pour moi de descendre dans ce genre d'endroit avant mon heure, et d'autant plus que ces catacombes n'ont rien à voir avec les confortables sanctuaires d'Occident, où le moindre bout d'os ou de cheveu vaguement saint est enchâssé d'or et fait l'objet de vénération. Ici, la mort est traitée sans ménagement.

Après avoir passé deux portes aux gonds mal graissés, nous sommes arrivés dans une salle plus grande, où le jour pénétrait faiblement par quatre lucarnes encombrées de toiles d'araignée. Plusieurs sarcophages de pierre étaient disposés dans la pièce. Ils étaient remplis à ras bord d'ossements. C'est dire qu'une vingtaine de personnes devaient séjourner, à l'état de restes, dans chacun d'eux. Le moine ramassa un crâne qui traînait par terre, le jeta sans précaution dans un des sarcophages pour faire de l'ordre, puis débita un petit boniment sur les serviteurs de Dieu qui s'étaient illustrés dans ce monastère et dont ce sanctuaire conservait la trace. Visiblement, aucun culte particulier n'était rendu à leurs dépouilles. J'expliquai à Grégoire que ces saints hommes s'étaient distingués de leur vivant par les mortifications qu'ils faisaient subir à leur corps et le mépris dans lequel ils le tenaient ; il aurait donc paru saugrenu de rendre à ces enveloppes matérielles après la mort un hommage qu'elles ne méritaient même pas lorsqu'elles étaient encore intactes et animées.

Le moine a repris son monologue, visiblement appris longtemps auparavant, pour édifier les touristes chrétiens quand il en venait encore dans ce pays. Il a insisté sur la confiance que les grands personnages de la région avaient toujours témoignée à ce monastère par leurs largesses, la permanence de leur dévotion et leur désir de venir y mourir. Joignant le geste à la parole, il a saisi par terre une valise en carton bouilli, l'a posée sur le couvercle d'un sarcophage et d'un coup sec, a fait sauter les fermoirs. Dedans, entre les fronces d'une doublure satinée, était replié un squelette encore tendu de lambeaux bistre.

— Le ras Haïlu, a dit le moine avec emphase, rappelé par Dieu peu après la révolution.

Il nous a fait ensuite ressortir et passer dans l'église. Je lui ai assuré que nous pouvions la visiter seuls. Il nous a quittés de mauvaise grâce et en prévenant qu'il viendrait nous chercher sitôt notre interlocuteur arrivé.

Dans l'église, deux moines priaient debout, accotés à une colonne, tenant dans une main une croix copte ajourée et dans l'autre une Bible. Ils étaient vêtus de simarres noires brodées d'or. Le bâtiment est un octaèdre régulier éclairé par des baies sur les côtés et par une lucarne au sommet du toit, là où les huit poutres se joignent. Deux pigeons roucoulaient à cet endroit, lâchant leurs excréments blanchâtres au beau milieu du sanctuaire. Mais personne n'aurait osé chasser ces volatiles, que les Éthiopiens appellent les oiseaux de Marie et qu'ils respectent autant que la mère du Christ. Nous avons fait silencieusement le tour de l'église. La résine de cèdre du parquet se mêlait aux effluves d'encens tiédi du dernier office. Sur les murs étaient accrochées plusieurs icônes d'époques différentes, certaines d'inspiration et de facture byzantines, d'autres déjà plus influencées par le fonds abyssin, avec des yeux immenses, une peau sombre, un style naïf.

Grégoire, à sa manière directe et naturelle, s'est approché des icônes et a même tendu la main pour en effleurer la surface brillante. Je n'ai eu que le temps de saisir son poignet au vol pour l'en empêcher.

— Malheureux, gardez-vous bien d'y toucher ! Ils vous lyncheraient sur-le-champ.

Grégoire n'a guère de culture religieuse. J'ai dû lui expliquer que, pour les coptes, si matière et esprit sont séparés, ils peuvent à certains endroits et par certaines opérations se réunir. Par exemple, ils se fondent dans la personne du chrétien grâce à l'opération du baptême ; ils se fondent dans le texte sacré par la prière ; et ils se fondent dans les images saintes si elles respec-

191

tent les formes issues de la tradition. Voilà pourquoi l'icône n'est pas pour eux une simple image mais un lieu de fusion du matériel et de l'immatériel, un fragment du monde où se manifeste la présence réelle de Dieu.

Une cloche s'est mise à tinter dans l'air humide avec des sonorités rouillées. Quelques moines sont passés devant nous, appuyés sur leurs bâtons de pasteur, une écuelle à la main.

Le moine tourier, maugréant plus encore qu'à l'arrivée, est revenu et nous a entraînés à sa suite sans explication.

Je n'avais pas remarqué jusque-là le petit bâtiment situé sur un côté de l'église. On y accède par un escalier couvert. Sur la rampe grimpe un chèvrefeuille. En haut, une porte de bois peinte en rouge ouvre sur une pièce unique éclairée par une petite croisée. Henoch nous attendait là. Son uniforme était presque entièrement dissimulé par un natala blanc brodé d'une ligne d'or qui lui donnait l'air d'un pèlerin. Dans cette chambre nue, aux murs de pisé et sur ce méchant sol de carreaux rouges fendus et polis par d'humbles pas, Henoch, debout, son long visage impavide, respirait le calme et l'autorité. Sur son invitation, nous avons pris place sur ces tabourets ronds à trois pieds, sculptés dans le bois massif, qui meublent aussi bien la demeure des paysans que les palais de l'empereur. Grégoire, que je regardais du coin de l'œil, paraissait serein, déterminé et nullement impressionné, semblait-il, par son interlocuteur. Je lui avais

192

exposé dans la voiture l'histoire et le caractère de celui qu'il allait voir. Cette préparation avait l'air de porter ses fruits. Le moine tourier est revenu en trottinant et a déposé au milieu de notre groupe un plateau en bois sur lequel fumaient trois verres de thé. Puis il s'est retiré et un jeune soldat s'est placé en faction devant la porte.

J'ai fait de très brèves présentations, en anglais, seule langue occidentale que Henoch comprenne. La conversation a débuté par un assez long échange de politesses. Avions-nous fait bon voyage ? Comment allaient notre santé et celle de nos proches ? Ne souffrions-nous pas trop de l'humidité ? Une fois écoulés les instants réglementaires dédiés à la courtoisie, Henoch nous a invités à lui exposer les motifs de notre visite. Grégoire a commencé doucement mais avec fermeté, en regardant le militaire droit dans les yeux :

— Vous savez sans doute, général, que la presse, en Europe et aux États-Unis, critique vivement votre politique de déplacement forcé de populations.

Ayant proposé cette entrée en matière, il s'est arrêté. Henoch, sans précipitation, a répondu sur un ton affable :

— C'est une action nécessaire, pour rééquilibrer le peuplement dans ce pays. De surcroît, il s'agit d'une question intérieure qui ne concerne que nous.

Grégoire a rattrapé cette balle lobée avec aisance.

— Dans la mesure où vous menez cette politique en utilisant les moyens qui sont apportés du dehors pour la famine, c'est une affaire qui concerne tout le monde. Mais peu m'importe. Je ne suis pas venu discuter cela sur le fond. Notre véritable sujet, c'est le rôle que vous entendez faire jouer à des organisations humanitaires comme les nôtres.

— D'après nos informations, seule une petite minorité d'activistes mène une campagne hostile…

— Une minorité, peut-être, coupa Grégoire avec une assurance qui raidit imperceptiblement le militaire, mais qui a une grande influence sur les donateurs, sur la presse et sur les institutions internationales. Bien entendu, tout le monde n'est pas encore convaincu mais il y a aujourd'hui une véritable bataille pour les indécis. De quoi s'agit-il ? De faire pression sur votre gouvernement pour qu'il change sa politique, en menaçant de suspendre l'aide.

— C'est inacceptable. Notre pays est souverain. Il ne cédera pas à un chantage. Nous devrons nous passer de votre aide et les populations souffriront par votre faute.

Ils étaient maintenant bien engagés dans la discussion, opposés et familiers à la fois. Le ton n'avait pas monté, on sentait seulement qu'une invisible corde était désormais tendue entre eux, qui les opposait et les reliait tout à la fois. Grégoire reprit :

194

— Vous savez bien que les choses ne sont pas si simples. Le contrôle de l'aide internationale fait partie de votre plan. Il en est même la condition de réussite. Cependant, je vous le répète : ce n'est pas pour cela que j'ai voulu vous voir. Je suis seulement venu vous parler de ce qui nous concerne l'un et l'autre et sur quoi nous pouvons agir. En un mot, voici le fait : dans cette bataille, l'organisation humanitaire que je représente a décidé de prendre parti pour le maintien coûte que coûte de sa mission en Éthiopie et elle compte le faire savoir publiquement.

— Je suis heureux, a dit Henoch en clignant doucement des paupières, que vous souteniez notre action…

— Nous ne soutenons rien, a coupé Grégoire avec impatience — et j'ai bien cru que, cette fois, il avait dépassé les bornes. — Votre sauvagerie contre des civils innocents est inacceptable. Cependant, nous considérons que nous sommes plus utiles dedans que dehors. Notre mandat nous assigne de secourir des hommes et des femmes qui souffrent et nous ne voulons pas abandonner les malheureux qui se sont placés sous notre protection.

Grégoire n'avait eu qu'une prudence, dans sa folie : il avait parlé sans hausser la voix. Le garde, à la porte, ne comprenait pas l'anglais et ne pouvait donc deviner la violence contenue de ces paroles lisses. Cet égard pour le protocole est sans doute ce qui a permis à Henoch de tolérer l'affront. Il s'est fait un long silence. Je voyais Henoch penser, les yeux fixes. Nul doute qu'il avait parfaitement compris tout l'intérêt de ce que Grégoire lui exposait. La dissension parmi ceux qui les critiquent et essaient de contrecarrer leurs projets est bien ce que les dirigeants de ce pays peuvent espérer de mieux. Henoch est trop intelligent pour nourrir l'illusion qu'on peut convaincre ses adversaires ; tout au plus doit-on chercher à les diviser et à faire de leurs contradictions un levier.

— Et en quoi, a-t-il dit finalement, pouvons-nous vous être utiles ?

— En cessant immédiatement les déportations dans les zones les plus au nord, celles où nous travaillons.

Henoch s'est penché en avant et a saisi un verre de thé.

— D'ici une journée ou deux, a continué Grégoire, nous allons faire une conférence de presse à Paris pour expliquer notre position. Cela peut avoir un grand effet sur les indécis. À condition que l'on ne puisse pas nous objecter que notre camp et la zone qui l'entoure servent de lieu de concentration pour les populations que vous voulez déporter.

Après avoir d'abord étalé leur force en plaidant chacun leur cause avec intransigeance, les voilà qui étaient rendus au point essentiel, contraints l'un et l'autre de livrer l'aveu de leurs faiblesses. Grégoire venait de le faire en montrant que, quelles que fussent ses raisons profondes, il

désirait ardemment que les déportations s'arrêtent autour du camp, c'est-à-dire que Henoch
lui facilite la tâche pour préserver la mission de
Rama. Henoch, en retour, allait peut-être
avouer, en ne rejetant pas cette demande, qu'il
désirait encourager la division de ses ennemis et
donc que son gouvernement n'était pas aussi
invulnérable qu'il l'avait d'abord prétendu.

— Combien de temps, a-t-il demandé, jugez-
vous que cette suspension soit nécessaire ?

— Nous voulons que la zone de Rama cesse
définitivement d'être une zone de déportation.

Henoch a bu lentement son thé, s'est levé, est
allé jusqu'à la fenêtre puis est revenu vers nous
et s'est adressé à moi avec une expression
tendre et joyeuse.

— Hilarion, vraiment, comme je suis heureux
de vous voir ! Vos visites sont si rares… Je vous
connais : vous vous dévouez pour tout le monde
mais vous ne venez à moi que pour me
demander des choses impossibles. Ah ! C'est
que j'ai trop de respect pour vous ; vous le savez
et vous en abusez.

J'ai d'abord accusé le coup en faisant une tête
de monsieur vexé. Pourtant, j'ai l'habitude, et je
sais bien que les vieillards ne doivent pas trop se
mêler d'affaires sérieuses : tout le monde leur
rebat les oreilles avec le respect mais en vérité
on se moque d'eux. Henoch, sous ses dehors
prévenants, était en train de se payer ma tête,
comme les autres. Malheureusement, ce n'était
pas le moment de protester. Il me fallait entrer

à mon tour dans la comédie. J'ai levé un peu les sourcils pour qu'on voie bien mes yeux, je leur ai donné l'expression la plus attendrie et j'ai dit :

— Non, Henoch, ce n'est pas une chose impossible.

Il m'a souri et pour terminer cette scène touchante où il ne paraissait guère que se traitait le sort de milliers de malheureux affamés, il m'a répondu doucement :

— Une fois de plus, Hilarion, je vais vous obéir et faire ce que je peux.

Toute la science, ou tout l'art, je ne sais, de ce combattant est de ne livrer que les batailles qu'il peut gagner... Avec ses longues mains osseuses — jamais auparavant je n'avais remarqué l'extrême finesse de ses mains — il donne une impression de faiblesse et de gracilité qui peut paraître étonnante pour quelqu'un qui a décidé autant d'actions violentes. C'est qu'il n'a rien d'un lutteur. Son rôle n'est pas d'administrer la force mais de l'orienter. Je le vois comme un chat, assis au bord de l'eau, prêt à saisir en un éclair, dans le flot des circonstances, le moment unique et propice dont il a fait sa proie.

— Eh bien, messieurs...

Il se soulevait déjà de sa chaise.

— Une chose encore, a dit vivement Grégoire.

Henoch s'est rassis et Grégoire a continué avec un peu d'émotion dans la voix et un débit rapide :

— La semaine dernière, huit jeunes Érythréennes ont été enlevées par la police à

Asmara. Elles ont été arrêtées le soir et, depuis, elles n'ont pas quitté les différentes prisons où on les a jetées. Ces filles sont innocentes. Elles connaissent des étrangers, voilà tout. Mais dans la situation actuelle, ce serait un signe particulièrement positif de les libérer.

Henoch réfléchit un instant. Que pouvait-il bien penser, derrière ce haut front lisse ? Ses grands yeux en amande étaient légèrement plissés. Il fallait bien que le marché qu'ils venaient de conclure ait un prix et celui-là était dérisoire. J'ai cru un instant voir passer un peu de mépris dans son regard.

— C'est la police, a-t-il dit, je ne peux rien faire.

Chez les grands seigneurs, on retrouve parfois ces inexplicables faiblesses : Henoch voulait contraindre son interlocuteur à reconnaître l'immensité de son pouvoir. Grégoire l'a bien senti, pour une fois, et il a pris le ton juste pour dire :

— Je suis convaincu que vous le pouvez, général. Il suffit que vous le décidiez.

— Vous comprendrez, a enfin répondu Henoch, que sur ce point je ne puisse, au moins, rien promettre.

Ils se sont regardés dans les yeux. « Au moins » était suffisant.

Henoch, cette fois, s'est relevé, a salué Grégoire en se courbant mais sans lui tendre la main. Il a resserré la toge blanche autour de lui avec un geste ample des bras, comme un conspirateur de théâtre qui va regagner la coulisse. Il a franchi la petite porte et descendu l'escalier, suivi respectueusement par son garde du corps. Nous avons attendu que le frère tourier vienne nous reprendre. Le temps de traverser le monastère et nous sommes remontés en voiture au moment précis où les premières gouttes noircissaient le sol. L'orage s'est déchaîné presque tout de suite et nous avons roulé dans l'obscurité brune des nuages.

Lundi 22

Folie ! Folie aujourd'hui dans les bureaux de Grégoire. Imaginez qu'il pleut toujours et que chaque personnage qui entre en scène traîne avec lui une rigole d'eau qui dégouline de ses vêtements et lui colle les cheveux au visage. Ils ont tous l'air de furieux avant même d'avoir ouvert la bouche.

Kidane, qui est venu me raconter cela vers cinq heures, était trempé aussi. Son feutre a l'air d'un vieux chou pourrissant.

— Sacredieu, s'est-il exclamé, quelle journée ! Je venais à peine d'ouvrir le consulat quand j'ai vu arriver Gütli. M. Grégoire dormait encore, le gamin au pied de son lit. Le Suisse a frappé comme un fou. J'ai cru qu'il allait défoncer la porte. Il m'a poussé et il est entré chez M. Grégoire. Il a allumé la lumière et l'a réveillé. Ventre saint-gris, comme il criait !

— Qu'est-ce qu'il criait ? ai-je demandé, gagné par l'excitation.

— On n'y comprenait rien. Je crois que c'était de l'allemand, mélangé à d'autres mots. Surtout, il avait un télex entre les mains et il le brandissait. On voyait que c'était un télex parce que le papier était jaune et qu'il y avait de petites traces bleues dessus qui avaient dû être des lettres. Mais ça ne ressemblait plus à rien tellement c'était imbibé d'eau. Une vieille chose mâchée, un chiffon mou. M. Grégoire a fini par lui demander ce que c'était. Gütli a hurlé, en français cette fois : « La conférence de presse, vous n'avez pas participé à la conférence de presse ! Salauds ! Voilà le résultat : plus de front commun en Éthiopie contre le gouvernement. Tous les journaux occidentaux titrent en première page : "Les organisations de secours divisées sur l'attitude à suivre en Éthiopie." Je voudrais bien savoir ce que tu leur as recommandé. Hein ? Hein ? » Pauvre M. Grégoire, sacripant, vous l'auriez vu ! Il se frottait les yeux. Le gamin s'était caché sous le lit.

— Et toi, Kidane, me suis-je écrié, tu n'es pas intervenu ?

— Si, j'ai fini par faire sortir le Suisse de la chambre et il s'est affalé sur une chaise, dans le bureau. Vous savez comme il souffle d'habitude. Là, il était tellement en colère que ça ne sortait pas. J'avais l'impression qu'avec la température qui montait dedans, il allait se fendre en deux comme une brique au feu. Il s'est mis à feuilleter un livre qu'il a pris au hasard dans la bibliothèque. Je l'ai reconnu à l'envers : c'était un album de photos sur les bêtes. Il a regardé machinalement des chimpanzés, un lion, une gazelle. Et puis il s'est aperçu que cela ne l'intéressait pas et il l'a jeté à plat sur le bureau, dans un grand geste de mauvaise humeur. M. Grégoire est arrivé à ce moment-là. Il était très maître de lui, palsambleu, pour un homme qui sort de son lit. Il a regardé le Suisse dans les yeux et lui a dit : « Nous avons décidé, ici, d'un commun accord, de recommander à Paris la poursuite de la mission. Voilà ce que tu voulais savoir. » L'autre a encore frappé avec sa grosse patte sur le bureau avec un bruit de cymbales en criant : « Et les déportations ? » M. Grégoire était toujours calme : « Pour les empêcher, nous jugeons plus utile de rester sur place. » L'autre vociférait de plus belle : « Mais tu sais ce que cela signifie ? Maintenant vous êtes les complices, oui, parfaitement, les complices de ces crimes. — Ils ne déporteront pas à partir de nos camps », a objecté M. Grégoire. Jamais je ne l'avais vu aussi calme, aussi déterminé. Cette sérénité avait visiblement le don d'agacer le Suisse. Gütli a braillé que les déportations avaient déjà commencé à Rama. C'est à ce moment-là que M. Grégoire a lui aussi haussé le ton, mais d'une façon, comment dirais-je, auguste, souveraine, si vous voulez. « Crois-moi, a-t-il affirmé, à supposer qu'il y ait eu des déportations chez nous, il n'y en aura plus. »

En écoutant ce récit de Kidane, j'étais ému à un point que je ne saurais décrire. Je me suis affalé dans une bergère, de peur que mes jambes ne se dérobent et j'ai laissé Kidane me jouer le reste de la scène en tenant tous les rôles, comme il aime à le faire. C'est un comédien-né, il change de place et de ton quand il récite les dialogues et l'on sent qu'à une longue pratique des trois mousquetaires s'est ajoutée pour lui celle du bourgeois gentilhomme.

— Très bien, a répondu Gütli, dont Kidane imitait maintenant la voix caverneuse et le souffle bruyant. Supposons qu'il n'y ait plus de déportations autour de chez vous parce que vous avez négocié je ne sais quel accord de merde avec le gouvernement. Qu'est-ce que cela voudra dire ? Simplement que les déportations se feront partout *sauf* chez vous. Vous aurez bonne mine. Vous serez l'alibi, le faux témoin, le garant moral des crimes qui se commettent ailleurs.

À ce moment-là, un grand bruit est venu de l'escalier. Benoît arrivait de Rama, plus dégoulinant encore que le Suisse.

Kidane se met à imiter le nouveau venu, avec ses bras trop longs et son air dans la lune. Il ôte sa veste trempée, sa chemise et ses chaussures. Puis, reprenant son propre rôle, il fait mine d'aller chercher une grosse serviette-éponge et des vêtements de rechange dans un placard. Dehors l'orage devenait si noir que les bureaux étaient plongés dans une obscurité presque totale malgré les lampes allumées sur les tables. Kidane décrit tout si bien qu'il me semble y être.

— Pas dormi depuis deux jours..., a bougonné Benoît en s'essuyant les cheveux avec la serviette. Quelques minutes seulement par-ci par-là... On travaille en pleine nuit avec des lampes tempête : creuser des fosses pour les morts, des feuillées pour éviter les épidémies, monter des tentes pour les nouveaux arrivants... Essayez donc, vous, de monter des tentes avec un temps pareil...

On aurait dit qu'il continuait un monologue qu'il avait commencé bien longtemps avant et qui ne cessait pas.

— Je suis venu acheter des cirés. Vous croyez qu'il y en a ici ? Il me faut des mèches pour les lampes, des pioches et des pelles, des seringues. Tiens, tu dois pouvoir nous en passer, toi, des seringues ?

Il venait de s'apercevoir de la présence de Gütli.

— On doit pouvoir, a dit le Suisse avec un air contrarié.

Alors Grégoire est intervenu et, une fois de plus, Kidane a contrefait sa voix pour l'imiter :

— Notre ami essayait plutôt de nous convaincre de partir.

Benoît finissait de boutonner sa chemise sèche. Il avait l'air plus reposé, plus présent. Il a tourné la tête vers Gütli.

— Ça recommence, ces conneries ?

Puis, en regardant Grégoire avec un air soupçonneux :

— Tu as bien envoyé le message à Paris ?

— Hier.

— Comme on a dit ? Tu as bien rendu compte de notre avis ?

— Oh, ne t'inquiète pas, a dit Gütli sur un ton morne, il a rendu compte scrupuleusement de votre opinion. Le résultat, c'est que votre organisation a refusé de s'associer à la campagne de presse contre les déportations.

— Et la tienne ? a dit Benoît.

— Nous, nous sommes suisses et neutres. Nos statuts nous interdisent de prendre parti dans ce genre de débats.

— Alors, ne t'en occupe pas et laisse travailler les autres.

Il avait dit cela avec un sourire mauvais que l'interprétation de Kidane rendait encore plus sardonique. Le Suisse lui a répondu calmement mais on voyait bien qu'il se contenait :

— Parfois, il est bon de s'arrêter un peu et de réfléchir à ce que l'on fait.

— On fera le bilan plus tard, a dit Benoît qui enfilait des chaussettes de laine.

— Pourquoi ne pas le faire tout de suite ? Tenez, approchez-vous, regardez : voilà avant et maintenant voici après.

Gütli, tout en parlant, avait sorti un paquet de photos de sa poche et les étalait sur le bureau : trois d'un côté et quatre de l'autre.

— Ça — il pointait du doigt les trois clichés de gauche —, c'est un camp situé plus au sud que nous venions approvisionner toutes les semaines.

Nous laissions des vivres et des médicaments à la disposition d'une équipe locale qui faisait tourner un petit dispensaire. C'était un point de regroupement stable, situé à vingt kilomètres des grands camps. Et ça — il montrait les quatre clichés de droite —, c'est ce que nos équipes ont trouvé il y a trois jours en venant par hélicoptère.

On ne voyait plus sur la photo qu'une aire dévastée et fumante. La population avait été déportée. Les baraquements, les tentes, tout était effondré, piétiné et achevait de se consumer. Des marmites en terre étaient renversées et brisées. Quelques enfants nus, en larmes, erraient au milieu de ces décombres. Les photos étaient en noir et blanc et, du fait de la dévastation du sol, on ne voyait que le ciel immense et couvert de nuages aux formes torturées. Il apparaissait comme le véritable sujet de la photo et même comme le principal coupable des malheurs qui s'abattaient sur la terre.

— Il ne s'est rien passé de tel chez nous, a dit Benoît en regardant les photos sans laisser paraître d'émotion.

— Chez nous ! s'est écrié Gütli, mais là aussi c'est chez vous ! Nous sommes quoi ? Des concessionnaires de la faim ? On a la disposition de son petit carré et on balance ses mauvaises herbes chez le voisin ?

— Écoute, a dit Benoît d'un ton las, nous avons déjà bien assez à faire avec les problèmes qu'on peut résoudre.

206

— Mais ces problèmes-là aussi, vous pouvez les résoudre ! Ou au contraire les aggraver. Vous manquez de confiance en vous, on dirait. Si nous nous mettons tous à dénoncer cela, ils seront bien obligés d'arrêter.

— Et on sera jetés dehors. Ça y est, merci, on en a déjà discuté mille fois.

— Il faut savoir jusqu'à quel point vous acceptez de vous compromettre pour rester.

— Nous avons eu ce débat et nous l'avons tranché. Il est clos, que ça te plaise ou non. Nous sommes plus modestes que toi, en un sens. Je crois que nous ne nous faisons pas d'illusions. Si nous sauvons quelques personnes, ce sera déjà pas mal. Quoi que tu dises, les grandes choses ne dépendent pas de nous. Nous n'avons d'action que sur les petites.

Il s'est fait un silence très lourd. Dehors, l'eau coulait à gros bouillons par les gouttières crevées. Ils se sont regardés méchamment tous les trois. Grégoire a jeté un coup d'œil mauvais à Benoît. On aurait dit qu'il lui en voulait de cette dernière phrase. Benoît et Gütli, sous leurs cheveux collés par l'eau, ont échangé un regard électrique, chargé comme un éclair. Ils se sont mis à parler fort, d'un coup, tous les trois, et finalement c'est la voix de Grégoire qui a dominé, une voix que l'acteur Kidane rend particulièrement solennelle :

— Maintenant, Gütli, laisse-nous travailler. Ce n'est plus le moment de discuter. Notre choix est fait.

Ce disant, il a poussé le Suisse dehors. Celui-ci, malgré sa masse, s'est laissé faire ; il est reparti vers l'entrée en se dandinant. Grégoire, qui le tenait par le bras, ne l'a lâché qu'une fois la porte passée. Sur le palier, l'autre lui a dit quelque chose à voix basse et Grégoire a répondu en criant presque :

— Certainement pas ! Il n'en a jamais été question. Tu m'entends : jamais.

Sur ce, Gütli a quitté le consulat en claquant la porte.

Kidane a terminé là sa reconstitution théâtrale et il est venu s'asseoir sur le fauteuil, en face de moi, en s'épongeant le front. Il était visiblement heureux de sa performance.

— As-tu idée de ce que Gütli a pu dire pour que Grégoire lui réponde aussi violemment ?

— Malheureusement non, j'étais trop loin pour entendre.

— Et après le départ de Gütli, qu'a-t-il fait ?

— M. Grégoire ne s'est pas attardé. Il est revenu auprès de Benoît et a dressé la liste de tout ce que l'autre était venu chercher.

Kidane, qui affectionne les costumes trois-pièces, a ouvert son veston et tiré un bout de papier d'une des poches de son gilet anthracite.

— La voici.

Je l'ai posée sur un guéridon sans la regarder. Il sera bien temps de voir cela tout à l'heure.

Kidane s'est inquiété de ne pas me voir prendre immédiatement connaissance de ces commandes. Il doit savoir ce que contient ce papier et l'idée de tous ces achats le fait sans doute rêver à de nouveaux profits.

— C'est très urgent, a-t-il insisté.

Comme il a vu mon œil sévère et qu'il se doute que je connais ses raisons, il s'est empressé d'ajouter sur un ton navré qui me fait horreur :

— La situation a l'air dramatique, à Rama… Quand M. Grégoire a terminé sa liste, Benoît s'est tourné vers moi et j'ai vu qu'il s'essuyait les yeux. « Vous ne pouvez pas imaginer ce que c'est, depuis que les huit mille sont arrivés, a-t-il dit avec la voix coupée de sanglots. Nous sommes complètement débordés. Grégoire, je compte sur toi pour réunir tout de suite ces fournitures. Apporte-les. Apporte-les toi-même et reste avec nous là-bas. Plus on sera, tu comprends… »

J'ai interrompu ce pathos en levant la main.

— C'est bon, Kidane, merci. Il me semble que j'ai compris.

Après m'avoir fait ce récit, Kidane est rentré au consulat à la nuit tombée. Il a croisé Efrem dans mon escalier. Ils ne s'aiment pas, ils se craignent et je ne les reçois jamais ensemble. J'ai laissé le gamin me faire son propre compte rendu et j'ai pu comparer les versions : elles sont, à des détails près, identiques. Efrem en sait un peu plus. Par exemple, il a entendu ce que Gütli demandait à Grégoire sur le palier et qui a déclenché une si forte réaction. Il ne se souvient plus des termes exacts mais en substance le Suisse a dit : « Ce n'est tout de même pas cette affaire de fille qui t'a fait changer d'avis… ? » Grégoire a nié avec force. Pourtant Efrem est convaincu que c'est bien cela qui l'a déterminé. Il ne pense plus qu'à sortir cette fille de prison.

Ils parlent beaucoup d'elle quand ils sont seuls. Le gosse va lui apporter de la nourriture tous les jours. Depuis hier, Esther a changé de lieu de détention. Elle est à la prison qu'ils appellent ici le Bout du Monde : elle est située à l'extrémité de la ville et ceux qui y sont incarcérés en reviennent rarement. Désormais, Efrem pourra toujours apporter des paquets mais ne pourra plus parler aux détenues. Je lui ai demandé dans quel état d'esprit est cette Esther. Elle le charge de messages tendres pour Grégoire mais lui, Efrem, ne croit pas beaucoup à la sincérité de ces déclarations. Il pense qu'elle veut surtout que Grégoire ne fasse pas de scandale pendant qu'elle est en prison. Elle le calme avec des mots qui ne la compromettent pas trop. Mais de là à dire qu'elle lui est attachée… Efrem est convaincu, au contraire, qu'elle rend Grégoire responsable de ce qui est arrivé. Le gamin fait toutes ces déductions à partir de ce que lui a dit la fille, mais aussi à partir de ce qu'elle ne dit pas et, naturellement, avec le conseil éclairé des esprits qu'il consulte. Autant dire que j'ai du mal à démêler le vrai du faux dans tout cela.

Dernière information : Benoît a averti Grégoire que les choses tournaient mal avec Jérôme, l'infirmier de Rama. Il se promène partout en voiture avec sa copine, la prostituée de la garnison. Elle le mène comme elle veut. Beaucoup la soupçonnent d'être un agent des maquisards. Jérôme, sous son influence, avait déjà eu quelques paroles imprudentes, qui révélaient ses sympathies pour les rebelles. Avant-hier, pour la première fois, il est passé aux actes. Deux jeunes conscrits, parents de cette fille, voulaient échapper à l'armée. Elle a convaincu Jérôme de les faire hospitaliser dans un des hangars. Le matin, ils avaient filé et l'on suppose qu'ils ont rejoint le maquis. Désormais, Jérôme n'est plus seulement mal vu ; il est suspect, et Berhanou, le chef du village, a protesté officiellement auprès de Jack. L'affaire est arrangée pour le moment mais Jérôme n'a pas l'air d'avoir compris la leçon.

Mardi 23 juillet

Pluie aujourd'hui. Encore et encore. Je me sens très faible et très vieux. Dans cette humidité, ma carcasse gonfle et travaille. Un jeune corps est une armoire neuve où l'on serre du linge blanc, qui sent bon ; un corps vieilli n'est qu'un meuble vide et dont les jointures grincent. La moindre éclaircie — il y en a une dizaine par jour — me déprime plus encore que la pluie. Revoir le soleil un instant, savoir qu'il

211

est là, si près, capable en un clin d'œil de tout faire sourire, est une torture. Je préférerais l'oublier, comme dans le cercle polaire, où ils peuvent se mettre au lit pour six mois. Ici, on se sent au fond de l'hiver, on est prêt à s'y installer et voilà que le ciel, comme un satyre, en écartant l'étoffe grise qui le voile, vient découvrir sa verdeur. Dans ces moments-là, je désire plus violemment que jamais être arraché à cette reptation terrestre. Non pas mourir, au contraire : vivre en hauteur, à distance de cette corruption, plus haut que les nuages, comme un astre qui voit tout, qui jouit de tout mais ailleurs et toujours.

Pour écrire ces quelques lignes, j'ai dû me traîner jusqu'à mon bureau d'ébène, tout encombré de papiers. Si je continue à tousser, j'appellerai le médecin.

Grégoire est parti pour Rama hier soir, comme Benoît le lui a demandé. Il a emmené Efrem. Cela fait un grand vide, que je supporte plus mal encore que la pluie. Pourtant les choses semblent bien se présenter. J'ai confiance dans la parole de Henoch ; la mission devrait durer. En attendant, ils s'y sont tous mis et j'ai la conviction que Grégoire ne va pas revenir de sitôt.

Mercredi

J'ai déniché dans une réserve un lot de vieux cirés jaunes un peu secs et craquelés mais qui

212

font bien l'affaire. Benoît ne quitte plus le sien quand il sort. Aujourd'hui il l'avait sur le dos quand il est passé. Le seul inconvénient est que nous sommes malgré tout à l'équateur ; sous ces uniformes de marin breton, les hommes sont aussi mouillés qu'avant, mais de sueur.

Benoît ne s'est arrêté qu'une heure, le temps pour ses acolytes de décharger et de recharger la voiture. À voir son teint gris, les cernes qu'il a sous les yeux et l'incroyable saleté de ses cheveux qui lui font comme un casque de feutre, on se convainc aisément qu'il ne doit guère avoir de loisirs. Il m'a raconté l'arrivée de Grégoire à Rama depuis qu'il a envoyé son rapport à Paris (texte que toute l'équipe a lu et commenté longuement avec satisfaction). Les sentiments à son endroit ont bien changé. Il a été accueilli par des manifestations d'amitié. Benoît, à cette occasion, a immolé une vieille poule qui traînait dans la cour et qu'ils réservaient pour une grande occasion. Avec du lait concentré donné par les Suisses lors d'une précédente visite et quelques ingrédients locaux (tout sauf le beurre rance), Odile a cuisiné une sauce blanche pour la volaille, en l'honneur de Grégoire. Les mêmes qui l'avaient violemment mis en cause lui tressaient des couronnes. Jack a fait un boniment dans un franglais confus et passablement incompréhensible mais qu'il a terminé presque en larmes. Les filles se sont montrées très aimables. Odile sans se forcer et en tournant vers Grégoire des yeux pleins d'appétit. Mathilde, qui est si réservée, a tenu à faire un petit discours gauche et émouvant dans lequel elle lui demandait pardon de ne pas avoir eu confiance en lui. Pendant tout ce temps, Grégoire a paru extrêmement mal à l'aise. Benoît attribue cela au choc de l'arrivée à Rama.

— Imaginez, Hilarion, que maintenant les mourants et les affamés sont partout, notamment autour de notre maison. Nous ne pouvons même pas enterrer tous les cadavres à mesure qu'ils s'accumulent. J'ai tout le temps dans le nez cette odeur de charnier qui flotte sur le camp. Les affamés nous poursuivent, s'accrochent à nous, gémissent, s'agglutinent contre le portail de tôle de notre maison. Jour et nuit on les entend frapper dessus avec le plat de la main, murmurer des litanies et implorer notre secours.

Grégoire, après la courte pause de ce déjeuner d'honneur, a été affecté à la fouille du camp. Il est chargé de visiter chaque tente, chaque trou dans lequel se sont réfugiés des affamés pour y découvrir les morts, les malades graves et les plus grands dénutris. Faute de le faire, l'équipe risquerait de ne soigner que les mieux pourvus, ceux qui ont la force de se plaindre et de venir demander de l'aide. L'instinct des mères, par exemple, est de donner toute la nourriture dont elles disposent à leurs enfants les mieux portants et de se résigner au

214

sort fatal de ceux qui sont dénutris ou malades. Il faut en permanence corriger cette tendance, ramener à l'existence ceux qui sont condamnés par les autres et qu'on peut encore sauver.

Grégoire fait cela. J'imagine ce qu'il peut penser, alors qu'il voyait tout de si loin. Lui, si sceptique sur l'action de secours, le voilà combattant le roi des aulnes pour arracher l'enfant à la mort, pendant l'orage. Ce n'est pas le genre de travail où il faut trop douter de soi.

Il paraît qu'il se livre entièrement à sa tâche et qu'il s'en acquitte même très bien. Mathilde et lui sont les deux plus acharnés. Ils passent leurs nuits à l'hôpital à veiller des enfants. Hier, au petit matin, on a découvert Grégoire endormi sur le sol, entre deux grabats.

Ce diable de garçon me déroute, décidément. Je croyais avoir compris ses motivations. Il me paraissait clair qu'il n'avait arrangé toute cette affaire de rapport qu'en fonction de son désir de délivrer la fille dont il est amoureux. Et voilà qu'il se transforme en un apôtre de ce qu'hier il disait mépriser. Faut-il n'y voir encore qu'une capacité à mettre une passion éphémère dans des choses auxquelles il ne croit pas ? Est-il vraiment dépourvu d'idéal au point de diriger son énergie dans n'importe quelle direction et de changer encore demain du tout au tout ? La passion dont il fait preuve aujourd'hui ne serait-elle que l'autre face de son irrésolution ?

Avant de repartir, Benoît m'a confié une bonne nouvelle et une mauvaise. La bonne : il se confirme que les déportations ont bien cessé autour de Rama ; aucun vol ne part ni n'atterrit de l'aéroport construit dans le voisinage. Henoch a tenu parole. La mauvaise concerne une fois de plus Jérôme. Ce diable de petit infirmier continue de fricoter avec la guérilla. Il ne faudrait pas qu'il compromette par ses imprudences la poursuite d'une mission qui a été si chèrement acquise. J'ai suggéré qu'on le ramène à Asmara, où il pourrait remplacer Grégoire. Benoît va rendre compte de cette proposition.

Vendredi 26 juillet

Ricardo a fait savoir qu'il tenait à me parler d'urgence. Je ne sais si c'est l'effet des opéras de Verdi ou s'il souffre d'une maladie précise, mais il paraît qu'il est très faible et ne peut plus se déplacer. Mathéos m'y a conduit. L'ensablé habite à l'autre bout de la colline résidentielle, dans une grande villa toscane perchée sur un jardin en terrasses. Il faut monter plusieurs volées de marches. J'ai cru que je n'arriverais jamais en haut. J'ai d'abord fait station sur un premier palier de pierre où un bassin couvert de mousse collecte une faible source. Au second palier, une statue de bronze oblige à un léger détour : c'est une jeune danseuse nue, une main sur la hanche. Elle a des traits européens mais la patine du métal lui donne le teint des Africaines. Je suis resté devant un bon moment

216

pour reprendre mon souffle ; les gens qui passaient dans la rue ont dû se demander ce que je faisais là, au pied de cette nymphette, la langue pendante ! La végétation du parc est faite d'essences rares, sans doute venues d'Europe, choisies pour leur floraison, leurs senteurs. Faute de soins, tout est redevenu sauvage ; on voit des marguerites étrangler sans merci d'innocents glaïeuls, des bataillons de bambous marcher sur des massifs de bégonias ; la tige piétine la fleur ; sous l'ombre des vainqueurs pourrit un humus de feuillages délicats et de pétales.

Je me suis souvenu de la maison en arrivant sur le perron. Elle a été construite par un ami de mon père, officiellement commerçant en café mais qui trafiquait toutes sortes de choses, notamment les esclaves jusqu'au milieu des années trente. Il a disparu peu avant la guerre et nul ne sait où il a fini ses jours. Mon fils, qui avait connu ses enfants à l'école, m'a affirmé qu'il l'avait vu à Hodeïda, au Yémen, habillé en Arabe, et qu'il avait prétendu ne pas le reconnaître. Le fait est que la villa est restée vide pendant quelques mois. Les fascistes y avaient installé leur plus luxueuse maison de plaisir, celle qui était réservée à l'élite de la colonie et à l'état-major. Après la guerre, l'usage est resté, même si Madame Mirna et ses filles n'y étaient plus. De belles indigènes ont pris le relais.

À l'intérieur, en poussant la grande porte, j'ai trouvé la décoration dans un état de délabrement terrifiant. Les miroirs sont brisés et les éclats jonchent le sol ; Mathéos m'avait prévenu que trois familles érythréennes habitent maintenant au rez-de-chaussée. Elles ont installé des fours à bois dans les salons. La fumée, vaguement dirigée vers les fenêtres, lèche continûment les plafonds, boucane les huisseries et noircit les murs. Au premier étage, le plancher est réduit à un squelette de poutres. Seules deux pièces ont été épargnées. On y accède par la gauche, une fois en haut du grand escalier, celui que les filles empruntaient, royales et parfumées, avec l'homme que l'usage voulait qu'elles appelassent « mon invité ». Voilà la retraite de Ricardo : deux anciennes chambres de passe. L'ameublement y est d'une extrême variété. Adossés aux murs, côte à côte comme de vieilles cousines qui font tapisserie au bal voisinent une coiffeuse Art nouveau, une armoire à glace en bois peint, une bergère faux Louis XV, absurdement pourvue de franges qui lui donnent des airs de lévrier à poils longs, un guéridon à glace, une jardinière en fer forgé. Dans la deuxième pièce, un lit occupe tout un panneau. Il est en cuivre, avec des boules aux quatre coins. Ricardo trône là, assis, soutenu par deux gros oreillers. Il porte une veste d'intérieur sur une chemise à col dur. Il ne lui manque que la cravate pour qu'il soit tout à fait semblable à son éternelle image, au Café de l'Univers.

Sur une table de chevet, l'appareil que lui a offert Grégoire est posé à côté d'un petit tas de disques en désordre. Ricardo se tient raide dans le lit, les bras allongés sur le drap. Dès qu'il a ouvert la bouche, j'ai vu qu'il avait la figure de travers, un œil plus ouvert et plus fixe. Une attaque l'a saisi la nuit dernière. Rien de trop grave. Il peut encore parler. J'étais heureux que personne ne m'ait rien dit avant : jamais je n'aurais eu le courage d'y aller.

— Excusez-moi de vous recevoir ici, m'a dit Ricardo d'une voix qui n'était plus tout à fait la sienne.

— C'est un cas de force majeure, ai-je dit avec l'air indulgent — mais intérieurement je pensais avec dégoût : « disons plutôt d'extrême faiblesse ».

À l'évidence il va mourir. Il le sait. Nous n'avons pas eu besoin d'en parler.

— Vous allez sans doute m'en vouloir, commença-t-il. Si j'étais mieux, je serais venu moi-même jusque chez vous. Voilà, je voulais vous confier quelque chose pour votre ami.

— Grégoire ?

Le malade hocha la tête.

— Il n'est plus ici, n'est-ce pas ?

— Il est descendu au sud avec ceux de sa mission.

Ricardo fit de nouveau un signe affirmatif et, je ne sais pourquoi, j'eus le sentiment qu'il était déjà au courant de tout cela.

— Vous savez comment sont les malades, reprit-il — je lui sus gré de ne pas avoir dit « les mourants » — , on a des idées, des rêves, des choses auxquelles on voudrait ne pas penser.

Il dessinait des formes dans l'air avec sa main droite.

— Depuis que nous avons parlé ensemble, lui et moi, beaucoup de choses remontent, vous comprenez… La guerre… tout cela.

Je pris l'air désolé, sans peine, je dois le dire, car je l'étais en effet, d'être là.

— Voudriez-vous aller jusqu'à cette commode, Hilarion, celle-ci, oui, merci. Vous voyez la boîte en fer-blanc qui est dedans ?

C'était un vieil emballage de Panettone, tout griffé sur les bords autour du couvercle.

— Ouvrez-la, me dit-il.

J'ai mis la main en crochet autour du couvercle et ajouté une griffure sur la sérigraphie jaunie. À l'intérieur brinquebalait tout un fouillis de papiers, de petites pelotes de fil, de boutons de manchettes, d'insignes.

— Prenez la grande photo qui est sur le dessus. Vous pouvez ranger le reste, merci.

J'ai posé la boîte à sa place et suis revenu m'asseoir, le document à la main.

— J'ai retrouvé cela hier et j'en étais heureux car je croyais bien ne jamais remettre la main dessus. Pourriez-vous me rendre un grand service ?

— Certainement.

— Envoyez cette photo à Grégoire de ma part, voulez-vous ?

220

Je regarde le cliché, un tirage bistre, un peu écorné. C'est un portrait de groupe, en extérieur. Au premier plan, on voit l'étendue livide d'un boulingrin. En toile de fond, des arbres en fleur à tige large, sans doute des frangipaniers. Le groupe est composé de six personnes. Quatre debout, deux hommes et deux femmes, et un couple assis dans l'herbe. Les hommes portent de larges pantalons à pinces ; ils sont en chemises et en gilets avec de fines cravates noires. Ils tiennent leurs vestes à la main. On distingue mal leurs traits car le soleil écrase le relief sur leur peau blanche, sauf les orbites, sombres et charbonneuses, et les moustaches noires. Les femmes, elles, sont enveloppées dans des cotonnades blanches traditionnelles. Leurs grands yeux largement ouverts trouent les visages rendus lisses et méconnaissables par la mauvaise qualité du contraste sur les peaux noires. Elles ont de longs cous graciles, prennent des poses d'une naturelle élégance. Tous ont l'air à la fois préparés à la prise de vue et surpris.

— Vous voyez celui qui est assis au premier plan ? me dit Ricardo.

— On dirait le plus jeune.

— Oui, il devait avoir vingt-cinq ans. J'aimerais vous raconter son histoire, si j'en ai la force.

— Volontiers, dis-je avec l'alacrité d'un condamné auquel on viendrait infliger cent vingt années de prison supplémentaires.

— Il s'appelait Luigi et venait d'une famille de gros fermiers prospères des Abruzzes. Six enfants, il devait être le quatrième. Déjà, petit, il ne tenait pas en place. Finalement Mussolini arrive ; il s'engage, prend la chemise noire. Mais ce n'était pas le genre à faire régner la terreur dans sa campagne. Il lui fallait plus grand. Il s'embarque avec l'armée pour l'Afrique, arrive ici, se bat, gagne même une médaille. Il entre à Addis avec Badoglio. Le général n'a plus de garde personnelle ; elle s'est égarée Dieu sait où. Le premier soir, il prend Luigi à son service. Voilà ce gamin qui dîne sur une caisse de munitions avec le général. Oui, le général en chef, qui vient de prendre d'assaut une capitale. Je l'ai perdu de vue à ce moment-là. Je crois qu'il est resté au service du gouverneur militaire.

— Une sorte de héros, fis-je, histoire de lui montrer ce qu'est la concision.

— Un héros, voilà. D'ailleurs, après la fuite du Négus, il a continué à se battre contre les féodaux qui harcelaient les Italiens. Mais il avait connu la conquête, la victoire et, après, le cœur n'y était plus. Luigi n'aimait pas les gens de la colonie. Excusez-moi, monsieur Hilarion, mais nous étions beaucoup dans ce cas, à mépriser un peu le commerce. Il faut bien des marchands, c'est sûr. Mais nous avions l'impression d'avoir fait la guerre pour eux. Chaque fois que Luigi revenait à Asmara, cela se passait mal : bagarres, jours d'arrêt. Il n'était bien que dans la campagne, à se battre contre les princes. Et puis, il y a eu l'attentat contre Graziani. Les Italiens ont pris peur, enfin, je veux dire, les gens des villes, les profiteurs. Et ils ont tué, tué, tué tous les indigènes qu'ils trouvaient. Ce n'était plus la guerre : on massacrait des gens sans défense. Luigi ne l'a jamais pardonné et il a quitté l'armée. Déjà un peu avant il avait rencontré cette fille, là, qui est assise par terre à ses côtés sur la photo. Elle était le troisième enfant d'un noble personnage de Gondar ; c'est-à-dire qu'elle venait d'une très haute famille amhara. Son père l'avait envoyée dans la capitale pour se marier. Mais son fiancé éthiopien avait dû fuir devant l'arrivée des Italiens. Il avait été tué au combat. Elle est restée sur place et a rencontré Luigi. Elle vivait chez une parente dans la ville indigène et lui, dès le début, allait dormir là-bas. Pourtant, il avait un appartement et ce n'était pas encore vraiment interdit de faire venir des autochtones chez soi à ce moment-là. Mais voilà : il préférait la voir chez elle. Parfois, les fins de semaine, nous allions jouer aux boules un peu en dehors de la ville. C'est là que la photo a été prise.

— Que faisait-il à l'époque ?

— Rien. Il avait quelques économies. Il jouait un peu dans les tripots et gagnait parfois. Difficile de dire ce qu'ils vont devenir, hein, quand on voit cette photo ! Ça pourrait être une histoire « normale », comme vous dites : nous nous aimons et nous allons avoir beaucoup d'enfants.

— En effet, ils ont l'air de s'entendre. Ils se tiennent par la main.

— Eh bien, cela ne s'est pas du tout passé comme cela. Quand Luigi a quitté l'armée, les lois raciales ont été proclamées. Il n'est presque plus sorti du quartier indigène. Il vivait là-bas, au milieu des poulets, dans la boue. Il a maigri. Il toussait. Ensuite, avec son amie, il est même parti vivre à la campagne. Luigi a emprunté le vêtement local, le châle autour des épaules, un grand bâton, un chapeau délavé. Il s'est laissé pousser la barbe. Un jour, au moment de la défaite des Italiens, il y a eu une embuscade ratée, sur la route de Massaoua. Des partisans éthiopiens ont tiré sur un convoi. Les Italiens ont riposté. Les maquisards ont laissé une dizaine d'hommes sur le carreau. Parmi eux, on a retrouvé Luigi.

— Et sa femme ?

— Sa femme ? Mais elle l'avait quitté long-temps auparavant ! De toute façon, ils n'ont jamais cessé de se déchirer. Même à l'époque de cette photo, vous ne pouvez pas savoir comme ils étaient violents entre eux. Ils se battaient. Elle a épousé ensuite le fils d'un grand féodal du Tigré et elle a vécu toute sa vie à Dessié.

— Et les autres ? dis-je en penchant la photo pour faire varier l'éclairage et mieux distinguer les visages.

— Celui-ci, à droite, debout, il était prêtre. Il n'a pas l'air, à voir comme ça !

— Il a plutôt l'air d'un poète fou.

224

— Eh bien, figurez-vous qu'il était arrivé comme aumônier avec les premières troupes du Duce. On aurait dit qu'il venait bénir une croisade ; exalté, pire que les chefs de guerre. Il faisait de grands prêches où il expliquait que Dieu avait élu l'Italie entre toutes les nations et qu'elle allait enfin connaître la gloire. Après, il est parti sur le front, pour galvaniser les troupes. Il a suivi la conquête jusqu'à Addis-Abeba. Ensuite, il a disparu. Trois ou quatre mois peut-être. Une nuit, on frappe à ma porte. J'habitais Debre Markos à ce moment-là, une ville dangereuse. Je saute de mon lit, je prends un pistolet, je demande qui est là : c'était lui, ce Marcello, Il Padre comme nous l'appelions. Sauf que le Padre était méconnaissable. Il avait quitté la soutane et il était vêtu comme un pauvre journalier avec une chemise sans col, râpée aux manches et un vieux pantalon rapiécé au fond. Il m'a demandé un abri et je l'ai recueilli. C'est seulement le lendemain, quand il a vu que j'hébergeais chez moi une indigène, qu'il a osé me présenter son amie. C'est elle, là, près de lui. Une fille superbe. On voit mal sur la photo. Il manque les gestes, le maintien : une reine.

— Mais il avait quitté les ordres avant ?

— Oui, on n'a jamais bien su ce qui s'était passé. Il paraît qu'il a essayé de convertir les moines de Debre Libanos. Il est allé se planter au milieu du monastère et, au bout d'une dizaine de jours, il a été complètement ébranlé. Il a traversé une véritable crise, il s'est défait de sa soutane et il a demandé asile aux moines. Il a rencontré la fille dans une des maisons où les Éthiopiens l'ont caché. C'était une simple servante de la campagne. Il s'est mis à vivre avec elle mais sans renoncer pourtant à Dieu. Au contraire, il disait qu'il était grâce à elle plus épanoui et plus près du Créateur. Ça, c'était au début. Parce que, rapidement, elle s'est mise à le tromper, ou du moins il le croyait. Il la suivait. Elle faisait des fugues. Il a essayé de l'isoler. Après la fin de la guerre, ils se sont installés dans un petit village, rien, pas même un hameau, un petit groupe de toukouls, et il s'est improvisé agriculteur. Un soir, en rentrant, il n'a pas retrouvé sa femme. Il a parcouru tout le pays et il n'a jamais pu savoir où elle était. À pied, avec sa besace, il est devenu un vrai mendiant. Le seul mendiant blanc de tout le pays. L'empereur a connu son existence en le voyant couché un jour sur le trottoir, dans la capitale. Hailé Sélassié était un homme de castes. Il supportait bien que les mendiants soient des mendiants, comme les paysans étaient des paysans et les soldats des soldats. Mais, pour lui, la place d'un Blanc n'était pas sur un trottoir. Il l'a fait conduire au palais et il lui a proposé d'être le gardien de ses lions. Marcello a accepté et il a fait cela jusqu'à sa mort, il y a sept ans.

Ricardo a repris son souffle après ce long récit. Je l'ai vu fermer les yeux avec lassitude et chercher des forces en lui-même.

— Voilà l'antchilite, une maladie qui faisait partir les plus riches chez les plus pauvres, qui poussait des hommes à tout quitter pour aller vivre dans des cases, qui les faisait déserter, voler, trahir. Mais aussi devenir libres…

Il était horrible à voir, tout couvert de sueur, et pourtant, croyez-moi, je n'ai plus l'âge d'avoir pitié. J'ai baissé les yeux sur la photo et, l'air intrigué, je lui ai demandé :

— Et le troisième, là, sur le cliché, qui était-ce ?

— Comment ? m'a-t-il répondu avec un rictus qui voulait être un sourire, vous ne me reconnaissez pas ?

J'ai laissé Ricardo à six heures. Avant de glisser la photo dans une enveloppe, j'ai écrit sous sa dictée deux lignes au verso. Je ne les reproduis pas parce qu'elles m'ont paru incompréhensibles et que je les ai oubliées aussitôt. Dans l'escalier, j'ai croisé deux très jeunes filles qui portaient des plateaux d'injera et de wott pour le nourrir. L'une d'elles est une métisse d'une rare beauté.

Lundi

Rien hier, rien aujourd'hui, sauf une brève visite de Kidane. Le Suisse, m'a-t-il raconté, est passé au bureau et, ne trouvant personne d'autre, s'est laissé aller à des confidences. Ce pauvre Gütli a l'air très amer. Il a confirmé à Kidane que depuis la conférence de presse tenue à Paris par l'organisation de Grégoire le front des protestataires est enfoncé. La plus grande partie des indécis est désormais convaincue de s'aligner sur une position modérée. Le maintien de l'aide à l'Éthiopie apparaît comme le meilleur garant du sort des populations civiles. Du coup, l'argent scandinave, américain et même suisse peut continuer à affluer. Le bénéfice des concerts et des disques exceptionnels pour la famine est déversé en toute bonne conscience sur le pays. Le gouvernement éthiopien peut se frotter les mains. Les organisations humanitaires qui ont mené la campagne contre lui sont maintenant dangereusement isolées et il est question que l'une d'entre elles soit expulsée pour l'exemple. Ceux qui auront le courage de s'en émouvoir seront traités d'anticommunistes primaires et d'affameurs des peuples. Pendant ce temps, a dit le Suisse, si les déportations ont bien cessé autour des camps du nord, elles ont gardé la même virulence partout ailleurs. Un processus de migration forcée à grande échelle est en cours et il aura des conséquences humaines dramatiques. Gütli assure que Grégoire et son organisation porteront un jour la responsabilité historique de les avoir favorisées.

Historique ! Quelle idée étrange ! Penser que l'Histoire peut retenir toutes ces souffrances... Je ne sais pas d'où vient aux Européens cette croyance naïve dans la justice. Ils pensent que tout est inscrit quelque part et qu'une sorte d'opprobre éternel viendra un jour sanctionner les erreurs et les crimes jusqu'au dernier. Chaque civilisation a son idée sur ce qui est écrit. Les Arabes pensent que c'est le futur. « Maktoub » : tout ce qui doit advenir serait écrit d'avance par un Dieu providentiel. Les catholiques, eux, croient à l'enregistrement du passé. Pour eux, tout ce qui est advenu sera écrit a posteriori par l'Histoire. Et ce texte, lu au dernier jour par une conscience universelle, donnera à chacun sa juste place, punissant les coupables et pleurant éternellement les victimes. Pour nous qui vivons sur ces hauts plateaux, rien n'est plus surprenant que cette manière de voir. S'il est une terre qui a connu plus d'horreurs que l'on ne saurait en concevoir, c'est bien celle-ci. Chaque sillon des champs, dans ce pays, est abreuvé de larmes. Il suffit de puiser au hasard dans le passé pour remonter à pleines mains des ignominies que nul ne songerait ni à venger ni à absoudre tant elles sont devenues insignifiantes, naturelles et tant elles sont oubliées. Car la règle, ici, ce n'est point le souvenir mais l'oubli. Chacun redoute l'avenir, s'accommode du présent mais personne, non, personne ne songerait à espérer quoi que ce soit du passé.

Mercredi 31

Temps de vents venus du nord. D'abord, ils ont apporté des trains d'eau pompés sur la mer

Rouge, puis un souffle est arrivé des déserts de l'autre rive charriant un air sec et chargé de sable. Le soleil est apparu deux ou trois fois, triste comme un prisonnier en promenade. Avant la nuit, il est rentré dans sa geôle de nuages.

Pas de nouvelles de Rama ; rien non plus ici, en particulier pour l'amie de Grégoire. Je suis ramené à ma solitude d'avant l'arrivée de la mission.

Dimanche 4 août

Je suis allé jusqu'à l'avenue Nationale. Cette ankylose de l'hiver m'angoisse ; il faut bouger. Pendant cet après-midi d'éclaircie, des centaines de jeunes gens déambulent comme aux beaux jours. Je me suis assis sur le trône en bois de caisse d'un cireur et pendant qu'il me traitait, je regardais les passants.

Il s'est mis à pleuvoir à peine avais-je terminé de faire cirer mes chaussures. Elles étaient trempées quand je suis rentré à la maison et moi j'avais l'âme tout humide d'idées nostalgiques.

Mardi

Enfin ! Benoît ce matin m'apporte une longue lettre de Grégoire. Je l'ai lue debout, tout enfiévré, et je la glisse dans ce cahier telle quelle.

Cher Hilarion,

Je profite d'une accalmie pour écrire. Je ne vous ai pas remercié de ce que vous avez fait pour nous. L'entretien avec le général Henoch a porté ses fruits : il n'y a plus de déportations autour d'ici. Nous avons bon espoir que la mission soit sauvée. D'abord à cause des informations de Paris (que Kidane vous a transmises) et aussi parce qu'ici les choses prennent meilleure tournure. Nous avons vécu des moments terribles. Vous n'imaginez pas l'effet que peuvent produire tous ces morts et tous ces affamés. Nous avons même eu un début d'épidémie de choléra mais nous avons réussi à circonscrire le foyer. Les orages se sont calmés. Le terrain est toujours un bourbier puant mais nous avons pu monter suffisamment de tentes pour abriter tout le monde. On ne voit plus de morts flottant dans des trous d'eau rouge.

Imaginez que je vous écris dans ma chambre, sur une table de camping. Au-dessus de moi une lampe tempête se balance et charbonne. À côté de mon lit un serpentin vert se consume lentement en dégageant une fumée qui, paraît-il, éloigne un peu les moustiques. Pourtant j'ai les jambes dévorées. Dans les chambres tout autour, les autres se reposent. On entend des magnétophones qui débitent leur musique très bas pour ne pas déranger le voisin. C'est encore plus agaçant d'entendre ces rythmes sourds et de ne pas distinguer les notes. Mathilde, le médecin, dort dans la chambre voisine de la mienne. Tout à l'heure, en revenant de la salle de bains, j'ai jeté un coup d'œil par sa fenêtre (vous ne le lui direz pas...). Elle était en train de peigner ses beaux cheveux devant un petit miroir. De tous, c'est elle qui me met le plus mal à l'aise. Avant, parce qu'elle me critiquait ; aujourd'hui, parce qu'elle prétend partager le même idéal que moi. Il faut voir comme ils sont tous charmants depuis que j'ai écrit ce télex. Ils ont le sentiment — juste — que c'est à moi qu'ils doivent d'avoir été entendus à Paris. Pourtant cela ne signifie pas que je partage leurs intérêts ou leurs idéaux. Jack le sait, au fond de lui ; Benoît ne croit pas un instant que je puisse m'être rendu à ses raisons chevalines ; et Jérôme a eu l'occasion de m'entendre lui dire que les maquisards ne valent à mes yeux pas plus cher que le gouvernement qu'ils combattent. La seule qui prétende être en phase avec moi, c'est Mathilde. Elle interprète mes faits et gestes dans ce sens. Je passe beaucoup de temps à l'hôpital auprès des patients ; elle me prend pour un adepte de son « Rien ne vaut une vie ». La vérité, c'est que, tant qu'à être ici, je préfère me donner à ce que je fais. Pendant les longs moments que nous passons ensemble, Mathilde et moi, nous discutons. J'ai essayé de lui expliquer ce que j'ai dans l'esprit. Je lui parle de l'engagement, de la mort acceptée pour un destin auquel on croit, pour une idée, pour une cause. Mathilde me regarde comme un timide qui n'ose pas avouer sa compassion. Elle me dit doucement des choses du genre : « Tu ne crois pas qu'il y a eu déjà assez, pendant ce siècle, d'engagements, de sacrifices et que suffisamment de gens l'ont payé de leur vie ? » D'ailleurs, je ne sais pas quoi lui répondre quand elle me demande quelle idée me paraît encore justifier de verser le sang. Pourtant, le plus étrange est que cette fille qui prétend avoir horreur du sacrifice engage constamment sa vie. Depuis que je la connais mieux, je me rends compte combien mes idées à son propos étaient fausses. Peut-être parce qu'elle a des traits sévères, je la croyais incapable de passion, inexpérimentée en amour, polarde (cela veut dire : qui ne fait qu'étudier). Ce n'est pas du tout cela. Cette fille a quitté ses parents à seize ans pour suivre un garçon qui en avait vingt. Ils ont vécu dans un squatt, la misère d'étudiant, quoi. Elle a travaillé comme aide-soignante, passé son bac en candidate libre, commencé sa médecine sans le sou. Entre-temps, elle a quitté son ami pour suivre un homme marié, plus âgé et s'est installée près de lui. Bref, Hilarion, je ne vais pas vous détailler ces histoires. J'imagine que cela ne peut pas trop vous intéresser. Je voulais seulement vous montrer à quel point Mathilde est entière, combien elle se jette corps et âme dans l'accomplissement de ce qu'elle croit. Avec son air réservé, son peu de goût pour la parole en public, elle ne paie pas de mine. Pourtant, je suis bien sûr maintenant qu'en d'autres temps elle aurait posé des bombes avec le même courage qu'elle met aujourd'hui à soigner des enfants. C'est justement cela, je le sais, qui nous rapproche et non pas la soupe humanitaire tiède que nous partageons. Elle ne veut pas en convenir mais je supporte cette ambiguïté mieux que je ne l'aurais fait il y a seulement quelques semaines.

J'aurais dû commencer par cela : cette paix, ce bonheur, ce calme que je ressens. C'est bien difficile à admettre et je me surprends moi-même. Me croirez-vous si je vous dis que jamais dans ma vie je n'ai connu pareille sérénité ? D'où vient-elle ? Est-ce cette béatitude du sauveteur, que j'ai tellement tournée en ridicule par le passé ?

Non, il y a autre chose. Je crois que je suis tout simplement apaisé d'avoir fait un choix, comme jamais je n'avais pu le faire encore dans ma vie. J'ai enfin tranché. Voilà, ca custa lon ca custa. Ma décision coûtera ce qu'elle coûtera. Je pense à ces photos que le Suisse m'avait montrées : à ce camp dévasté, à ces déportés que l'on tue. En restant ici, en me battant pour ces affamés, je sais que j'en condamne en même temps d'autres, beaucoup d'autres, beaucoup plus que ceux que je prétends sauver. Ce que Mathilde et toute l'équipe préfèrent oublier, je l'assume pleinement : je suis complice de ces meurtres. Mais j'ai tranché. Et je suis bien sûr que c'est cela qui me rend aussi serein.

J'ai l'impression d'être un combattant ; je sauve et je tue en même temps. Je me bats et j'ai choisi ma cause. Évidemment, c'est une cause bien particulière. Car, vous savez, Hilarion, même si nous n'en avons jamais parlé directement, pourquoi ou plutôt pour qui j'ai fait tout cela. Ce n'est pas une cause universelle comme la révolution ou une des grandes épopées auxquelles j'ai toujours rêvé ; c'est une cause humble et personnelle, comme celle du chevalier qui dédie son combat à sa dame. Je m'étonne que l'une puisse se substituer à l'autre si aisément en moi. Je ne me l'explique pas bien mais, pour tout dire, je n'y pense guère. Il se passe tellement de choses ici.

Un seul exemple, tenez : hier après-midi, nous avons vu arriver de très loin deux silhouettes d'affamés. Elles se sont approchées lentement. Voilà déjà huit jours que les derniers des huit mille ont com-

mencé de pénétrer dans le camp, par petits groupes de plus en plus mal en point. Je suis allé à la rencontre de ceux-là : c'était un vieillard et sa petite-fille. Le reste de la famille était mort en route. Les deux plus faibles avaient résisté : l'une très jeune et l'autre très âgé. Je ne croyais pas qu'il soit possible de survivre dans un état de maigreur pareil. Nous les avons mis à l'hôpital et le vieillard est mort presque tout de suite. La petite fille peut avoir sept ou huit ans. On dirait que le repos l'a terrassée. Elle s'appelle Mintouab. Je vais la voir quatre ou cinq fois par jour. Mathilde me dit qu'elle devrait s'en sortir mais elle paraît si faible que j'ai du mal à le croire. Je l'ai veillée hier soir et pendant que j'étais auprès d'elle je pensais à Esther. Leurs images se mêlaient. Pourtant je n'ai pas pitié d'Esther. Jamais cela n'a été. Je n'ai pas pitié d'Esther mais peut-être est-ce que j'aime cette enfant. La passion se déplace… Toutes les choses que l'on croit séparées communiquent…

Je vous écrirai encore, Hilarion. Efrem, qui est à mes côtés et sait à qui la lettre est destinée, me prie de vous transmettre son salut respectueux.

Voilà sa lettre. Vous constaterez tout comme moi :

— qu'il évoque son Esther mais qu'il ne demande déjà plus de nouvelles ;

— qu'il est surtout content d'avoir arrêté une décision avec passion et non pas à contrecœur. Ce n'est pas moi qui lui en ferai le reproche, compte tenu de la nature de ladite décision ;

— qu'il parle beaucoup de cette Mathilde et cette nouvelle intrigue me paraît très favorable à la consolidation de la mission entreprise, à laquelle j'ai lié mes propres intérêts. Les chers enfants seront les bienvenus chez moi ;

— qu'il n'accorde pas les subjonctifs à l'imparfait, ce qui paraît être un signe des temps. J'aurais pu m'en apercevoir avant, à l'air qu'il prenait lorsque je m'escrimais à lui dire, sans avoir l'air de chercher mes mots, « qu'ils téléphonassent ».

Le 7 août

Kidane est arrivé presque en courant, vers midi. Je l'ai reçu en robe de chambre. Il est resté debout, le chapeau à la main, comme un mousquetaire devant son roi. Je lui fais trop rarement ce plaisir.

— Allons, parlez, mon brave capitaine…

— Sacrebleu, je reviens de la prison, comme chaque jour. Elles n'y sont plus. Il paraît qu'on les a conduites dans un fort.

— Un fort ?

— Oui, une caserne, un bâtiment militaire.

— Et que doivent-elles y faire ?

— Voilà, ventre saint-gris. J'ai eu peur. Pour tout vous dire, j'ai même cru un moment à une exécution.

— Diable !

— Rassurez-vous, c'est tout à fait le contraire. Sitôt informé de cela, j'ai couru voir mon cousin

236

qui est resté dans l'armée. Il sert comme sous-officier dans les bureaux. Je l'utilise rarement mais, en cas d'urgence…

Comme toutes les armées du monde, celle-ci ressemble à la société : Henoch, le grand aristocrate, est au sommet. Kidane, le bourgeois, connaît des officiers subalternes et je suis sûr que Mathéos pourrait, en cherchant bien, s'attacher, au nom de sa parentèle, quelques soldats.

— Mon cousin était là ce matin. J'ai eu beaucoup de chance. Il était au courant de l'affaire. Les filles ont été emmenées pour être jugées. Au départ, il était question d'un tribunal civil et public. Des ordres sont venus d'en haut : ce sera un tribunal militaire et sans témoins.

Henoch, pensai-je, a bien travaillé : il a tenu scrupuleusement ses promesses, même celles qu'il n'avait pas faites.

— D'après mon cousin, qui n'est pas dans le secret des dieux mais qui sait tout de même beaucoup de choses, la sentence sera clémente et, pour certaines, on parle même de libération immédiate.

Rien n'est étrange comme de voir les rouages du monde, fussent-ils de petits rouages, fonctionner devant nous et, semble-t-il, sous notre impulsion. La rencontre de Grégoire avec cette fille, le scandale autour des déportations, l'amitié de mon père pour le père de Henoch, notre visite au monastère, tout cela forme une chaîne compacte de causes et d'effets, bien dépourvus de sens si l'on regarde les choses depuis Sirius, mais qui se révèle tout à coup d'une rigueur implacable, au moment précis où, tout se rejoignant dans un seul mouvement, le petit rouage « tribunal spécial » se met à vibrer, promettant de basculer et de produire bientôt, comme un marteau qui sonne l'heure, la bruyante opération que l'on nommera « libération des prévenues ».

— Qu'a demandé ton cousin en échange de ses pressentiments ?

— Ce qui vous paraîtra bon, a dit Kidane en s'inclinant.

— Cesse la farce ! Combien ?

— Il lui faudrait une petite pompe pour son jardin. Il cultive des légumes. J'ai le modèle.

Kidane a sorti un papier de sa poche. Je n'ai pas fait un geste pour le prendre.

— L'avons-nous en magasin ?

— Il en reste trois.

— Donne-lui-en une.

Il a remis son chapeau normalement mais j'ai senti qu'il regrettait de ne pas me faire une grande révérence. Il sait que cela m'exaspère.

Kidane ! Roi des traîtres et employé de confiance. Que pense-t-il vraiment ? Au fond, je le connais bien mal. La fourberie qu'il a sur le visage n'est pas seulement illusion ou injustice de la nature. Derrière cet irréprochable lieutenant barbote le trafiquant, le roi des combines louches, des trocs hors la loi, des affaires conclues dans des fonds de tavernes. Je suis convaincu que la pompe n'est pas pour son

238

cousin. Mais le cousin aura pourtant quelque chose ; ce sera par exemple un objet que Kidane échangera contre la pompe mais qui vaudra moins qu'elle et le mousquetaire empochera la différence. À quoi tout cela lui sert-il ? Il ne peut rien dépenser ici ; il n'y a rien à vendre. Émigrer ? Peut-être. Tout s'achète et ses nouvelles relations lui procureront éventuellement des visas. À moins que l'affaire ne soit à la fois plus simple et plus profonde. Il se peut que Kidane magouille (un nouveau mot que Grégoire m'a appris…) simplement comme l'oiseau vole ou comme la taupe creuse. Il a trouvé en Benoît l'exact correspondant de son espèce. Chacun d'eux, loyal à son souverain, donne par ailleurs libre cours à sa folie des combines et c'est merveille de les voir s'ébattre dans cette fange comme deux dauphins sautent et rient dans l'eau claire.

Jeudi 8 août

Ce petit bonhomme agité, ce Jérôme qui était déjà passé ici pour acheter des souliers à sa belle, est revenu aujourd'hui. La raison officielle de ce voyage est que les autres sont surchargés de tâches urgentes tandis que lui est disponible. Peut-être y a-t-il aussi quelque subtile sanction imaginée par Jack pour l'écarter un peu, après l'affaire des déserteurs.

Jérôme est passé au consulat prendre le courrier. Il en a profité pour régler deux ou trois problèmes au bureau, c'est-à-dire qu'il a semé la confusion et la rancune autour de lui en réitérant ses ordres méchamment et en s'impatientant des moindres délais. Avec ses ennuis récents, son acrimonie a décuplé. Ensuite, il est venu chez moi et m'a trouvé attablé devant le petit déjeuner ; j'ai fait porter une autre tasse car il s'était déjà saisi d'une tartine et allait bientôt boire mon café.

— Où en est la mission ? lui ai-je demandé pour meubler l'espace un peu effrayant de ses mastications.

— La mission ! Petit côté catho, ce mot, vous ne trouvez pas ?

Il a ri et a déposé sur sa langue brûlante d'ironie un peu de café tiède qui a dû la refroidir. Puis il a continué de déverser son fiel.

— La semaine dernière, ça a pris des allures d'apocalypse de poche. La fin du monde à la portée de toutes les bourses ! Un peu comme ici, à Asmara, avec tous ces petits sam'suffit en brique couverts de stuc et déguisés en palais italiens… Là-bas, nous avons eu l'enfer miniature avec les damnés, les spectres et, au milieu, les anges combattants. Il fallait les voir, Benoît, Jack, Mathilde, cette idiote d'Odile (ils sont fâchés). Grégoire aussi : c'est un héros maintenant, figurez-vous, puisqu'il a sauvé la mission. Pourtant, tout le monde sait parfaitement pourquoi il l'a fait.

— Et pourquoi, selon vous ?

240

— Ne faites pas le naïf, vous êtes au courant, m'a répondu Jérôme insolemment en mordant dans une tartine encombrée du contenu d'un demi-pot de confiture. N'allez pas me dire que vous ignorez l'affaire de sa copine, enlevée par la police. Un gros chantage mais ça a marché. Après tout, c'est humain ; seulement, qu'il ne vienne pas nous faire le coup de l'engagement et du sacrifice. D'ailleurs, si l'on regarde bien, on voit que tous ces généreux bienfaiteurs ne font que servir leurs intérêts ou leurs petites pulsions. Même Mathilde, oui, oui, cette Sainte Vierge immaculée, toujours avec sa blouse pro-prette. Même elle.

Tant de haine dans un être est moins effrayant qu'improbable. Dans le cas de Jérôme, le contenant, je dois l'avouer, ôtait un peu de sérieux au contenu par le même artifice qui rend un stock d'armes de guerre moins terri-fiant lorsqu'on le découvre dans un camion de farces et attrapes.

Bien que ces ragots fussent répugnants, je ne pouvais m'empêcher de les solliciter. À quoi pensait-il lorsqu'il parlait des petites pulsions de Mathilde ? Après la lettre de Grégoire, je me demandais si quelque chose s'était engagé entre eux.

— Mathilde a des pulsions ? ai-je dit. On ne me l'a pas peinte comme cela.

— Je ne sais pas comment on vous l'a peinte. En rose, sans doute. Si vous tenez vos informations de Grégoire, vous ne risquez pas d'être proche de la réalité.

— Ils s'apprécient ?

Il a éclaté de rire.

— Ah ! Vous parlez un français réjouissant, Hilarion ! Je dirais plutôt, moi, qu'il est baba devant elle. Ils passent des nuits entières à veiller une gamine qui de toute façon va passer l'arme à gauche. Lui se sent maladroit, incapable. Il n'a pas tort d'ailleurs. Elle, au contraire, c'est la science incarnée. Médecin, vous comprenez ce que cela veut dire ? Nous, déjà, les infirmiers, nous ne lui arrivons pas à la cheville. Alors, un profane complet... Elle ne fait pourtant rien d'extraordinaire. De temps en temps, elle prend le petit bras de la gosse et elle lui passe l'appareil à tension. Pfut, Pfut, elle gonfle, pose le stéthoscope, regarde bouger l'aiguille. L'autre idiot n'en perd pas une miette. On dirait qu'il est à la messe. Diling, Diling. *Dominus non sum dignum.*

— Il est amoureux d'elle ?

— Rien de sexuel pour le moment. Il est fasciné, voilà tout. Et elle est contente de fasciner un garçon comme lui.

— Mais vous m'avez parlé de passion, insistai-je avec mauvaise foi.

— Non, non, de pulsion. Il y a nuance. De toute façon, ce n'est pas pour Grégoire. Avec lui, elle prend seulement de petits plaisirs d'amour-propre. Sa vraie pulsion, ou si vous voulez sa grande passion, est ailleurs.

— En Europe ?

— Non, ici même, sur place.

L'ignoble persifleur avait bien vu que je voulais en savoir plus et il me traînait par les oreilles dans son sillage de fange. J'avais envie de lui donner un bon coup avec le pommeau de ma canne, histoire de lui écraser la tête. Mais je me suis retenu et, au prix d'un grand effort, j'ai même rajouté une forte dose d'indifférence dans ma voix.

— Tant mieux pour elle, dis-je.

— Oui, tant mieux.

Nous nous sommes tus pendant deux ou trois longues minutes. Il y avait plus de vent que les autres jours et la pluie était rabattue sur les carreaux. À dix heures du matin, les lampes étaient encore allumées. Jérôme a fini par déposer les armes et il a repris la parole, sur un ton dégagé, comme s'il n'y avait pas eu de silence :

— C'est vraiment un rapprochement surprenant. Cette fille qui se dévoue pour les affamés et ce tortionnaire.

— Ce tortionnaire ?

— Comment, vous ne savez pas ? Mathilde est dévorée de passion pour Berhanou, le chef du village, l'Éthiopien que le gouvernement a envoyé pour organiser sur place sa politique criminelle.

— Il est nouveau, n'est-ce pas ?

— Si l'on veut. Son prédécesseur a été assassiné il y a deux mois. L'autre avait peur. Celui-ci est un idéologue, un fanatique. Je suis sûr qu'il dort sur ses deux oreilles... Pourtant... Enfin, vous imaginez ce que la passion peut faire faire : la blanche colombe des droits de l'homme avec le monstre qui organise les déportations.

— Mais où... où en sont-ils ?

— Furtif, dit-il.

Il avait entrepris de racler la salissure de ses ongles avec une dent de mes vénérables fourchettes. J'ai commencé à marquer un peu d'impatience.

— Expliquez-vous à la fin. Que voulez-vous dire par « furtif » ?

— Eh bien, il lui a mis quelques coups furtifs. Dans les coins, si vous préférez. Vite fait, bien fait. Enfin, bien fait... c'est moi qui le dis : elle ne doit pas être très regardante.

— Vous voulez dire qu'ils restent des nuits ensemble ?

— Des nuits ! On est loin du compte. Non, d'après mes informations, la première fois, ils sont passés à l'acte dans son bureau à lui. Vous imaginez, entre deux traités d'économie marxiste... Il y a eu quelques autres épisodes du même genre, toujours furtifs, je vous dis.

— Utilisez la fourchette si vous voulez, mais ne la tordez pas, je vous en prie.

— L'argenterie de famille, hein ?

— Et en dehors de ces relations physiques, se voient-ils ?

— Forcément. Le chef politique n'a rien d'autre à faire que de venir inspecter nos moindres actions. On l'a tout le temps sur le

244

poil. Et quand il vient, il faut voir comment elle le regarde et comment il prend de ses nouvelles. Je vous dis : tout cela est un mélange écœurant de grands sentiments et de petites fornications, entre deux portes. D'ailleurs, depuis que les huit mille sont là, les fornications se sont arrêtées, à ce que je sais.

Après ce jeu de frustration volontaire, je me suis résolu à lancer un petit javelot à notre moraliste.

— Vous auriez tort, lui ai-je dit, de critiquer cette jeune fille. Il me semble que vous devriez la comprendre mieux que quiconque.

— Et pourquoi donc ?

— N'avez-vous pas vous-même connu une passion pour une personne fort dissemblable et qui vous a amené à vous mêler de politique ?

— Ah, mais, pardon, dit Jérôme en se redressant, cela n'a rien à voir. Rien du tout. Mes choix sont parfaitement cohérents. J'aime une femme, oui, mais nous partageons les mêmes opinions. Je ne sais si je devrais vous le dire, mais Grégoire et bien d'autres m'ont affirmé que l'on pouvait vous faire toute confiance ; je prends donc le risque de vous confier ceci : mon amie est très proche de la guérilla. Très !

En disant cela, il a pris un air satisfait comme s'il avait annoncé : mon cousin vient d'épouser la reine d'Angleterre.

— Et si je regarde avec mépris toute cette agitation autour des mourants de Rama, c'est que je suis convaincu *aussi* — vous comprenez la nuance : aussi, c'est-à-dire pas *par* elle mais *comme* elle — que la seule solution véritable pour ces malheureux est la victoire de ceux qui les défendent vraiment.

C'était l'occasion de lui faire prendre conscience de sa responsabilité. J'ai fait une prudente tentative :

— Vous ne pensez pas que votre choix est un peu trop transparent maintenant. Je vous le dis en toute amitié mais depuis l'affaire des déserteurs...

— L'affaire ! Il n'y a pas eu d'affaire. Deux types se sont échappés pour fuir la conscription. Cela arrive tous les jours.

— Vous les avez aidés.

— Qu'ils le prouvent ! Ces jeunes étaient malades et je n'ai fait que mon devoir en les soignant.

Ce garçon a la capacité de se mettre hors de lui en un instant. À peine avais-je parlé de cela qu'il était déjà agité, le front perlé de sueur. Il a continué en s'étranglant de rage.

— De toute façon, je vais vous dire quelque chose : à supposer que les militaires éthiopiens sachent ce que je fais, cela les arrange que je continue.

— Cela les arrange que vous ayez des contacts avec leurs ennemis ?

— Bien sûr : le meilleur moyen d'assurer le statu quo, c'est que la guérilla profite aussi de l'opération. Pourquoi croyez-vous que les gens du gouvernement ont autorisé nos cliniques mobiles ? Ils savent bien que les populations que nous allons voir en dehors du village ne sont plus sous leur contrôle mais sous celui du maquis.

— Mais vous faites plus encore, je crois, quand vous êtes dans ces zones. Ne rencontrez-vous pas des rebelles, peut-être même des chefs ? Ne leur livrez-vous pas des renseignements ?

— Bien entendu. À chaque déplacement ou presque, je prends contact avec les camarades d'en face. Je n'aime pas beaucoup le terme de « renseignement » qui sent sa trahison. Je les mets au courant, voilà tout. Tant que cela dure, Rama tiendra. Quant à l'aide humanitaire dont le gouvernement est inondé, eh bien, grâce à moi, elle passe aussi un peu de l'autre côté.

— Et vous pensez que la guérilla se contentera indéfiniment des miettes de l'opération ?

Tout de suite, j'ai regretté le mot « miettes » et j'ai vu qu'il se renfrognait.

— Ce sont peut-être des miettes mais qui protègent le gâteau, a-t-il rétorqué.

Cela ne me plaît guère mais je crois bien qu'il a raison. Les agissements de ce jeune écervelé sont sans doute devenus la condition d'équilibre sans laquelle la guérilla ne tolérerait pas la mission de Rama. Isolés comme ils le sont là-bas, il ne suffit pas d'avoir le soutien de Henoch et des gouvernementaux. Encore faut-il que les rebelles y mettent du leur. L'idée me vient que nous sommes, Jérôme et moi, les deux protecteurs de cette mission. Elle me révolte et m'amuse en même temps. Ce sont là les charmes de ces temps nouveaux et inattendus.

En échange de ses confidences, Jérôme m'a extorqué une avance de fonds remboursable en Europe sur sa paie. Sa bien-aimée est insatiable. J'ai accepté puisque c'est pour la cause… mais j'ai pris dix pour cent d'intérêts.

Samedi 10

Sept heures ce matin. Je crois dormir encore. J'entrouvre les yeux. Dans l'obscurité de ma chambre, que vois-je à un mètre de mon lit, debout, le chapeau à la main ? Kidane. Maintenant que j'ai remué les paupières, il entreprend d'allumer une chandelle dont l'éclat rend sa face cuivrée encore plus digne et plus inquiétante. Il a dû lire dans ses ouvrages favoris que les grands personnages recevaient à leur réveil et il se croit encore au Grand Siècle.

— Que faites-vous ici, à cette heure ?

— Tudieu, il n'est pas si tôt, monsieur. C'est qu'un gros orage assombrit tout. À vrai dire, j'ai été réveillé aussi de très bonne heure.

— Ce n'est pas une raison pour empêcher les gens de dormir.

— J'ai pensé qu'il fallait que je vous annonce tout de suite la nouvelle. C'est un enfant, venu me tirer moi-même du lit, qui me l'a apportée.

— Eh bien, allez au fait.

— La fille a disparu.

Kidane, sur ces mots, a haussé un peu la chandelle, et la flamme, prenant son visage par en dessous, lui a donné tout à fait l'air pieux, hypocrite et fourbe d'un grand prêtre de l'ancienne Égypte.

— Quelle fille ? ai-je dit, un peu confus dans mon dernier sommeil.

— Celle que nous surveillons, cette Esther, l'amie de M. Grégoire, sacrebleu !

Je me suis redressé dans mon lit.

— Comment ! N'était-elle pas hier encore en prison ?

— Certes oui, monsieur. Cependant, il paraît que ce fameux tribunal s'est réuni dans la nuit et qu'il a décidé de la libérer avec quelques autres. Le gamin que j'avais posté en faction devant la prison a vu sortir un convoi vers cinq heures moins le quart.

— Avant la levée du couvre-feu !

— Vous savez bien que la nuit les militaires circulent comme ils veulent.

— Où les ont-ils conduites ?

— C'est ce que j'ignore. Je peux seulement affirmer qu'elles sont graciées et sans doute libres. Mais où ?

— Je doute que ce soit bien difficile à trouver…

— À moins qu'elle ne se cache.

— Vous êtes allé chez sa mère ?

— Pas encore…

— Allez-y. Essayez de savoir qui d'autre a été libéré et visitez les familles ; elle est peut-être chez une amie.

Il est parti, je me suis habillé et je suis sorti juste après le petit déjeuner. Un grand vent soufflait en bourrasques sans pluie. Le sol était même à peu près sec. Je savais où j'allais, j'étais presque sûr de la dénicher et je ne sentais plus ma hanche.

Midi

Ricardo va très mal. Tous ces jours de pluie ont réveillé son emphysème. Il est droit sur son lit. Sa tête est rejetée en arrière comme une barcasse échouée. Elle n'est plus tenue à la poitrine que par deux muscles maigres et tendus comme des haubans, entre lesquels frémit la trachée, dont on pourrait compter chaque anneau. En quelques jours, la chute est spectaculaire. Il est livide et ne bouge que les yeux.

Quand je suis arrivé, deux femmes étaient dans la chambre : une très jeune fille, que j'avais déjà croisée la fois précédente. Elle range, borde les couvertures, aère un peu, passe le balai. L'autre est plus âgée. C'est une paysanne d'une trentaine d'années au visage digne. Toutes les deux sont d'une grande beauté, sans apprêt, une beauté comme peut en livrer un paysage : majesté d'une roche, courbe d'une rivière, torsion d'un tronc au coin de deux routes. Il fut un temps où une silhouette pouvait emporter avec elle tout un terroir. Trois Bretonnes suffisaient, assises contre un mur, à évoquer autour d'elles les côtes brodées de granit.

Un laboureur berrichon, dans les photos de certains de mes livres, en regardant l'objectif du photographe presque à le toucher, convoque le ciel immense et sculpté de sa région, les forêts de chênes aux sortilèges et la brume de ses étangs. La séparation des êtres d'avec leur paysage s'est faite peu à peu. J'ai tout lieu de croire, lorsque je vois qui l'Europe nous envoie, que là-bas elle est aujourd'hui complète. En Éthiopie, elle est en cours mais ne s'est pas tout à fait achevée. Les hommes ont été les plus tôt arrachés à leur décor. Le complet-veston et la cravate en sont, entre autres, responsables, mais il persiste encore dans les campagnes quelques-uns de ces nobles cavaliers encaparaçonnés qui étaient jadis les répondants de l'empereur dans toutes ses provinces. Restent les femmes. Ces deux-là, auprès de Ricardo, avec leurs voiles de mousseline, leur croix d'argent, l'arrangement en casque de leurs cheveux, sont encore les fruits d'une terre, cette région montueuse et sauvage du Menz, qui est le berceau de la race impériale. En les regardant, je vois les escarpements de la route vers Ankober, les huttes de basalte couvertes de chaume, les pâturages immenses découpés par des brèches de vide comme si le dernier sillon, au loin, eût englouti l'araire, le laboureur et ses bœufs pour les précipiter en enfer.

Dans cette chambre qui sent l'huile gomé-nolée et le camphre, tendue d'un désespérant papier à fleurs, je suis bien sûr que Ricardo ne regarde que ces femmes, ne voit qu'elles et, derrière elles, le haut plateau avec ses couleurs rabattues, le grand air de ses vents d'altitude et cette surprenante proximité des nuages qui enveloppent le sol de leurs voiles flottants.

L'une des servantes, la plus âgée, m'a pris à part :

— Il s'épuise. Dites-lui de dormir un peu. Il passe ses nuits à écouter de la musique avec cette nouvelle machine.

Elle me montre l'installation qu'a donnée Grégoire et qui est posée sur une des tables de chevet.

— Le matin, on le trouve presque inconscient. Il a de la fièvre. Il faudrait qu'il dorme.

Je me suis avancé vers le lit. Les deux femmes se sont retirées.

— Ricardo, comment êtes-vous ?

— C'est la fin. Ça n'a pas d'importance. À vrai dire, je rêve. Je rêve beaucoup.

Il avait le souffle extrêmement court et ne pouvait faire que de brèves phrases haletantes.

— J'imagine. J'imagine qu'après c'est pareil. Du rêve qui continue. Rien de grave.

Puis il a paru ouvrir plus intensément les yeux.

— Que puis-je encore pour vous ?

Ce n'était pas un reproche ; plutôt une excuse : avec ce qu'il me reste de vie, que puis-je encore…

— L'amie de Grégoire est-elle ici ? lui ai-je demandé doucement.

— Bien entendu.

— Je voudrais la voir.

— Descendez. Frappez à la porte vitrée, au rez-de-chaussée. Appelez Tsahaï.

— Merci.

J'ai quitté la chambre tout aussitôt. Une intuition vérifiée provoque toujours une assez stupide satisfaction d'amour-propre. Pourquoi avais-je eu l'idée qu'Esther s'était réfugiée chez Ricardo ? Parce que cette maison, au fil des années, était devenue cela : un refuge, et d'une nature particulière. Quand cet ancien hôtel de passe pour Italiens a été vendu, à la fin des années cinquante, Ricardo s'est porté acquéreur. Personne ne sait comment il l'a payé. Il ne valait sans doute pas grand-chose : la bourgeoisie d'Asmara ne se précipitait pas pour habiter dans un ancien bordel. Tout de même, il fallait un peu d'argent. J'en ai prêté une partie et de là datent nos premières relations d'affaires. Qu'est devenue la maison ensuite ? Ricardo s'y est installé avec sa femme éthiopienne. Ils se sont déchirés. Elle a pris un amant, un autre Italien, qui a vécu là un moment. Ricardo a eu d'autres femmes. Je crois qu'il a fait quelques enfants. On a vite fini par ne plus rien y comprendre. Le fait est que c'est la seule maison de la ville où des filles qui sortaient avec des étrangers pouvaient venir. Ricardo prélevait-il un pourcentage sur leur commerce ? On l'ignore. La chose certaine est que la maison s'est progressivement dégradée, qu'on n'a jamais vu aucun ouvrier y faire aucun travail. Ricardo s'est réfugié en haut dans deux pièces et le reste est livré à des va-et-vient incessants. J'ai mon opinion là-dessus. Je suis convaincu que Ricardo n'a jamais touché d'argent de tous ces parasites. Ce qu'il voulait, c'était cet entourage de femmes et, de fait, jusqu'à maintenant, c'est-à-dire jusqu'à ces derniers moments, il a toujours eu des femmes pour prendre soin de lui. Je suis sûr que toutes celles qui viennent ici l'aiment, à leur manière.

J'ai frappé à la porte vitrée et Tsahaï, une femme très âgée, m'a conduit dans une autre pièce. Un ameublement digne de Madame Mirna y a été conservé. On voit des commodes roses à dessus de marbre, des appliques rococo, mais tout cela dans un état de saleté et d'abandon qui ramène ces objets à l'état de vagues aspérités qui se distinguent à peine des murs. Nous sommes arrivés dans un salon où deux canapés hors d'âge, recouverts de couvertures épaisses, blanc écru, en poil de chèvre, se font face. Six jeunes filles y étaient assises et buvaient le café qu'avait préparé l'une d'entre elles, assise sur son tabouret de bois. La cafetière à long col fumait et à son odeur se mêlait celle de paillettes d'encens jetées sur un tison. La baie vitrée était ouverte sur le jardin où s'égouttaient ces tristes arbres que sont les eucalyptus, qui pleurent jusque par le tronc.

— Je cherche Esther, ai-je dit à la femme qui m'avait ouvert mais toutes m'entendaient.

Une des filles s'est levée comme un soldat qui répond silencieusement à l'appel.

J'avais devant moi un petit être gracile, aux bras minces, aux grands yeux ovales, joli comme un bibelot d'argile, c'est-à-dire pour autant que rien ne le brise, joli parmi tant d'autres et peut-être même pas si parfait que cela, mains trop larges, épaules osseuses… Un instant, j'ai usé de ma grande puissance d'indifférence pour regarder sans amour et donc sans illusion ni exigence ce petit corps touchant, nullement unique, rejeton parmi tant d'autres du beau peuple des hauts plateaux.

Le désir des hommes fait toute leur grandeur, mais seulement tant que ce désir est mystère, chose à venir, non encore advenue, inaltérable de virtualité. Quelle tristesse quand il apparaît réalisé : ce n'était donc que cela, dit celui pour qui cet objet n'est rien. Voir Benoît, par exemple, pleurer de joie devant la photo d'un poulain… Un poulain ! Tout à coup, l'immense espace du vouloir se restreint ; le cercle magique du désir accouche d'une chose, d'une simple chose, si grande, si chère, si précieuse soit-elle pour celui qui l'a rêvée, mais qui conduit à regarder l'homme avec une terrible, une regrettable pitié.

J'étais donc en face de cette Esther. Je lui ai souri comme j'ai pu avec mon vieux museau et nous sommes allés sur la terrasse pour parler.

— Vous êtes libre maintenant, Esther, lui ai-je dit, et nous y sommes tous un peu pour quelque chose.

— Vous ?

— Moi et d'autres.

— Je vous remercie.

Elle a dit cela sans sourire. C'était un remerciement farouche, prononcé du bout des lèvres et qui signifiait plutôt : voilà ce que vous attendiez et maintenant je suis quitte.

— Je n'ai rien fait, ai-je répondu, qu'à la demande pressante de Grégoire.

Sans un mot, elle a levé sur moi ses yeux immenses et j'ai dû reconnaître leur étonnante puissance.

— Il n'est pas ici, ai-je poursuivi. Pour être tout à fait honnête, il faut dire qu'il ne sait pas encore, à l'heure qu'il est, que vous êtes sortie.

Elle ne disait toujours rien et me dévisageait un peu de biais et par en dessous, en sorte que le limbe de ses yeux affleurait la paupière inférieure et donnait une étrange intensité à son regard. J'avais prévu une assez longue péroraison sur la passion de Grégoire, son attente, etc., mais poussé par ce regard comme un mouton que mord le chien de berger, j'ai regagné en hâte la tiède et prudente médiocrité.

— Voulez-vous le revoir ? ai-je demandé assez platement.

Et j'ai ajouté, comme pour rendre ma question légitime :

— Je dois lui envoyer un message ce matin ; que voulez-vous que je lui dise ?

Elle a baissé les yeux :

— Je suis fatiguée… J'ai besoin de repos… Je vais quitter la ville quelque temps… Pour l'instant, je ne sais pas du tout quand je rentrerai… Il vaut mieux qu'il ne m'attende pas… Nous verrons plus tard.

Elle a ponctué ces derniers mots d'un regard ferme et déterminé qui démentait l'incertitude qu'elle avait mise dans ses paroles. Il était clair qu'elle ne voulait plus entendre parler de lui. Fidèle à sa culture, elle l'avait dit de façon modérée, détournée, sans exprimer ces choses impudiques que sont le refus ou le ressentiment. Tout l'art des lettrés dans ce pays repose sur la capacité de dissimuler dans une phrase d'allure banale un contenu essentiel et caché. C'est ce qu'ils appellent l'or et la cire : la gangue banale du moule, qui renferme dans son intimité la splendeur du joyau brillant. Puisque ma qualité d'Européen vivant ici depuis trois siècles me dispose à la fois à comprendre cet art mais également, étranger, à l'ignorer, je peux répondre comme je veux. J'ai décidé de faire la brute et de m'en tenir aux apparences.

— Donnez-lui au moins de vos nouvelles. Dites-moi comment il peut vous écrire pendant votre absence.

Et j'ai poussé la grossièreté jusqu'à dire :

— Je crois qu'il vous aime.

Je l'ai vue s'agiter un peu. Gênée, elle a souri :

257

— Il vaut mieux… qu'il oublie.

— Il ne le pourra pas facilement. Il n'a pensé qu'à vous ces temps-ci.

Cette poursuite — que j'entreprenais volontairement comme on réalise une expérience de sciences naturelles, non pour chercher un résultat inconnu mais pour reproduire une réaction prévisible et logique — lui était insupportable. Elle s'est redressée avec une vigueur de serpent :

— Je n'y peux rien. Je ne lui demande rien. Je ne lui ai jamais rien demandé. Il ne m'a attiré que des malheurs. Je ne veux plus le voir.

Je pouvais sentir qu'elle souffrait non de ce qu'elle disait mais d'être contrainte d'énoncer des paroles aussi violentes, comme si, recevant quelqu'un chez elle, elle n'eût à lui servir que des fruits verts.

Elle avait ménagé Grégoire tant qu'il était en prison. Il était inutile d'essayer maintenant de la convaincre de la part qu'il avait prise dans sa libération. Quand bien même elle y eût cru — ce qui ne semblait pas être le cas — ç'aurait été à ses yeux une preuve supplémentaire de la responsabilité de Grégoire dans sa captivité. Elle ne retenait qu'une chose : cette liaison l'avait mêlée, pour son malheur, à de troubles affaires qui ne la concernaient pas. À l'avenir en tout cas elle était décidée à se tenir éloignée de fréquentations aussi dangereuses.

— Je vais donc lui envoyer un message disant que tout est terminé ?

J'ai laissé traîner ma phrase sur un ton inter-rogatif.

Elle n'a pas répondu. C'était un silence déter-miné, rien moins que dubitatif, le genre de silence qui suit l'évidence d'un énoncé à quoi il n'y a rien à ajouter.

Je l'ai prise par le bras et nous sommes ren-trés. À mon âge, on peut avoir ces gestes sans équivoque. Je sentais sous mes doigts osseux sa peau soyeuse et souple comme on se rappelle la saveur d'un fruit auquel on n'a pas goûté depuis des années. Pour moi, ce n'est rien de plus qu'une curiosité mais je suis bien sûr que Ricardo ne pourrait pas vivre sans éprouver chaque jour le doux contact de ces femmes. Kidane m'a dit que le soir, une d'entre elles, parmi le petit groupe qui entoure Ricardo, se couche à ses côtés. Il ne la touche pas, évidem-ment, mais il ne parviendrait pas à s'endormir sans cette présence ronde qui l'effleure, sans ces parfums.

J'ai pris congé de tout le monde et je suis rentré à pied.

Kidane m'attendait chez moi pour m'annon-cer que son enquête avait abouti : Esther était chez Ricardo. J'ai eu la satisfaction de lui dire que j'en sortais. Il est reparti tout penaud.

Lundi 12 août, date de naissance de mon fils Michel
(j'ai oublié celle de sa mort)

Du courrier est arrivé ce matin pour l'équipe.
Un avion militaire anglais le transporte une fois
par quinzaine et Kidane me fait toujours passer
les lettres afin que je les examine. Je m'en voudrais de les ouvrir mais leur aspect extérieur, les
écritures, les timbres en disent déjà très long et
me permettent sinon de deviner, du moins de
me figurer le reste.

Ce matin, au milieu de missives sans intérêt,
j'ai remarqué une belle lettre, de format
allongé, en papier épais, un peu jaune. L'écriture était raffinée, régulière, penchée, tracée à
l'encre bleu nuit. Au dos, un nom de famille
double, dont l'un est celui de Grégoire. Je suppose que c'est sa mère. Il m'a dit qu'elle s'est
remariée.

J'ai palpé cette enveloppe ; je l'ai reniflée, j'ai
regardé au travers — sans rien voir — et je l'ai
finalement envoyée à Grégoire, avec le reste de
la correspondance.

J'y ai joint pour lui un mot de mon cru qui
résume les derniers événements. Je lui annonce
le départ d'Esther et je le prépare à l'idée que
peut-être elle ne voudra plus le voir. Mon
conseil est qu'il faut en tout cas lui laisser du
temps. Je ne tiens pas à ce qu'il se lance dans
des choses inconsidérées : venir ici, se mettre à
sa recherche, faire son siège. Heureusement, il
me semble peu probable qu'il réagisse de la

sorte. Sa lettre était très mesurée. Mais on désire tant les choses qu'on nous refuse ; des braises peuvent couver encore sous cette cendre…

J'ai terminé ma lettre en lui parlant de Jérôme. Si farfelu et impensable que cela paraisse, c'est sans doute sur sa délicate activité de liaison avec les rebelles que repose aujourd'hui l'avenir de la mission. Il faut y prendre garde. Enfin, je recommande à Grégoire de rentrer à Asmara pour y régler de nombreux problèmes dès que sa présence sur le terrain ne sera plus indispensable. Sous couvert de défendre les intérêts de son organisation, c'est évidemment pour ma paroisse que je prêche, car il me manque.

Mercredi 14

Pas de nouvelles pendant vingt-quatre heures. Heureusement, ce fut un jour de pluie et même de grêle. La maladie de Ricardo m'a plus ébranlé que je le croyais. J'ose à peine me raser. Quand je regarde mon visage dans le miroir entouré d'un cadre de bambou, au-dessus du lavabo, je ne peux m'empêcher de fermer un œil et de laisser pendre un coin de ma bouche. Horreur ! Perdre la moitié de soi, traîner à ses côtés un demi-cadavre endolori… Dans cette curieuse mathématique, il me semble que la moitié d'une mort coûte plus que la mort tout entière. Comme une bête qui, pour fuir un incendie, se jette dans un étang glacé, j'ai préféré échapper à ces noires idées dans un sommeil plein de cauchemars. Heureusement, les deux mondes, chez moi, ne se recoupent pas et mon rêve ne survit pas au réveil : ils me délivrent l'un de l'autre.

Vendredi 16

Aujourd'hui Benoît m'apporte une lettre de Grégoire. Je vais la lire plus tard et la coller dans ce cahier. Mais il m'a raconté une autre affaire, qui l'a fait rire et que je prends, moi, très au sérieux. Hier matin, à sept heures, Jérôme part comme d'habitude pour faire ses consultations dans la campagne. Il est seul dans sa voiture avec son chauffeur-aide-soignant local. À la sortie du village, ils sont arrêtés par des sentinelles gouvernementales. Jérôme montre ses papiers. Il est confiant, étonné même qu'on le contrôle, tant il est connu sur ce trajet. De fait, c'est autre chose que veulent les soldats. Ils agissent rapidement et la surprise fait son effet. Ils ouvrent d'un seul coup l'arrière de la Jeep de Jérôme, vident les caisses de médicaments et font monter quatre des leurs, en gilets de combat, grenades à la ceinture, armés jusqu'aux dents. Les quatre passagers clandestins se camouflent sous une bâche et donnent au chauffeur l'ordre de poursuivre sa route comme si rien ne s'était passé. Une autre Jeep, de l'armée celle-là, les suit, à cinq cents mètres.

Jérôme ne sait pas comment arrêter l'affaire. Il franchit le no man's land et pénètre dans la région tenue par le maquis. Il le sait et sent le danger autour de lui bien que rien ne distingue cette lande couverte de petits acacias secs. Ils roulent jusqu'au premier village qui figure sur l'ordre de mission de Jérôme. Le pauvre infirmier est livide. Il tremble de tous ses membres car il sait ce qui va se passer. En effet, la Jeep est à peine garée au milieu des cases devant un flamboyant au tronc lacéré d'inscriptions au couteau qu'arrivent, désarmés et souriants, quelques hommes de la guérilla. Ils viennent à la rencontre de l'équipe mobile, comme d'habitude et sans défiance. Ils sont à moins de trois mètres quand les soldats ouvrent la portière arrière de la voiture, commencent à tirer et sautent au-dehors. Ils s'emparent facilement des trois maquisards et fouillent le village pour en trouver d'autres. Des coups de feu claquent. Ils ramènent deux prisonniers et un corps. La deuxième voiture de soldats arrive, embarque les prisonniers et le cadavre, et tout le monde revient à Rama.

Les gouvernementaux sont satisfaits de leur prise : il est établi que l'un des hommes capturés est un cadre d'assez haut rang de la rébellion. Jérôme a été enfermé dans une cellule de fortune, à côté du bureau du chef du village. Il est maintenant accusé officiellement d'entretenir des contacts avec l'ennemi. Il semble qu'il ne risque pas grand-chose sinon l'expulsion et personne ne se désole de cette perspective.

Je n'ai pas du tout partagé l'hilarité de Benoît. L'affaire me paraît très grave. Je l'ai fait repartir séance tenante et lui ai confié pour Grégoire le billet suivant : « Rentrez tout de suite. Faites revenir aussi l'équipe si vous le pouvez. Ce qui s'est passé avec Jérôme est extrêmement sérieux. »

Il est impossible d'en écrire beaucoup plus sans se compromettre. Mais le raisonnement est simple et j'espère qu'il va tout deviner. Cette affaire est une provocation délibérée des gouvernementaux. Ils ont décidé de griller Jérôme. Comme ils avaient certainement fait depuis longtemps la même analyse que moi et savaient toute l'importance de ses liens avec les rebelles, cela signifie une seule chose : ils ont décidé d'en finir avec la mission. On peut les comprendre. Grégoire le dit lui-même dans sa lettre : ils ont obtenu ce qu'ils voulaient. La campagne de presse qui leur était hostile est désamorcée. L'aide internationale arrive de plus en plus. Pourquoi les autorités éthiopiennes continueraient-elles à ménager l'organisation humanitaire de Grégoire ? Elle a rempli son rôle. Je suis sûr que dans la capitale ils sont pressés de reprendre les déportations vers le nord et leurs promesses les en empêchent. Ils cherchent donc à s'en délivrer.

En agissant par l'intermédiaire de Jérôme, ils vont y parvenir, et de la façon la plus élégante.

Le coup est très habile. En apparence, ils ne touchent pas à la mission ; en réalité, ils la condamnent car la guérilla ne manquera pas de riposter. Cela consiste à faire faire le sale boulot par l'autre camp. Je reconnais bien là la patte de Henoch. Mais, à vrai dire, avais-je espéré plus qu'un sursis ?

Voici la seconde lettre de Grégoire. Cette mathématique implacable qui condamne la mission lui échappe complètement. Lit-il seulement mes lettres ?

Cher Hilarion,

Je crois que nous sommes sortis d'affaire. Le camp a enfin pris un aspect supportable. La mortalité y est devenue presque « normale ». Le centre de nutrition d'enfants ressemble un peu moins à un mouroir et presque à une école maternelle avec des gamins qui piaillent et qui commencent à rire. Les épidémies ne menacent plus. À l'hôpital, maintenant, Mintouab, notre petite patiente, s'est levée et a tenu debout quelques instants.

Bien sûr, tout cela est très fragile. La catastrophe peut reprendre de plus belle. Elle rôde encore. Il faut attendre trois semaines que cessent les plus fortes pluies. Les semailles seront faites ; les récoltes viendront un peu plus tard et, si elles sont bonnes, les gens repartiront…

Vous m'annoncez qu'Esther est libre. Cette nouvelle m'a fait un grand plaisir, mais, comment dire ? Depuis mon arrivée ici, je pense de moins en moins à elle, au point de ne presque plus y penser du tout. Même, si je ferme les yeux, je suis à peu près incapable de me représenter son visage et son corps. Je suis le premier surpris de ce changement quand je songe à ce que je ressentais il y a encore si peu de temps.

Cette transformation est d'autant plus troublante qu'avec votre message vous m'avez fait parvenir une lettre de ma mère, qui me rappelle un événement que j'avais tenté d'oublier. Voilà : lorsque j'ai fait les premières démarches pour libérer Esther, j'avais l'intention de la sortir non seulement de prison mais de ce pays, qui est une prison pour elle. Cela supposait que je puisse moi-même rentrer en France. J'ai donc écrit à ma mère pour lui demander son aide. Vous savez que les militaires me comptent comme déserteur. Je vous ai parlé de cet oncle colonel. Par sa position, il est capable de régler mon problème. Ma mère m'annonce aujourd'hui que grâce à lui tout est en bonne voie. Elle m'assure qu'à compter de la fin de ce mois les sanctions seront levées par l'autorité militaire. Je pourrai donc rentrer si je le souhaite et régulariser ensuite ma situation. On ne me jettera pas en prison, voilà le fait.

Jamais je ne me serais humilié à faire ces démarches et à demander quoi que ce soit à cet oncle que je n'aime guère s'il n'y avait pas eu Esther et si l'idée d'être de nouveau séparé d'elle ne m'avait pas été aussi insupportable.

Et cela, aujourd'hui, me paraît si loin. Comment ce qui hier pour moi était tout peut-il aujourd'hui n'être plus rien ?

J'y ai beaucoup réfléchi ces jours-ci et il me semble que je tiens enfin une réponse. Devinerez-vous qui me

266

l'a inspirée ? Efrem. Figurez-vous que tous ces événements ont fini par me rendre moins imperméable à ce qu'il raconte. Il en est très fier et croit même m'avoir converti. Il ne perd plus une occasion de me faire partager ses contacts avec le surnaturel. Chaque soir, vers la tombée du jour, il va se poster dans la rivière que les pluies ont grossie mais qui reste presque immobile (elle ne s'écoule pas mais s'enfonce lentement dans son lit de sable). Les pieds dans l'eau, Efrem contemple ce miroir qui vibre légèrement. Il reflète le ciel noir et rouge du couchant. Les esprits sortent de cette surface. Il me les décrit à voix basse. Cela commence par le menu fretin de l'au-delà : des démons sans importance et qu'Efrem traite de haut, de petits esprits sans envergure, toute une foule grotesque. Puis paraissent les plus grandes figures. Il me chuchote leurs noms, je l'entends dialoguer avec eux, il me traduit certaines réponses mais, en général, je perds le fil rapidement. À la nuit noire, nous rentrons au camp, il me résume ce qui s'est passé et interprète les événements. J'en sais un peu plus sur les différentes sortes d'entités surnaturelles. Les principales, comme vous le savez, s'appellent les zars. D'après ce que j'ai compris, ce sont des esprits attachés à une lignée, qui passent d'une génération à l'autre, dans certaines familles. Lorsqu'ils « descendent » sur leur victime, ils la font entrer dans des transes de possession. Ce sont les agents de certaines maladies et, en même temps, des intercesseurs : ils exigent des offrandes, des vêtements de certaines couleurs…

Efrem m'a révélé très gravement que les zars sont des enfants qu'Ève aurait eus à l'insu de Dieu et qu'elle

267

*lui aurait cachés. Ils ont eu leur propre descendance,
condamnée elle aussi à vivre dissimulée, qui tyrannise
les humains avec rancœur.*

*J'ai beaucoup de mal à partager les croyances
d'Efrem mais, tout de même, il me semble qu'elles ne
me sont plus aussi étrangères. Quand je suis arrivé
ici, j'avais l'esprit bien rigoureux d'un Occidental qui
place plus haut que tout la connaissance de la
matière, la raison, les sciences et pense avoir fait la
preuve, avec ses voitures, ses avions, ses armes, sa
médecine, que sais-je ? du bien-fondé de ce choix. Mon
cas était particulièrement sévère puisque je regrettais
même le temps où la science donnait des lois à l'Histoire.*

*Et tout à coup me voilà plongé dans un monde où
l'on me révèle la double descendance d'Ève. Il y a
d'une part ses enfants réels, de chair et d'os, immergés
dans les lois physiques et biologiques. Ils en sont dou-
blement captifs : d'abord parce qu'ils leur obéissent,
ensuite parce que s'ils parviennent à comprendre ces
lois, s'ils construisent des sciences et maîtrisent des
techniques, c'est toujours en interprètes serviles du possible, c'est-à-dire de ce qui est, avec ses impitoyables
limites.*

*Mais d'autre part l'espèce humaine recèle aussi des
créatures cachées à Dieu, libres de ses lois, qui caraco-
lent à côté de nous autres, les visibles. De temps en
temps elles nous secouent, nous réveillent, nous décou-
vrent des mondes où tout est possible. Peut-être est-ce ce
qui m'est arrivé pendant cette maladie, cette antchilite,
comme dirait Ricardo. Un zar est descendu sur moi et
maintenant qu'il est reparti, je suis transformé par*

268

cette expérience. Je tenais mes rêves captifs, j'en avais honte. Le zar, en passant, m'a convaincu que notre vrai privilège d'hommes n'est pas d'obéir à ce qui est, mais au contraire de créer ce qui n'existe pas. Ève, dans sa grande pitié, a voulu qu'une partie de ses enfants échappe à la création de Dieu et qu'ils soient les maîtres d'autres créations, celles de l'imaginaire, qui sont les seules à consoler les humains de leur triste condition.

Voilà, Hilarion, toutes mes petites pensées. Vous voyez que, si je suis guéri d'Esther, je n'ai pas renié la maladie qui m'a donné le plaisir, un instant, d'ajouter du rêve aux choses et aux êtres, et d'entrevoir la part cachée des enfants d'Ève.

C'est ainsi que je comprends le message que Ricardo m'a adressé, au dos de la vieille photo qu'il m'a fait passer (il me semble d'ailleurs que ces mots ont été tracés de votre écriture) : « Voilà ceux qui venaient pour la gloire. » Il voulait dire, je suppose, ceux qui venaient pour la gloire étaient les mêmes que ceux qui avaient tout sacrifié à des passions terribles avec des femmes de ce pays. Ces héros sont devenus des amoureux. Ils auraient pu être des mystiques ou des artistes. Car ils possédaient cette haute capacité humaine, celle qui crée une illusion plus grande que la vérité. Les autres, ceux qui en étaient privés, venaient seulement pour les moutons.

Depuis que j'agite ces idées, Hilarion, j'ai le sentiment d'avoir autour de moi un monde tout neuf.

Je reste encore un peu ici mais je vous rejoindrai bientôt à Asmara. La mission va prendre un cours de routine. Nous réfléchissons déjà aux phases suivantes :

il faudra accompagner la reprise de l'activité agricole,
lancer un programme de développement…

À très bientôt.

Grégoire

Samedi à l'aube

Nuit affreuse. J'ai fait de longs cauchemars où plusieurs fois il était question de cette femme médecin, Mathilde, que Grégoire me décrit dans sa première lettre : elle dansait en riant et tous les autres, en cercle, battaient des mains en rythme avec des airs joyeux. Mathéos, à qui je parle de mes rêves quand je ne les comprends pas, ne veut rien me dire de trop précis mais ce détail lui a fait hocher la tête. Il a continué de mâchonner le bout de bois qu'il a sans cesse dans la bouche (pour nettoyer, paraît-il, les quelques chicots noirs qui lui restent) et il a finalement dit : « Enfin, si ce n'est que cela… » Pas moyen de lui tirer autre chose. De toute façon, ces singeries ne m'intéressent pas et je me méprise moi-même d'avoir posé ces questions.

Dix heures du matin

Une éclaircie. L'été ou presque pendant une heure ; la moiteur partout. On dirait que le feuillage des arbres sort d'une étuve et qu'on l'a étendu dans l'air froid. Le soleil, pendant sa brève apparition, a pris possession de tout le ciel et de toute la terre. Je suis sorti sur la terrasse et j'ai tendu le visage vers lui, pour qu'il me caresse. À un certain âge, on ne peut plus attendre ces gestes que des animaux ou des astres. Vous ne pouvez imaginer le plaisir que m'a fait ce court moment de lumière chaude. Hélas, les vents d'altitude restent forts. En quelques instants, ils ont jeté une bâche grise sur le ciel et depuis dix minutes il recommence à pleuvoir.

Parmi les corbeaux qui accompagnaient les nuages est arrivé Kidane, plus oiseau de mauvais augure que jamais. Il venait m'annoncer que Jérôme était arrivé à Asmara. On l'a conduit à l'hôtel de police, où il doit être interrogé.

J'ai écrit un petit mot à Tamrat pour demander à voir le prisonnier.

Vingt et une heures

La visite a eu lieu. Tamrat m'a conduit lui-même jusqu'à Jérôme. Je l'ai trouvé debout, vêtu d'un polo vert bouteille, d'un short kaki et de chaussettes noires montantes qui moulent assez ridiculement ses jambes grêles. Il avait pris une pose digne, les bras tendus et la main appuyée sur la muraille, le regard haussé jusqu'à la seule lucarne de la pièce et dirigé vers le ciel.

Il m'a demandé du linge et quelques commodités matérielles (dentifrice, chewing-gum, shampooing, etc.). Même dans ces petites choses de la vie, il ne se départit pas de son ton d'importance et sa tête reste incorrigiblement à claques. Il m'a assuré qu'il ne courait aucun risque, car le gouvernement n'avait, au fond, rien à lui reprocher.

— Ce n'est pas ma faute, à moi, si on a trouvé des maquisards dans la campagne. Les Éthiopiens n'ont qu'à mieux tenir le terrain.

Ce n'est pas tout à fait faux. Au pire, ils l'expulseront après l'avoir forcé à signer une déclaration compromettante, reconnaissant que les organisations humanitaires soutiennent la rébellion.

Il ne croit pas que les rebelles puissent être tentés d'attaquer le village de Rama, maintenant qu'il n'est plus là pour leur faire partager la manne de l'aide.

— Ils résisteront à cette provocation, vous verrez, m'a-t-il déclaré dignement, les mains croisées derrière le dos et le regard au loin, façon Napoléon à Sainte-Hélène.

J'ai cru un instant qu'il allait me pincer l'oreille. Mais il avait encore une sentence historique à prononcer :

— Tant que je n'aurai pas fui à Djibouti avec ma fiancée, ils ne tenteront rien. Ces hommes d'honneur me l'ont promis.

En partant, il m'a serré la main avec commisération, comme si c'était moi qui restais au fond d'une geôle.

— Gardez courage, m'a-t-il dit gravement.

Mot absurde, qui a achevé de me démontrer sa bêtise et me fait craindre le pire.

Dimanche 18 août

Voilà toute la clairvoyance de ce petit crétin ! À l'instant même où nous parlions dans sa cellule et où il m'assurait que Rama ne risquait rien, la guérilla attaquait la ville. Le chef de la police vient de me faire prévenir par un de ses sbires. La seule chose qu'avait bien prédite cet imbécile de Jérôme, c'est que le village est tombé en un instant, presque sans coup férir. Les « hommes d'honneur » avaient dû lui tirer copieusement les vers du nez et ils n'ignoraient rien des habitudes de la garnison.

À l'heure qu'il est, on est sans nouvelles de ce qui se passe là-bas. L'armée gouvernementale a envoyé une colonne depuis Asmara. Ces troupes se dirigent vers le sud pour reprendre la position de Rama. L'attaque s'est faite sans combat mais je crains que la reconquête soit plus sanglante. Et dire que j'ignore qui se trouve encore à la mission… Grégoire a-t-il reçu ma dernière lettre ? A-t-il suivi mes conseils ? Si c'est le cas et s'il a décidé de rentrer, il est peut-être à cette heure-ci quelque part sur la route. Je suis si énervé que traduire Sénèque ne me suffit plus. Tourner en rond chez moi me rend fou. Et la pluie qui recommence à tambouriner sur les toits…

273

J'ai mis Kidane et sa bande sur l'affaire. Tous mes autres relais sont prévenus aussi et j'attends des informations. Henoch lui-même a dû recevoir mon message à cette heure. Je lui demande en tant que commandant en chef de l'armée éthiopienne de modérer ses troupes et de ne pas risquer de pertes humaines, en particulier chez les expatriés, dans une contre-offensive trop brutale. Mon message est imprudent et sans doute lui déplaira. Tant pis. Il n'est plus temps de ménager les formes.

Aucune nouvelle de Grégoire sur le trajet vers Rama. Je crains de plus en plus qu'il soit resté là-bas. J'enrage d'être enfermé ici pendant qu'il se passe quelque chose d'aussi grave…

Lundi

Ça y est : les militaires sont fiers de le crier partout. Le commandant de la région l'a annoncé lui-même à la presse : les troupes gouvernementales ont repris Rama. D'après Kidane, il n'y a pas eu de combat. La ville a été entièrement pillée par la guérilla mais à l'approche des troupes gouvernementales les rebelles ont filé. Ce n'est pas l'habitude des maquisards de mener une guerre de positions. Pourtant, il semble qu'on ait à déplorer des blessés et des morts. J'ignore ce qu'il en est de la mission. Je cours en ville chercher d'autres détails.

Confusion complète. Je n'arrive pas à savoir quoi que ce soit de certain : les rumeurs ne manquent pas mais elles se dégonflent en quelques minutes, et d'autres naissent, tout aussi invraisemblables.

Pour une fois, Kidane a eu une bonne idée : il est allé voir les Suisses. Ce sont eux qui sont chargés d'évacuer les étrangers de Rama. Ils ont envoyé un convoi ce matin avec deux Jeep et deux ambulances. On attend leur retour d'un moment à l'autre.

Accablement… Quelques notes en rentrant, encore abasourdi…

La colonne suisse est arrivée directement sur l'aéroport… Je n'ai pu apercevoir l'équipe qu'au moment où on les a transférés dans l'avion militaire qui les évacue sur Djibouti… Ni Grégoire ni Benoît ne s'y trouvaient !!! Les maquisards les ont emmenés avec eux !!! Mathilde est blessée !!! Blessée… Pourquoi cela devient-il un cauchemar ? Deux balles, une dans la cuisse et une autre dans le ventre, heureusement de côté et sans lésion des organes vitaux. Je l'ai vue quand on l'a hissée dans l'avion : elle paraît beaucoup souffrir. Mathilde ! La seconde fois que je l'aperçois… Ses lèvres sont pincées, ses yeux creux. Elle demande à boire sans cesse. La douleur lui donne une gravité superbe, elle ne contracte pas ses traits mais au contraire les épure, lui donne la grâce d'une vierge d'icône. Dans mon vague souvenir elle ne m'avait pas paru si belle. Étonnement… émotion… je n'ai pas pu lui parler. Jack l'accompagnait et, à lui, j'ai pu dire quelques mots. Ce vieil idiot serrait son petit ordinateur contre son ventre, comme une mère son nourrisson. Il n'a pas répondu à mes questions et s'est contenté de poursuivre devant moi un long monologue précipité où il mélange tout :

« Techniquement, nous n'avons rien à nous reprocher. Rien. *Nothing wrong. But* il y a *always political problems.* O.K. Nous ne maîtrisons pas. Il faudrait mieux choisir les pays. Intervenir avec, *first*, un minimum de structures. Le Viêt Nam par exemple. Vous connaissez les hautes terres ? Dalat ? Non. *Great* pourtant. *Great.* Quand on marche, en été, on dirait qu'on est sur un tapis rouge, épais, *thick* comme ça. Et à chaque fois qu'on pose le pied… Zeee… Des *flies*, des mouches, c'est ça, des milliers de *flies* qui s'envolent. En fait, c'est un tapis de *flies* rouges. Mais malgré tout, au Viêt Nam, les structures, vous comprenez, sont là. On peut agir dans *the long term.* Tandis qu'ici, *no way…* ».

J'ai vu aussi l'infirmière Odile. Elle est en larmes, sursaute pour un rien. Impossible de lui tirer trois mots cohérents.

Dans l'avion, ils ont été rejoints par Jérôme, que les autorités ont officiellement expulsé. Il a été conduit de la prison jusqu'à l'aéroport dans une espèce de panier à salade ; lui aussi est en pleurs. J'ai pu m'approcher de lui un instant. Il m'a saisi par le bras.

— Avez-vous des nouvelles de Fikerete [son amie] ?

— Nous ne savons presque rien pour le moment…

Il a fondu en larmes de nouveau.

— Rendez-vous compte qu'ils m'ont fait cela alors qu'ils m'avaient promis, vous m'entendez, ils m'avaient juré…

Deux soldats sont venus se saisir de lui. Il m'est apparu d'un seul coup si faible, si malheureux que je l'ai serré dans mes bras comme un fils.

L'avion a décollé presque à la tombée de la nuit et je l'ai suivi dans le ciel aussi loin que j'ai pu.

Mardi 20

On en sait un peu plus ce matin sur les événements des derniers jours. La colonne suisse a recueilli des témoignages. Je reconstitue les faits : les maquisards se sont approchés silencieusement peu avant l'aube. La nuit, la route qui relie Rama à Asmara est fermée. Chaque matin, un convoi de démineurs part du dernier village de garnison, à huit kilomètres, et parcourt la chaussée au pas pour détecter les mines ou les objets suspects. Tant que ces éclaireurs ne sont pas arrivés, le village de Rama est comme une île au milieu d'un océan infranchissable.

Les maquisards ont profité de cet isolement. À cinq heures, les sentinelles de deux postes de garde avancés sont égorgées sans bruit. En un instant les rebelles déferlent : ils encerclent les bâtiments de la garnison et en saisissent l'armement, enfermé dans une pièce qu'ils ouvrent sans même forcer la serrure (merci Jérôme, probablement !). Ils surgissent autour du camp installé par Jack et son équipe. Ils prennent le contrôle des axes, de l'entrée des pistes et de la route. Les soldats de l'armée régulière, sidérés par cet assaut, se rendent aussitôt sans combattre. Pas un coup de feu de résistance n'est tiré. Les seuls qui retentissent dans l'air immobile de l'aube sont ceux par lesquels sont abattus froidement le chef militaire de la garnison (il n'a même pas eu le temps de sortir de son lit…) et son aide de camp. Les maquisards prisonniers, capturés lors du coup de main avec Jérôme, sont libérés. Toujours en silence, les assaillants rassemblent tout le monde sur la place du marché. Les militaires éthiopiens d'un côté, les civils de l'autre, au milieu les expatriés du camp et les autorités politiques : Berhanou, le chef du village, et ses acolytes. Très vite et toujours en silence (hormis quelques ordres brefs), les réfugiés, c'est-à-dire les fameux huit mille qui s'étaient installés dans le camp et avaient repris de la vigueur grâce à la mission, sont conduits en file indienne jusqu'aux entrepôts du gouvernement et de la Croix-Rouge. Là, des maquisards procèdent à une distribution rapide de tous les stocks. Ils devaient être parfaitement informés de leur contenu car la ration remise à chaque famille, multipliée par le nombre de familles, correspond exactement à ce qui était disponible. Après avoir reçu leur dû, les civils sont dirigés vers les sentiers qui partent dans la campagne. En moins d'une heure, toute la population s'est évanouie dans la nature, chargée de sacs de farine et de bidons d'huile *made in USA*.

Pendant ce temps, sur la place du marché, un traitement différent était réservé aux autres groupes. Les militaires gouvernementaux, individuellement, étaient reçus dans une petite paillote où un maquisard leur proposait de déserter et de s'engager dans la guérilla. La discussion était simple et franche, entre guerriers et surtout entre paysans. La plupart des recrues de l'armée gouvernementale, engagées de force, ne combattent guère pour un idéal. Une vingtaine a décidé de changer de camp. On leur a confié immédiatement une place dans les colonnes de rebelles. Une cinquantaine d'autres, originaires du Sud pour la plupart, n'a pas souhaité rejoindre le maquis. Liberté leur a été laissée soit de se disperser avec les civils pour devenir, à bon compte, déserteurs, soit de rester prisonniers pour être échangés plus tard.

Enfin, le groupe des expatriés et des responsables politiques a été traité par les chefs de la guérilla eux-mêmes dans une étrange mise en scène. L'intention des maquisards était, à l'évidence, de régler leurs comptes sans pitié mais ils voulaient le faire avec les apparences du droit, sans doute à cause de la présence d'étrangers. Après avoir sorti du rang les responsables politiques les plus importants, c'est-à-dire Berhanou et ses principaux adjoints, les rebelles ont entrepris de les juger. Un procès éclair a été improvisé. Une petite table de bois et trois mauvaises chaises où installer la cour ont fait l'affaire. Après quelques minutes d'audience, le jugement a été prononcé : trois condamnations à mort, notamment pour le chef déchu, et la détention perpétuelle pour les autres. Pendant ce simulacre, Berhanou ne cessait de jeter des regards vers Mathilde. Elle était placée, comme les autres, sous la garde de jeunes maquisards à l'air indifférent. Il paraît qu'on la voyait s'agiter, se tordre les mains. Quand la sentence a été lue et traduite en anglais, elle a poussé un petit cri étouffé. Elle est d'ordinaire si calme que cette agitation, pour discrète qu'elle fût, a dû alarmer ses camarades. Mais les sentinelles n'y ont rien vu. Quand le commandant de la guérilla a dégainé son neuf-millimètres pour exécuter séance tenante le verdict de mort que le « tribunal » venait de prononcer, Mathilde, qui n'était qu'à dix pas du lieu de l'exécution, s'est précipitée. Elle a couru vers le condamné, qui la regardait toujours. Que voulait-elle faire ? S'interposer ? Désarmer le bourreau ? Implorer une grâce ? Il faut croire que cette vipère de

Jérôme avait raison et qu'elle ressentait une vraie passion pour Berhanou. La sentinelle, surprise d'abord par le mouvement de Mathilde, l'a fauchée au milieu de sa course par une rafale de quatre balles. Elle s'est écroulée en criant. Le commandant des rebelles a regardé cette scène sans paraître la comprendre. Puis il s'est retourné vers les trois prisonniers et les a exécutés l'un après l'autre en terminant par le chef du village, qui attendait les yeux fermés. Un grand silence est retombé sur la scène. Tout le monde était immobile, pétrifié, les uns debout, armés ou désarmés, également impuissants et stupides. Quatre corps étaient allongés à terre dans leur sang. Trois hommes sans vie et Mathilde dont on entendait seulement le sanglot entrecoupé de spasmes. Passé ce moment suspendu, une activité fébrile a repris. Maquisards et étrangers ont volé au secours de la jeune femme. On l'a allongée, déshabillée, pansée. Pendant ce temps, la mise à sac du village commençait, méthodique et complète, comme si les maquisards avaient soudain compris qu'un inexorable compte à rebours avait commencé. Tout ce qui pouvait être emporté a été embarqué sur des véhicules, eux-mêmes volés à la garnison, et une colonne de chargements hétéroclites a pris bientôt la direction du maquis.

À onze heures, deux avions de l'armée régulière ont survolé le site et essuyé les tirs d'une batterie installée près de la rivière.

À midi, tout était terminé : le village méthodiquement vidé, les prisonniers enfermés dans un bâtiment avec de l'eau et quelques vivres, les expatriés laissés dans le camp au chevet de Mathilde qu'on avait installée dans un lit de l'hôpital et qui délirait. Grégoire et Benoît ont d'abord cru qu'ils allaient pouvoir rester auprès d'elle. Mais, au dernier moment, le commandant, avec beaucoup d'égards, est venu leur demander de le suivre pour couvrir la retraite des maquisards en servant d'otages. Ils ont disparu, à pied, sur le sentier qui file droit vers l'est, dans la campagne.

Samedi 24 août

Je n'avais pas eu de nouvelles de Kidane ces derniers jours ; aussi, ce matin, ai-je décidé d'aller à pied jusqu'au consulat. En prenant mon temps, j'ai pu monter les étages sans dégât, malgré ma hanche qui me fait de plus en plus souffrir. Les gamins, dans la rue, m'avaient d'abord confirmé que le bureau était ouvert. J'ai trouvé Kidane seul, en bras de chemise. Dès qu'il m'a vu, il a couru mettre sa veste et m'a entraîné dans la pièce du devant, qui était le bureau de Grégoire. J'ai eu le temps de voir que les chambres du fond étaient encombrées de cartons ouverts. Apparemment, Kidane fait ses caisses. Ce petit monsieur m'a parlé d'une façon plutôt désinvolte. S'il a tenu à se rhabiller devant moi, ce n'est pas par déférence mais au contraire pour me traiter d'égal à égal. Il m'a presque ri au nez quand j'ai demandé si la mission allait continuer. Selon lui, dans le meilleur des cas, la direction enverra quelqu'un de France pour tout liquider en quelques jours. Plus probablement, Paris se contentera d'un télex indiquant que tout est fini. Si j'ai bien compris, Kidane a pris les devants et entreprend de vider les locaux, à son profit probablement.

J'aurais voulu me recueillir dans ces pièces désertes, penser à tout ce qui s'y était passé, revoir les visages amis peupler ces murs. Sur le bureau qui a été celui de Grégoire, j'ai reconnu le stylo qu'il portait toujours agrafé entre deux boutons de sa chemise et qu'il avait laissé en partant pour Rama. Cela m'aurait suffi à tout reconstituer. Mais Kidane était là, impatient de me voir partir. Je n'ai pas eu le courage de lui demander de me laisser tranquille. Je sentais trop qu'il attendait cette occasion pour lancer une insolence.

Sur l'avenue Nationale, je me suis arrêté chez le coiffeur. Yarid m'a confirmé que Kidane avait commencé de mettre en pièces le consulat et qu'il préparait sa fuite à l'étranger. Ses trafics l'ont considérablement enrichi ; il a acheté des dollars à tous les changeurs de la ville ces derniers mois et a déjà expédié trois de ses enfants en Italie.

L'attaque de Rama a fait quelque bruit dans
la presse internationale, à cause de l'enlèvement des deux volontaires étrangers. Voilà ce
que m'a confirmé le Suisse cet après-midi. Il est
venu me faire ses adieux : son contrat se termine et il ne sera pas renouvelé. Selon lui, le
gouvernement se tire très bien de toute cette
affaire. L'attaque de Rama lui donne un prétexte pour intensifier sa campagne d'invectives
contre les « bandits », les « saboteurs » du
maquis. Les autorités ont en outre fait savoir à
toutes les associations humanitaires qu'elles
souhaitaient les voir réduire le nombre de leurs
expatriés. D'ailleurs, le mieux, indiquent les
officiels éthiopiens, serait qu'on leur remette les
dons directement, charge à eux d'en faire le
meilleur usage possible...

La disparition de la mission installée par Grégoire fait aussi l'affaire des militaires : contraints de respecter leurs engagements et de ne
pas pratiquer de déportation dans cette zone,
les dirigeants du pays voyaient avec irritation se
prolonger cette exception de moins en moins
justifiable. Désormais, ils vont pouvoir étendre à
toute la région leur sinistre pratique.

Gütli, lui, estime que cette débâcle finale
apporte la démonstration de la justesse de ses
raisonnements.

— Grégoire et les autres ont abandonné le
combat contre les déportations pour sauver

Rama. Finalement, il y a eu les déportations et Rama n'a pas été sauvée.

Il continue de penser aux centaines de milliers de gens qui ont été arrachés à leur terre et qui meurent de malaria dans les régions prétendument fertiles du Sud.

Ce Suisse est un garçon honnête mais il m'ennuie avec sa façon d'avoir raison sans avoir pourtant rien compris. Je suis heureux qu'il s'en aille.

Samedi, dernier jour d'août

Journée longue, solitaire. Dans environ deux semaines, la saison des pluies finira. On la sent qui s'essouffle. Ma hanche me tourmente…

Toujours aucune nouvelle ni de Grégoire, ni de personne. De toute façon, nous serons ici les derniers prévenus.

Trois de septembre

Ce matin, on a frappé au portail. Mathéos est allé ouvrir et qui a-t-il découvert ? Un gamin crotté, trempé, les pieds nus et tout saignants. Il a à peine eu le temps de le voir. La porte s'est entrebâillée, le petit mendiant s'est faufilé, a couru dans le jardin avec Mathéos à ses trousses, essoufflé et bafouillant. J'étais assis dans un fauteuil, j'ai vu l'enfant traverser le vestibule, le salon et se jeter à mes pieds : c'était Efrem.

Il est à demi mort de fatigue et de faim. Il faudra beaucoup de soins pour qu'il ne meure pas pour de bon. Je l'ai fait installer dans un grand lit, au premier étage. À l'heure qu'il est, il dort profondément et on l'entend parfois crier dans son sommeil.

Le 5 septembre

Voilà une bien belle journée : le coiffeur qui écoute toutes les radios avec un vieux poste à galène est venu m'annoncer que Grégoire et Benoît avaient été libérés sains et saufs. On les a retrouvés comme prévu à la frontière du Soudan, où les maquisards disposent d'une base arrière et où ils les ont livrés aux autorités consulaires. Ils rentrent directement en France.

Efrem s'est réveillé à six heures du soir. Je lui ai fait préparer un bain chaud par Mathéos, qui ne l'aime guère et n'a pu s'empêcher d'y mettre trop d'eau froide ; j'ai dû exiger une bouilloire supplémentaire. Ensuite, le gamin a dîné avec un appétit de bête sauvage. Il s'est recouché presque tout de suite. La seule chose qu'il ait eu le temps de me dire, c'est qu'il était venu à pied depuis Rama.

Dimanche 8 septembre

Efrem va mieux. Il raconte, raconte. Il est intarissable. Il m'a dit que la veille même de

286

l'attaque, il avait eu un rêve très mauvais. Ce soir-là, les ouvriers du camp avaient organisé une fête. Dans le hangar qui servait à nourrir les enfants, ils avaient placé un orchestre : tambours, krar et un saxophone. À la tombée de la nuit a commencé le grand banquet auquel étaient conviés les autorités, les étrangers de la mission et tout le personnel. Efrem a eu le droit de dîner à côté de Grégoire. Les autres gamins du camp se tenaient derrière les cuisines, dans l'obscurité, et les femmes leur ont jeté les restes par terre, sur des bâches en plastique ; on les a entendus pendant plus d'un quart d'heure se disputer les morceaux en poussant des cris et en riant. Quand le bal a commencé, Efrem est sorti. Un quartier de lune tremblait dans son halo laiteux. Il s'est éloigné à pied vers la rivière. Tout était absolument immobile. On entendait seulement les notes du saxophone et le rythme des tambours qui sortaient du hangar, minuscule au milieu de la plaine. Efrem s'est endormi. Son rêve était étrange : il voyait une immense galette de tef, plate comme le sol de Rama. À sa surface étaient construites de petites maisons en sucre et en miel dur, et des abeilles dansaient dessus. C'étaient de grosses abeilles dont les ailes faisaient autant de bruit que des moteurs d'avion. On aurait dit des abeilles de métal. Quand il s'est réveillé, il était inquiet et a pensé qu'il devait en parler à Grégoire. Mais tout le monde avait beaucoup bu. Partout dans le camp, on voyait des dormeurs allongés de tout leur long et qui ronflaient. Efrem sentait de plus en plus nettement que ce rêve annonçait un grand danger. Il a été pris d'une véritable terreur et il est parti se coucher un peu à l'écart du village, dissimulé par de gros rochers, au bord de la rivière. Personne ne passe à cet endroit car il est éloigné du sentier qu'empruntent les femmes pour aller chercher de l'eau. Le matin, quand le soleil l'a réveillé, Efrem a regardé prudemment vers le camp. À ce moment-là seulement il a découvert que les maquisards s'en étaient emparés. De sa cachette, il a été témoin des mêmes scènes que les Suisses m'avaient déjà rapportées. Il se demandait avec angoisse ce qu'il allait faire pour sauver sa peau. S'il retournait dans le camp pour les distributions de vivres, il risquait d'être reconnu. Pourtant, il avait faim et soif, et il lui faudrait de la nourriture pour s'enfuir. Toute la journée il a guetté les paysans qui rentraient chez eux, dans la campagne, après avoir reçu leurs provisions distribuées par la guérilla, mais aucun ne lui a paru suffisamment inoffensif pour qu'il se décide à l'aborder. Heureusement, à la tombée de la nuit, trois imprudents, arrivés trop tard à la rivière, ont décidé de ne traverser que le lendemain. Ils se sont installés pour dormir sur la berge, la tête posée sur leur sac de farine comme sur un oreiller. Mais il leur restait un bidon d'huile, qu'ils avaient laissé à leurs pieds. Efrem, quand ils furent bien endormis, s'est glissé près d'eux et a emporté le bidon. Il a passé la rivière en pleine nuit car il connaissait par cœur l'emplacement du gué et a commencé à remonter vers Asmara.

Ce diable de gamin a consommé son bidon d'huile en trois jours avec les inconvénients qu'on imagine. Ensuite, il a dû marauder pour voler de quoi survivre. Les hyènes l'ont poursuivi. Il a gagné un peu d'argent dans un hameau en guérissant une possédée dont il a prétendu connaître le zar. C'était une jeune fille de quinze ans environ, couverte de vilains boutons, qui criait et se roulait par terre. Après avoir exigé les offrandes nécessaires destinées au zar mais choisies fort à propos pour lui-même (une toge de coton bien chaude, quatre galettes de tef et des morceaux de viande de chèvre), Efrem, avec tout le sérieux voulu, est entré en communication avec l'esprit maléfique. Puis il a exigé que les paysans le laissent seul avec la malheureuse envoûtée. Il lui a alors administré un vigoureux coup sur la tête avec la croix en eucalyptus qu'il brandissait face au démon. Alors que la gamine était encore sans connaissance et que ses parents s'émerveillaient de la voir aussi calmement endormie, Efrem a filé, en dissimulant sous sa tunique les offrandes que le génie était supposé avoir consommées…

Il m'en a raconté bien d'autres. En dix jours de pérégrinations, il a multiplié les mauvais coups avec la bonne conscience de celui qui lutte pour sa survie. Ses ruses n'ont pas toujours rencontré la crédulité voulue et il a été rossé deux ou trois fois.

Il se rétablit lentement, passe encore beaucoup de temps à geindre. Mathéos trépigne et brûle de le mettre à la porte. J'ai beau savoir qu'Efrem joue la comédie et veut prolonger son séjour, sa présence me fait plaisir. Nous sommes, lui et moi, orphelins des mêmes amis.

Le 9 septembre

C'est désormais officiel : la mission ouverte par Grégoire a été définitivement fermée. Personne n'est venu : un ordre écrit, arrivé au consulat, a fait connaître cette décision à Kidane. Le bougre n'est même pas venu me le dire ; c'est un fournisseur qui, l'ayant appris hier, m'a averti. Je suis passé à pied, ce matin, devant le Café de l'Univers. Rien n'a changé. La ville est immuable. Quelques ensablés ont disparu, malades ou morts. Le serveur prépare des *spremute* avec le même air désabusé. Les palmiers gorgés d'eau ont pris des teintes crues. La cathédrale fait entendre ses cloches tous les jours. Pour qui, grands dieux ?

Le 11

Efrem va tout à fait bien, mais quand je lui parle de son avenir, il craint d'être jeté dehors et il invente des migraines qui le font se rouler par terre, l'obligent à s'allonger dans le noir...

Mathéos enrage de ces momeries. Je crois qu'il a peur que l'enfant prenne un jour sa place chez moi. Pauvre vieux ! Je n'ai aucune intention de me séparer d'un serviteur aussi dévoué et je n'ai pas la faiblesse de croire qu'Efrem ait le moindre talent pour le remplacer. S'il comprenait ce que lui et moi nous nous disons, en français, langue que nous utilisons par plaisir et avec nostalgie, il serait bien rassuré : il n'est question entre nous que des moments révolus de cette mission d'aide aux affamés qui a d'abord et surtout rassasié notre faim de nouveauté.

Le 14 septembre

Il paraît que depuis la reconquête de la ville par les Éthiopiens les bâtiments de Rama construits par Jack et son équipe servent désormais de caserne pour la nouvelle garnison du village. Elle a été renforcée. Henoch lui-même est allé la visiter.

Lundi 16 septembre

Ricardo se meurt. J'ai envoyé Efrem pour avoir des nouvelles et le réconforter de ma part. Il l'a trouvé presque inconscient, tout habillé, allongé sur son lit. Plusieurs jeunes filles se relaient à son chevet. Ce sont des pensionnaires de la maison mais elles n'ont pas l'air d'être là en service commandé. Celle qu'Efrem a vue pleurait de vraies larmes de chagrin en regardant Ricardo s'affaiblir. Il paraît que parfois il se réveille, serre la main qui est dans sa main et caresse le poignet, l'avant-bras. Tant qu'il peut nourrir son feu en grappillant ces bouts de chair comme on ramasse des brindilles dans la forêt, il est vivant.

Mercredi

Efrem sent bien qu'il doit trouver une solution s'il ne veut pas retourner dans la rue ; il cherche et m'a proposé aujourd'hui une idée séduisante. Le coiffeur lui a confirmé ce matin que Kidane avait quitté la ville. L'ingrat n'est même pas venu me saluer. Il semble qu'il se soit finalement décidé pour les États-Unis. Il y fera, j'en suis sûr, prospérer sa petite fortune — qui se réduira à peu de chose lorsqu'il aura payé le voyage et tous les bakchichs nécessaires. Le consulat est donc vide, situation intolérable, que l'administration française ne saurait tolérer. Efrem me suggère d'écrire à l'ambassadeur de France à Addis-Abeba pour proposer qu'il prenne la suite de Kidane. Évidemment, il est trop jeune pour cet emploi mais si je voulais bien consentir à un mensonge pieux et dire qu'il a, mettons, dix-huit ans, ce dont personne ne viendra s'assurer, il aurait toutes ses chances, puisqu'il parle français. J'ai travaillé trois heures cet après-midi pour rédiger le texte. Je parle cette langue, certes, mais, bigre, c'est autre chose de s'adresser par écrit à un diplomate. Il faut être irréprochable. Vingt fois j'ai déchiré ma lettre et vingt fois j'ai eu la tentation d'abandonner. Pourtant, l'envie de trouver une situation stable pour Efrem (et, soyons juste, le désir plus puissant encore de me débarrasser de lui) m'a donné la force d'aller jusqu'au bout. Je recopie la lettre sur un superbe papier que je commandais autrefois à Alep et qui a jauni de façon fort élégante ; elle partira demain matin.

Jeudi 19

Pendant que je confiais ma lettre à un voyageur qui partait pour la capitale, quelqu'un m'en apportait une autre, arrivée de France par Djibouti et Addis. Elle est de Grégoire.

Cher Hilarion,

J'espère que vous m'avez pardonné de vous avoir faussé compagnie aussi brutalement… Je m'en serais volontiers dispensé, croyez-moi. Comme vous le savez sans doute, notre captivité s'est passée aussi bien que possible : c'était d'ailleurs plutôt un voyage accompagné. Nous n'avons jamais été enfermés et pour cause : il n'y avait autour de nous que le désert et beaucoup de champs de mines. Toute tentative d'évasion aurait été suicidaire. Nos geôliers étaient surtout préoccupés de nous convertir à leur cause, ce qu'ils ne sont guère parvenus à faire. Nous étions coupés de tout ; pourtant je garde de cette période le souvenir

293

assez pénible de journées où pas un instant je ne pouvais être seul et réfléchir librement. Quand ce n'étaient pas les discours de propagande des maquisards, c'était Benoît qui me parlait pendant des heures de ses chevaux. Finalement, nous sommes arrivés à la frontière et vous vous doutez de la suite : réceptions officielles, journalistes, questions, réponses, photos. La tempête s'est calmée très vite. L'œil du monde n'est plus sur nous.

J'ai revu la France avec un mélange d'émotion et de regret. Émotion pour ces paysages, pour ma famille, pour les lieux que je connais depuis l'enfance. Regret de ce pays peuplé de vieillards et qui a pris leur amertume, ce pays où les chiens ont remplacé les enfants, où tout est interdit, réglementé, où rien de neuf ne paraît possible.

Ma petite gloire a ramené vers moi beaucoup d'amis que j'avais perdus de vue. J'ai dîné chez des médecins, des architectes, des notaires. Ils m'ont présenté la nouvelle génération. J'avais souvent l'impression de reconnaître les enfants plutôt que les parents, que j'ai pour la plupart quittés quand ils avaient l'âge de leur actuelle progéniture. Six mois plus tôt, j'aurais peut-être été amer de contempler ces destins paisibles. Depuis mon retour je n'ai rien ressenti de semblable. C'est que j'ai désormais conscience de cette ligne invisible de part et d'autre de laquelle nous sommes, eux et moi. Je les ai bien observés, mes vieux amis. Ils cherchent — et ils trouvent — sans cesse des raisons de vivre. Ils désirent des choses, ils veulent se procurer ce qui existe, des voitures, des maisons, des bateaux, des emplois, des honneurs. Ricardo dirait : des moutons. Or, la

294

grande question, pour moi, est plutôt de trouver des raisons de mourir. Ce que je recherche est quelque chose d'immatériel, qui n'est ni dans les êtres ni dans les choses mais que nous leur ajoutons et qui en fait le prix, quelque chose à quoi nous tenons plus qu'à la vie et qui donnerait un sens à notre mort, si nous la rencontrions sur ce chemin.

À propos, savez-vous ce qui est arrivé à Mathilde ? Je l'ai revue ici. Elle subit toujours des soins très lourds et très douloureux. Vous ne pouvez pas imaginer, Hilarion, comme son geste pour empêcher l'exécution d'un homme l'a grandie à mes yeux. À l'instant où elle s'est élancée, et où la suite était prévisible, j'ai senti une immense tendresse pour elle.

Je vais la voir chaque jour à l'hôpital. Les médecins sont formels : elle s'en tirera sans dommage. Cela risque d'être un peu long.

Cher Hilarion, j'ai passé près de vous des moments inoubliables et je vous en remercie. Rien ne permet de penser que nous allons nous revoir un jour mais rien ne l'interdit non plus. Prenez soin de vous, excusez le trouble que nous avons mis dans votre vie paisible et gardez le souvenir de notre amitié comme je le garde précieusement moi-même.

Grégoire

P.-S. : *Efrem a disparu avant l'attaque du camp. S'il est vivant et que vous le voyez, pouvez-vous l'embrasser de ma part, lui souhaiter bonne chance et lui dire que je serai toujours prêt à l'aider en cas de besoin.*

Ma petite malade Mintouab a-t-elle survécu ? Vous n'avez pas de moyen de le savoir, sans doute, mais je ne peux m'empêcher d'y penser, de temps en temps…

Relu dix fois la lettre de Grégoire jusqu'à ce que la tristesse se convertisse en fatigue et en sommeil.

Dimanche 22

L'ambassadeur m'a répondu. Efrem peut reprendre la charge de Kidane. Je lui ai donné un coupon de tweed pour qu'il se fasse faire un costume sur mesure au marché. Il prend son rôle très au sérieux.

Le 25 septembre

Esther, l'ancienne amie de Grégoire, vient de partir pour l'Europe. Elle va épouser un homme d'affaires finlandais. Voilà peut-être de quoi nourrir la lettre pour Grégoire que je n'ai toujours pas écrite.

Les recherches que j'ai lancées sur la petite Mintouab n'ont rien donné. Il y en a des centaines dans la région. Existe-t-elle seulement ?

Le 26

Ricardo est mort cette nuit, dans les bras de ses filles. Pas une larme, il est parti comme il est venu, plein d'orgueil et de force d'âme.

Grégoire a vu juste : moi qui n'ai que des raisons de vivre, je ne m'en irai pas si bien. Rien ne me paraît justifier la mort et, de la position déta-chée qui est la mienne, il me semble que je mérite, comme les astres ou les planètes, une éternité paisible. Si j'avais donné ma vie pour un sein, comme Ricardo, je palpiterais peut-être encore de désirs et, corruptible, j'attendrais la mort comme mon dû. J'en suis loin et je dois même avouer ceci : j'ai de plus en plus peur.

Le 28 septembre

Efrem, m'a dit le coiffeur, exerce ses talents dans l'ancien consulat. Discrètement, il reçoit des patients, consulte les esprits dans une bas-sine d'eau et prescrit des désenvoûtements. Tout cela dans la bibliothèque de l'Alliance française, sous le regard de Michelet et de Joseph de Maistre...

Le 29 septembre. Jour de la Croix. Retour du printemps.
Fête et joie partout...

J'ai déchiré ma lettre à Grégoire. Que lui écrire ? J'ai scrupule à lui livrer mes véritables pensées. Quelle opinion aurait-il de moi si je lui avouais les fautes dont je m'accuse, en évoquant inlassablement cette affaire ? Me croirait-il si je lui disais que j'aurais pu, sans doute, faire libérer beaucoup plus tôt son amie ? Tamrat, après tout, est mon débiteur depuis longtemps ; un mot de moi aurait suffi à le rendre plus clément. Et pourtant, cela ne m'a pas traversé l'esprit sur le moment. J'ai seulement vu dans la capture d'Esther une aide providentielle qui me permettait de garder Grégoire et ses amis par-devers moi. D'où ces honteuses mises en scène, chez le coiffeur entre autres, dont je me reproche chaque jour les conséquences...

Pourtant, à d'autres moments, je me rebelle et vole à mon propre secours. Eh bien, quoi ! n'étais-je pas en état de légitime défense ? Tout n'était-il pas préférable au mortel retour de la solitude ? Et puis, me suis-je assez reproché, en son temps, de n'avoir pas dissuadé Michel de partir pour le voyage dont il n'est pas revenu ?

Ce qui est fait est fait, de toute manière. Je suis bien sûr, d'ailleurs, que Grégoire ne se soucie plus guère de cela. Et puisqu'il est la seule personne en ce monde qui puisse garder un souvenir de moi, autant que ce soit un souvenir honnête.

Que lui dire, alors ? Le printemps est revenu ici. J'ai sous les yeux, pendant que j'écris, accrochée au mur du jardin, une cascade de bougain-villées mauves et je sens l'odeur du seringa qui grimpe autour de la fenêtre. Les enfants ont allumé de grands brasiers de branches la nuit dernière aux carrefours, comme c'est la tradition pour cette fête de Meskal, c'est-à-dire de la Croix. La campagne s'est couverte de fleurs jaunes et les buissons embaument de nouveau l'encaustique. La ville, immuable, intacte, éternellement inachevée, continue de faire l'inutile étalage de ses poivrières, de ses colonnes torses, de ses portails gothiques. Mais à quoi bon lui faire savoir tout cela, je vous le demande ? Pourquoi entretenir cette illusion… Voilà presque un millénaire que des hommes, sur ces hauts plateaux, nourrissent l'idée folle d'entrer en relation avec leurs frères d'au-delà des mers. Y a-t-il jamais eu plus grand malentendu ? C'est l'histoire de ces rendez-vous manqués que je devrais écrire, depuis l'aventure de cet apothicaire que le roi Louis XIV envoya ici en ambassade jusqu'à l'éphémère passion de Grégoire… Mais il me faudrait plus de courage et de temps que je n'en ai de reste.

Alors pourquoi poursuivre ce journal ?

Et pour qui ?

NOTE DE L'AUTEUR
POUR LA PRÉSENTE ÉDITION

Ce livre est un roman. Il prend sa source dans l'expérience intime de son auteur, son expérience et son imagination. La liberté de créateur tout à la fois rend compte de l'Histoire et raconte une histoire, celle-ci soumettant celle-là à ses exigences. Il est donc difficile et même absurde de vouloir, dans ce cas, renvoyer à des références, tel que peut le faire un travail universitaire.

Nous nous contenterons d'indiquer quelques pistes pour ceux qui seraient tentés d'en savoir plus (et surtout autrement) à propos de tel ou tel champ abordé par ce récit.

Dans le domaine humanitaire, la plus récente synthèse, claire et complète des organisations, de leur histoire, des dilemmes de leur action est fournie par l'ouvrage de Philippe Ryfman : La question humanitaire *(Éd. Ellipse 2000). On peut évidemment se reporter directement aux nombreux ouvrages de R. Brauman, S. Brunel, M. Bettati, T. Pujolle (sur l'Afrique) ainsi qu'au livre de la collection « Découvertes Gallimard » intitulé* L'aventure humanitaire *(réédition janvier 2001).*

Pour l'histoire générale de l'Éthiopie et de l'Érythrée,

*l'ouvrage du Professeur Berhanu Abebe (historien mais aussi acteur et témoin) est le plus accessible (*Une histoire d'Éthiopie, *Éd. Maisonneuve et Larose, 1998).*

*Sur les figures particulières que constituent ceux que l'on désigne dans le pays sous le nom d'*insabbiati *(ensablés), on doit lire l'ouvrage historique très éclairant de A. Sbacchi :* Ethiopia under Mussolini *(en anglais).*

Les travaux en français de F. Le Houérou ont apporté des éléments d'enquête originaux et précisé le contenu scientifique des différents concepts qui s'y rapportent : L'épopée des soldats de Mussolini en Abyssinie 1936-1938 : les ensablés *est publié à* L'Harmattan (1994). *Du même auteur, un journal de terrain (*Les enlisés de la terre brûlée, *L'Harmattan, 1996) et un film documentaire diffusé sur Arte (*Hôtel Abyssinie*).*

Sur la spiritualité éthiopienne, on ne peut que diriger le lecteur intéressé vers les travaux d'une exceptionnelle qualité menés par Jacques Mercier et, en particulier, Asrès, le magicien éthiopien *publié aux Éditions Lattès en 1988.*

Sur l'Éthiopie contemporaine, citons, sans exhaustivité, le bel ouvrage de J.-C. Guillebaud avec R. Depardon : La porte des larmes *(Seuil), ainsi que le livre* Éthiopie, un drame impérial et rouge *publié par Jacques Bureau en 1987 (Ramsay). Saisissons cette occasion pour saluer la mémoire de cet ami qui nous a tous accueillis à Addis dans la Maison d'études éthiopiennes qu'il avait créée et qu'il animait.*

Enfin, à tous ceux que l'Éthiopie fascine durablement, au point d'avoir besoin d'une provende fraîche et continuelle d'informations sur ce pays, signalons la publication en français par C. Delsol et A. Leterrier du magazine : Les nouvelles d'Addis, *disponible sur abonnement (quatre numéros par an), LNA, 24 Le Moulin-du-Pont, 77320 Saint-Rémy-la-Vanne.*

DU MÊME AUTEUR

Aux Éditions Gallimard

L'ABYSSIN, 1997. Prix Méditerranée et Goncourt du premier roman (Folio n° 3137).

SAUVER ISPAHAN, 1998 (Folio n° 3394).

LES CAUSES PERDUES, 1999. Prix Interallié (Folio n° 3492 *sous le titre* ASMARA ET LES CAUSES PERDUES).

ROUGE BRÉSIL, 2001. Prix Goncourt (Folio n° 3906).

GLOBALIA, 2004 (Folio n° 4230).

LA SALAMANDRE, 2005 (Folio n° 4379).

Dans la collection Écoutez lire

L'ABYSSIN (5 CD).

Aux Éditions Gallimard-Jeunesse

L'AVENTURE HUMANITAIRE, 1994 (Découvertes n° 226).

Chez d'autres éditeurs

LE PIÈGE HUMANITAIRE. Quand l'aide humanitaire remplace la guerre, *J.-Cl. Lattès*, 1986 (Poche Pluriel).

L'EMPIRE ET LES NOUVEAUX BARBARES, *J.-Cl. Lattès*, 1991 (Poche Pluriel).

LA DICTATURE LIBÉRALE, *J.-Cl. Lattès*, 1994. Prix Jean-Jacques Rousseau (Poche Pluriel).

ÉCONOMIE DES GUERRES CIVILES, en collaboration avec François Jean, *Hachette*, 1996 (Hachette Pluriel).

MONDES REBELLES, en collaboration avec Arnaud de La Grange et Jean-Marie Balencie, *Michalon*, 1996 et 2005.

LE PARFUM D'ADAM, Flammarion, 2007 (Folio n° 4736).

Impression Maury-Imprimeur
à Malesherbes, le 2 avril 2009
Dépôt légal : avril 2009
1er dépôt légal dans la collection : mars 2001.
N° d'imprimeur : 145704.
ISBN 978-2-07-041730-8 / Imprimé en France.

168245